KB121126

퇴마하는 톱스타 11

2023년 11월 9일 초판 1쇄 인쇄
2023년 11월 14일 초판 1쇄 발행

지은이 이상한하루
발행인 강준규

기획 이기헌 왕소현 임동관 박경무 강민구 조익현
책임편집 김홍식
마케팅지원 이원선

발행처 (주)로크미디어
출판등록 2003년 3월 24일
주소 서울시 마포구 마포대로 45 일진빌딩 6층
Tel (02)3273-5135 **Fax** (02)3273-5134
홈페이지 rokmedia.com **E-mail** rokmedia@empas.com

ⓒ 이상한하루, 2023

값 9,000원

ISBN 979-11-408-1637-8 (11권)
ISBN 979-11-408-0693-5 04810 (세트)

퇴마하는 톱스타

이상한하루 현대 판타지 장편소설

11

CONTENTS

<사내의 남자> 크랭크인 (2)

씬. 한지훈의 집 뒷마당.

어둠 속에 잠긴 한지훈의 집 전경을 잡고 있던 지미집 카메라가 천천히 아래로 무빙을 하며 한지훈의 집 뒷마당을 비추면 휴대폰에서 음악이 흘러나온다.

도니제티의 오페라 〈사랑의 묘약〉에 나오는 아리아 '남몰래 흘리는 눈물'이다.

태수는 조경수가 오페라를 좋아할 것이라고 생각했다. 오페라의 많은 등장인물들이 이성적이기보다는 조경수의 성격처럼 충동적이고 맹목적인 경우가 많기 때문이다.

아름다운 아리아를 배경으로 한지훈을 묻기 위해 땅을 파내는 조경수의 표정은 행복하면서도 평온해 보인다.

태수는 모니터로 조경수를 연기하는 조승수를 보며 자꾸만 입꼬리를 올렸다. 시나리오를 쓰면서 상상하던 조경수가 눈앞에 나타났기 때문이다.

조경수의 표정만 보면 방금 전 사람을 죽인 잔혹한 살인자라기보다는 사랑에 빠진 어리석은 남자처럼 보였다. 바로 곁에 눈을 부릅뜬 채 죽어 있는 한지훈의 참혹한 시신만 없다면.

씬. 같은 시각 전원주택.

몸을 뒤척이던 민지영이 왠지 모를 불안감에 눈을 뜬다.

바로 옆에 누워 있어야 할 조경수가 없었기 때문이다.

민지영이 2층 테라스로 나간다. 서늘한 밤기운에 몸을 움츠리며 숨을 깊이 들이마신다.

희미하게 달빛이 비치는 전원의 풍경을 둘러보던 민지영이 한지훈의 집 쪽을 바라본다.

어둠 속에서 희미하게 노랫소리가 들려왔기 때문이다.

민지영의 미간이 불안하게 좁혀진다.

어둠 속에서 낮게 들려오는 노래가 조경수가 좋아하는 '남몰래 흘리는 눈물' 같았기 때문이다.

(시간 경과)

침대에 돌아누운 채 불안하게 어둠을 응시하는 민지영의 어깨 너머로 방문이 열고 안으로 들어서는 조경수의 실루엣이 보인다.

어둠 속에서 조경수가 입고 있던 옷을 하나씩 벗는다. 옷을 벗는 사각거리는 소리가 고통스러운 듯 입술을 깨무는 민지영.

조경수가 알몸으로 침대로 들어가 뒤에서 민지영을 끌어안는다.

조경수가 밖에서 묻혀 온 차가운 한기에 민지영이 흠칫하면 거칠게 민지영을 탐하기 시작하는 조경수.

민지영이 부들부들 떨지만 조경수는 뭔가에 쫓기기라도 하는 것처럼 다급하게 다리 사이를 파고들어 삽입을 한다.

민지영이 소리를 내지 않으려고 입을 악물면 조경수가 동물처럼 거칠게 몸을 움직인다.

그 모든 장면은 어둠 속에서 실루엣으로만 보인다.

어둠 속에서 조경수의 호흡이 점점 거칠어지고 음악도 불안하게 고조된다.

씬. 전원주택.

조경수가 옷을 차려입고 마당으로 나서면 민지영이 따라 나와서 마중을 한다. 조경수가 병원을 가기 위해 유일하게 외출하는 셋째 주 월요일이다.

벤츠에 올라타는 조경수.

조경수의 표정이 어느 때보다 서늘하고 굳어 있다.

민지영이 조심스럽게 묻는다.

"몇 시에 와요?"

조경수가 가만히 민지영을 노려보다가 말한다.

"병원 들렀다가 누구 좀 만나고 올 거야. 오늘 저녁은 혼자 먹어."

조경수가 차를 출발하면서 백미러로 멀어지는 민지영을 노려본다.

민지영의 얼굴에 살짝 미소가 번지는 걸 조경수는 놓치지 않는다.

씬. 한지훈의 집.

병원을 가는 대신 한지훈의 집 뒷마당으로 천천히 들어서는 벤츠.

조경수가 벤츠를 세우고는 조수석에 놓아 둔 망치를 집어들고 차에서 내린다.

망치를 들고 한지훈의 집으로 들어가는 조경수.

비어 있는 한지훈의 집을 천천히 둘러보다가 테이블에 망치를 내려놓고는 장식장으로 걸어간다. 테이블 위에 놓인 망치에는 아직도 한지훈의 피가 거무칙칙하게 굳어 있다.

조경수, 술병을 꺼내 술잔을 들고 와서 소파로 돌아와 앉는다.

빈 잔에 술을 따라 마시려다가 휴대폰을 꺼내서는 '남몰래 흘리는 눈물'을 재생한다.

감히 넘볼 수 없는 대지주의 딸 아디나를 사랑한 시골 청년 네모리노. 조경수는 우연히 손에 넣은 가짜 사랑의 묘약 덕분에 운 좋게 아디나를 차지하는 네모리노에게 감정이입 한다.

가질 수 없는 것을 가진 네모리노처럼 자신도 아름다운 민지영을 차지했기 때문이다. 하지만 늘 민지영을 잃을 것에 대한 불안감에 망상과 의심은 점점 커져만 간다.

조경수가 술잔을 들고 일어나서 테라스로 나가서 보면 앞쪽에 자신의 집 전원주택이 보인다.

전원주택을 노려보며 술을 들이켜는 조경수.

슬프고 비장한 음률의 '남몰래 흘리는 눈물'이 그런 조경수의 마음처럼 배경음으로 흐른다.

"컷, 오케이!"

이제 드라마는 마지막 파국과 반전을 향해 달려가고 있었다.

태수와 배우들은 잠시 휴식을 취하며 지금까지 촬영했던 영상들을 체크하며 대화를 나눴다.

시간을 점프해야 하기 때문에, 땅거미가 질 때까지 기다려야 하기 때문이다.

조승수는 휴식 시간에도 조경수에 몰입한 탓에 분위기가 섬뜩했다.

마침내 어두컴컴하게 땅거미가 지자 태수는 지미집 카메라를 이용해서 한지훈의 전원주택 전경을 촬영했다.

다음 장면은 한지훈의 집 거실 장면이다.

조승수가 입고 있던 옷을 모두 벗고 알몸으로 한지훈의 집 거실 한복판에 옆으로 웅크리고 누웠다.

분명 얼마 전에 한지훈의 집에서 술을 마시며 뭔가를 기다리던 조경수가 정신을 잃은 채, 그것도 알몸으로 화면에 등장을 하는 장면이다.

파국과 반전이 시작되는 장면으로 드라마를 보는 관객은 상당한 혼란을 느낄 것이다. 시나리오를 읽은 배우들도 이 장면이 너무 혼란스러웠다고 입을 모았으니까.

잔혹한 치정물에 태수는 자신만의 독특한 스토리텔링 기법을 사용했던 것이다.

신호철이 소리쳤다.

"슛 들어갑니다!"

"레디…… 액션!"

알몸으로 바닥에 웅크린 채 쓰러져 있는 조경수. 조경수의 옆에 있던 휴대폰 벨소리가 울린다.

조경수가 갑자기 번쩍 눈을 뜨고 일어난다.

조경수가 어리둥절한 표정으로 주위를 두리번거리다가 자신이 알몸이라는 걸 깨닫고 당황해한다. 다시 울리는 휴대폰 벨소리.

띠리리리링~!

조경수가 깜짝 놀라서 휴대폰을 보면 흥신소 직원한테 걸려 온 전화다.

조경수가 휴대폰을 받자마자 소리를 지른다.

"어떻게 된 겁니까? 왜 이렇게 늦게 전화했어요?"

−무슨 소리예요? 계속 전화를 했는데 받지를 않았잖아요.

"내가 전화를 받지 않았다고?"

조경수, 부재중 전화를 확인해 보면 흥신소에서 걸려 온 전화가 10통이 넘는다.

조경수, 자책하듯 머리를 벽에 쾅쾅 들이받고는 말한다.

"미안합니다, 내가 병이 좀 있어서 그래요. 어떻게 됐습니까?"

−녹음 파일 카톡으로 보냈으니까 지금 확인해 보세요. 아까 3시간 전쯤에 어떤 남자가 집으로 들어가는 거 봤으니까 아마 아직 있을 거예요.

순간 눈빛이 변하는 조경수.

조경수, 전화를 끊고 카톡을 확인하면 흥신소에서 보낸 녹음 파일이 있다.

파일을 다운받아서 재생하면 일전에 민지영과 통화하던 남자의 목소리가 들려온다.

-지영아. 나야.

더 없이 남자를 반가워하는 민지영의 목소리.

-지금 어디야?

-그쪽으로 가고 있어.

감격에 흐느끼는 지영.

-빨리 와. 저녁 준비해 놓을게. 너무 보고 싶어.

조경수, 눈을 감았다가 뜨는데 눈빛이 부르르 떨린다.

씬. 한지훈의 집 전경.

급하게 한지훈의 집을 나서는 조경수.

한지훈의 옷을 대충 걸쳐 입은 모습이고 손에는 망치를 들고 있다.

씬. 전원주택.

조심스럽게 자신의 집 현관문을 열고 들어서는 조경수.

2층에서 음악 소리가 들려온다.

조경수, 1층을 대충 살펴본 후에 거실을 가로질러서 침실이 있는 2층 계단을 올라간다.

2층에 올라서자 한 꺼풀씩 벗으며 걸어간 것처럼 바닥에 흩어져 있는 민지영의 옷가지와 속옷이 보인다. 분노로 손에 들고 있는 망치를 더욱 단단하게 움켜쥐는 조경수.

옷가지들이 안방으로 향해 있다.

조경수, 숨을 들이마시고 천천히 문이 열려 있는 침실로 다가간다.

음악 소리가 점점 커지고.

조경수가 침실로 들어서면 바닥에 남자의 옷과 속옷이 흩어져 있고, 흐트러진 침대 위에는 알몸의 민지영이 혼자 엎드린 채 누워 있다.

조경수, 분노로 몸을 부들부들 떠는데 순간 시야가 흐려지며 익숙한 현기증이 찾아온다.

저도 모르게 비틀하며 옆에 벽을 짚고는 낮게 중얼거린다.

"안 돼."

민지영이 엎드려 누운 채로 애교스럽게 말한다.

"민수 씨, 벌써 샤워 다 한 거야?"

조경수, 정신을 차리려고 안간힘을 쓰면서 다가가면 민지영이 활짝 웃는 표정으로 고개를 돌린다.

민지영이 망치를 들고 있는 조경수와 눈이 마주친다. 민지영의 표정이 순간 일그러지면서 공포에 사로잡힌다.

"다, 당신……?"

조경수, 정신을 차리려고 안간힘을 쓰며 말한다.

"어딨어?"

민지영이 고개를 흔들며 말한다.

"제, 제발…… 이러지 말아요."

"개소리하지 말고 빨리 말해. 그놈…… 어딨냐고!"

망치를 들고 으르렁거리는 조경수.

민지영이 이불을 들고 몸을 가리며 침대에서 내려서서 뒷걸음질을 친다.

"그놈 어딨는지 어서 말해!"

민지영이 흐느끼며 말한다.

"제발…… 다 설명할게요…… 제발……."

조경수가 망치를 치켜드는데 민지영이 재빨리 방을 뛰쳐나간다. 조경수가 방을 나가는 민지영의 머리채를 잡아서 그대로 망치를 휘두른다.

퍽!

민지영이 머리에 피를 흘리며 쓰러지면 조경수가 망치로 그런 민지영의 머리를 다시 내리친다.

퍽퍽퍽!

조경수가 정신을 차리고 보면 민지영이 바닥에 피를 쏟으며 쓰러져 있다. 그제야 조경수가 민지영의 어깨를 흔들며 속삭인다.

"지영아? 안 돼, 지영아⋯⋯."

조경수가 미친 사람처럼 <u>흐느끼고</u> 웃다가 자리에서 일어나 안방을 나간다.

조경수에게 완벽하게 빙의된 조승수의 사이코패스 연기가 얼마나 실감이 났는지 현장에 있던 모든 사람들이 오싹한 기분을 느낄 정도였다.

조경수가 피가 뚝뚝 떨어지는 망치를 들고 비틀거리며 욕실을 향해 걸어간다.

조경수가 침실 옆 욕실을 살펴보지만 아무도 없다.

"으아아아아!"

미친 듯이 울부짖으며 방문을 모두 열어 보지만 조경수가 찾는 남자는 보이지 않는다.

남자를 찾아서 집 안을 뒤지는 조경수의 시야가 점점 흐려지고 마침내 천천히 쓰러진다.

바닥에 쓰러진 조경수의 시야로 화면이 빙글 돌다가 이내 블랙으로 변한다.

"컷, 오케이!"

씬. 특수 병실.

다시 화면이 열리면 특수 병실이다.

조경수가 차분한 표정으로 허공을 바라보고 있고 그의 옆에는 작은 녹음기가 조경수의 진술을 녹음하고 있다. 조경수는 여전히 환자복을 입은 채 침대에 묶여 있다.

천 형사가 한숨을 내쉬며 그런 조경수를 묘한 표정으로 바라본다.

천 형사가 묻는다.

"그럼 한지훈의 시신은 한지훈의 집 뒷마당에 묻은 겁니까?"

조경수가 고개를 끄덕이고 천 형사가 반투명 유리를 향해 손짓을 하면, 밖에서 대기하고 있던 형사들이 황급히 병원을 나간다.

조경수가 천 형사를 돌아보고 묻는다.

"궁금한 게 있습니다."

"뭡니까?"

"아내가 만난 그 남자, 혹시 형사님은 누군지 아십니까?"

천 형사가 조경수를 가만히 응시하다가 고개를 끄덕이면 조경수의 미간이 좁혀진다.

조경수가 팔다리를 버둥거리며 묻는다.

"누굽니까? 그 남자가?"

"진정하시죠. 그 남자의 이름은 이민수입니다."

드라마에서는 이 장면에서 회상씬이 인서트로 들어갈 예

정이다.

조경수가 침실로 들어섰을 때 침대에 누워 있던 민지영이 애교스럽게 부르던 이름.

"민수 씨, 벌써 샤워 다 한 거야?"

다시 특수 병실.

조경수가 미간을 좁히며 민수라는 이름을 되뇐다.

"이……민수?"

"그 이름…… 한 번도 들어 본 적이 없어요?"

기억을 더듬던 조경수의 표정이 변한다.

"이민수……? 들어 본 적이 있어요. 아주 어릴 때부터 늘 그 이름이 내 주위를 맴돌았어요. 대체 이민수가 누굽니까?"

"이민수 씨도 당신을 너무나 만나고 싶어 했고, 당신한테 할 말이 많다고 했습니다."

천 형사가 옆에 있던 리모컨을 집어 들고 버튼을 누르자 정면 텔레비전 화면에 전원이 들어왔다. 모니터에 한 남자의 모습이 보였다.

모니터에 모습을 드러낸 남자를 보는 순간 조경수의 동공이 커다랗게 부풀어 올랐다. 텔레비전 안에서 모습을 드러낸 남자는 다름 아닌 자신이었던 것이다.

태수가 시나리오를 쓸 때 가장 고심한 부분이 모든 비밀이 드러나는 후반부 반전 시퀀스들이다.

원래는 조경수라는 제2의 인격이 등장하게 되는 과정을 자세하게 썼다가 모두 지우고 최대한 짧게 회상 장면으로 요약했다.

반전이 밝혀진 이상 더 이상 관객들의 흥미를 붙잡아 놓을 동력이 없다는 판단 때문이었다.

조경수가 멍하니 텔레비전 모니터를 바라봤고 모니터 안에서 천 형사의 목소리가 들려왔다.

－이민수 씨, 이제 조경수 씨와의 관계에 대해 말씀을 해 보시죠. 언제부터 그가 나타났습니까?

이민수가 순간 울컥하고 울먹이다가 감정을 가다듬은 후 천천히 입을 열었다.

－해리성 장애 혹은 다중 인격이라고 하죠? 조경수가 처음 내 인생에 끼어든 것은 제가 중학교 때였습니다. 제가 중학교 2학년 때 심각한 의처증 환자였던 아버지는 엄마가 다른 남자를 만난다는 망상에 빠져서 엄마를⋯⋯ 살해하고 자신도 자살했습니다.

이민수가 잠시 복받치는 감정을 추스르고는 말을 이어 갔다.

－엄마를 살해한 아버지가 제 앞에서 목을 매달았고 전 충격과 공포로 정신을 잃었습니다. 나중에 깨어나 보니 경찰서였고 제가 신고를 했다는 걸 알았습니다. 하지만 전 신고한 기억이 없었어요. 이후 놈이 가끔

제 인생에 나타났습니다. 그리고 제가 지영이와 결혼을 하면서 놈이 제 육신을 지배하기 시작했습니다. 아마도 놈은 의처증 환자였던 아버지에 대한 끔찍한 기억이 만들어 낸 인격인 것 같았습니다.

회상 씬.

민지영이 외출한 날, 골프채로 유화 그림들을 부수고는 침대에 정신을 잃고 쓰러져 있던 조경수가 눈을 뜬다.

같은 얼굴이지만 표정과 분위기가 전혀 다른 이민수다.

조승수는 아무런 분장도 하지 않고 표정과 눈빛만으로 조경수와 이민수의 1인 2역의 연기를 완벽하게 해냈다.

이민수는 조경수의 휴대폰을 찾아서 민지영에게 전화부터 한다.

-여보세요?

"지영아, 나야."

남자의 목소리를 듣자마자 흐느끼는 민지영. 이민수도 울컥하는 감정을 가까스로 참으며 대화를 나눈다.

"울지 마, 지영아."

-너무 보고 싶어.

"나도 보고 싶어, 지영아."

-우리…… 앞으로 어떡해?"

"지난번에도 말했듯이 방법은 이혼하는 것밖에 없어."

─집에 있는 시간이 너무 무서워. 그 사람 무슨 일이라도 저지를 것 같단 말야.

"내가 걱정하는 것도 그거야. 차라리 경찰에 신고해 버려. 난 괜찮아."

─그건 안 돼. 당신이 더 잘 알잖아. 왜 안 되는지. 난 당신 잃기 싫단 말야.

이민수, 휴대폰을 움켜쥐고 흐느낀다.

천 형사가 묻는다.

"그날은 어떻게 된 겁니까? 조경수가 민지영 씨를 살해한 그날……."

이민수가 다시 감정이 올컥하다가 이내 얘기를 이어 간다.

"놈은 매달 셋째 월요일에 알츠하이머병을 고친다며 병원을 갑니다. 하지만 진짜 병원에 가는 게 아니라 그런 망상을 하는 것 같아요. 대신 놈은 그날 반나절을 정신을 잃더라고요. 그리고 그날은 제가 제 육신을 가장 오랫동안 소유할 수 있는 날입니다. 제가 정신이 들었을 때 놈은 한지훈의 집에 있었습니다."

회상 씬. 한지훈의 집.

한지훈의 소파에서 정신을 잃고 있던 조경수, 아니 이민수가 눈을 뜬다. 이민수는 민지영에게 전화를 하고는 기쁨에 넘치는 얼굴로 전원주택으로 달려간다.

회상 씬. 전원주택.

침실에서 격렬하게 정사를 나누는 이민수와 민지영.

이 장면에서도 조승수의 놀라운 1인 2역 연기가 빛을 발했다.

같은 섹스 장면인데 조경수 때와 달리 조승수는 너무도 애틋한 눈빛으로 민지영을 바라보며 사랑스럽게 끌어안고 입을 맞추며 하나가 됐다.

사정을 한 후에도 두 사람은 서로를 갈구하며 떨어지기 싫어서 서로의 몸을 더듬으며 눈물을 흘렸다.

장난을 치며 민지영의 등에 키스를 하고 침실을 나오는 이민수.

이민수가 욕실로 들어가서 샤워를 하는 동안 민지영은 침실에서 휴대폰으로 음악을 튼다.

샤워를 하던 이민수에게 현기증이 찾아오고 비틀거리며 욕실을 나오는 이민수.

안방 입구에서 민지영에게 알리려고 하지만 소리가 나오지 않는다.

알몸으로 계단을 내려가는 이민수.

영상 위로 이민수의 나레이션이 이어진다.
"우린 놈이 깨어나기 전에 사랑을 나눠야 했습니다. 근데 그날은 예상보다 일찍 현기증이 찾아왔습니다. 현기증이 찾아오면 놈이 제 육신을 차지할 시간이 됐다는 신호거든요. 놈의 의심을 피하려면 놈이 육신을 지배하기 전에 한지훈의 집으로 돌아가야 했습니다."

회상 씬. 들판

알몸으로 비틀거리며 한지훈의 집으로 달려가는 이민수.

회상 씬. 한지훈의 집 거실

이민수가 거실로 들어서자마자 정신을 잃고 쓰러진다.
이어서 울리는 휴대폰 벨소리.
눈을 뜨고 전화를 받아서 다짜고짜 소리치는 조경수.
"어떻게 된 겁니까? 왜 이렇게 늦게 전화했어요?"
ー무슨 소리예요? 계속 전화를 했는데 받지를 않았잖아요.

씬. 특수 병실

모니터 화면 속에서 이민수가 격렬하게 울부짖고 있다.

–놈은, 내 모든 걸 앗아 갔습니다. 제 인생을 훔쳐 갔고 지영까지 죽였습니다. 전 놈에게 복수할 겁니다. 으아아아!

화면을 바라보는 조경수의 눈빛이 출렁거린다.

천 형사가 말한다.

"당신은 구치소에서도 지금처럼 압박붕대에 묶여서 지내야 할 겁니다. 그렇지 않으면 이민수가 당신을 죽일 테니까. 이민수 씨는 우리도 막을 방법이 없어요. 무슨 뜻인지 알죠?"

공포에 사로잡혀서 부들부들 떠는 조경수의 얼굴에서 엔딩 크레딧이 올라간다.

오뉴월에 내리는 서리

  태수는 〈아내의 남자〉 편집 작업과 녹음 등 후반 작업을 넷플릭트에서 지정해 준 편집실과 녹음실에서 진행해 거의 보름 만에 편집본을 완성했다.

  후반 작업 중간에 〈영혼을 찾아서〉 녹화와 생방 스케줄을 진행하느라 열흘이면 끝낼 수 있는 작업이 많이 늦어진 것이다.

  물론 스케줄은 사전에 넷플릭트와 합의가 된 사항이었다.

  편집본의 시사는 넷플릭트 한국 지사 시사실에서 이뤄졌다.

  시사실은 좌석이 대략 30석 정도 되는 아담한 공간이었다.

시사회에는 손예지와 조승수, 강한울과 천길강이 초대를 받았고, 넷플릿트 측에서는 한국 지사장인 백인우를 비롯해 태수를 추천했던 아시아 콘텐츠기획팀장인 릴리 맥코나가 일본에서 건너와서 직접 시사회에 참여했다.

릴리 맥코나 외에도 넷플릿트의 할리우드 관계자들도 여럿 참석했다. 아무래도 전 세계로 방영이 되는 드라마인 만큼 영어권 시청자들의 반응을 들어 보기 위해서였다.

그만큼 이번 작품에 대해 넷플릿트가 거는 기대가 크다는 방증이었다.

사실 넷플릿트는 비영어권 국가의 감독이 영화를 연출하는 경우는 많지만 드라마를 연출하는 경우는 드물었다.

실제로 한국 감독이 넷플릿트의 장편영화를 연출한 적은 있어도 드라마를 연출한 경우는 이번에 태수가 처음이니까.

아무래도 전체적인 제작비가 드라마가 영화보다 많이 드는 데다 문화적인 이질성이 드라마에서 더 크게 느껴지기 때문이다.

처음에 릴리 맥코나가 태수에게 드라마 연출을 맡기는 걸 보고 한국 지사장인 백인우가 의아하게 생각한 이유도 그래서였다.

시사회에 들어가기 전 손예지와 조승수, 강한울이 릴리 맥코나와 인사를 나누며 화기애애한 분위기를 연출했다.

릴리 맥코나는 세 배우, 특히 손예지와 조승수에게 이번 드라마에 출연을 해 줘서 감사하다고 특별히 고마움을 전했다.

손예지와 조승수 역시 드라마를 통해 자신들의 연기가 전 세계 넷플리트 시청자들에게 어떤 평가를 받게 될지 무척 궁금하면서도 초조해하는 눈치였다.

마침내 참석자들이 모두 자리에 앉은 후 아담한 스크린에서 화면이 밝아 왔다.

특수 병실을 바라보는 천 형사의 얼굴이 스크린을 가득 채웠고, 이어서 카메라가 팬을 하자 반투명 유리 너머 침대에 누워 있는 조경수의 모습이 보였다.

조경수가 깨어나고, 천 형사가 들어가서 아내를 살해한 사진을 보여 준 후 드라마는 곧장 회상 장면으로 들어갔다.

화면이 페이드아웃 됐다가 아름다운 민지영의 전원주택과 함께 화면이 밝아 오면서 타이틀 〈아내의 남자〉가 떠올랐다.

태수는 이미 수도 없이 본 장면들이지만 이렇게 스크린에서 보니까 감회가 새로웠다.

드라마는 뒤를 전혀 예측할 수 없는 빠르고 속도감 있는 전개로 몰입도를 높였고, 마지막 반전까지 쉼표 없이 달려갔다.

1인 2역의 역할을 완벽하게 해낸 조승수와 배우 인생 처음으로 과감한 노출까지 불사하며 몸을 사리지 않은 연기를 보여 준 손예지의 열연이 돋보였다.

비록 비영어권 드라마지만 배우들의 열연 덕분에 전 세계 시청자들은 극중 인물들에게 완벽하게 몰입할 수 있을 것이란 확신이 들었다.

그야말로 손에 땀을 쥐는 긴장과 스릴로 60분이 꽉 차는 느낌.

드라마가 끝나고 엔딩 크레딧이 올라가면서 가장 먼저 박수를 친 사람은 릴리 맥코나였다. 이어서 나머지 일행도 박수를 치며 환호했다.

박수와 환호는 감독인 태수와 열연을 펼친 배우들을 향한 것이었다.

태수는 혹시라도 작품이 기대에 못 미쳐서 어려운 결정을 내려 준 손예지와 조승수에게 괜한 민폐를 끼치는 건 아닌지 걱정했지만 기우에 불과했다.

뒤풀이를 겸한 파티에서 백인우는 태수에게 다가가 성공적인 첫 연출작에 대해 축하를 건넨 후 릴리 맥코나에게 다가갔다.

"미안합니다, 맥코나 씨. 장태수 감독을 선택한 당신의 판단이 옳았어요. 근데 맥코나 씨는 어떻게 그렇게 장태수 감독한테 강한 확신을 가졌던 거예요? 신인 감독인 데다 드라마라서, 만약 결과가 좋지 않았다면 꽤 문제가 됐을 텐데."

릴리 맥코나가 미소를 머금고 대답했다.

"일단 이야기를 풀어 가는 방식이 마음에 들었어요. 한국의 많은 감독들이 지나치게 작가주의적인 경향을 보이는 데다 이야기를 설명적으로 풀어 가는 습관이 있거든요. 그래서 중반까지 가는 이야기가 지루한 측면이 많은데, 장태수 감독의 이야기는 군더더기가 없이 처음부터 곧장 달리기 시작하거든요. 그런 이야기는 문화와 관계없이 모든 시청자들이 좋아하죠."

첫 드라마 연출작이 성공적으로 마무리되어 태수는 모처럼 휴가를 얻어 집에서 하루 쉬기로 했다.

태수는 주어진 휴가를 집에서 뒹구는 대신 송현주한테 연락을 해 보기로 했다.

태수는 그동안 시간이 날 때마다 송현주와 꾸준히 만났다. 아직은 둘이 확실하게 사귄다기보다는 편하게 만남을 이어가고 있다는 정도에 가까웠다.

다른 사람을 만날 때보다 송현주와 함께 있으면 마음이 편했고, 송현주는 이미 예전부터 태수를 좋아하고 있었다. 다만 태수에게 부담을 주기도 싫었고 행여라도 둘의 만남이 깨질까 봐 굳이 만남의 성격을 규정하지 않았을 뿐이다.

최근엔 주로 송현주가 태수가 이사한 집으로 와서 만남을 가졌는데, 이번에는 드라마 연출을 맡으면서 2주 가까이 얼굴을 보지 못했던 것이다.

"오늘 다른 스케줄이 없나?"

뭐 해? 나 오늘 백순데^^

태수가 송현주에게 카톡을 보내 놓고 답장을 기다렸다.

최근엔 송현주도 주조연이라고 불리는 서브 주연까지 올라설 정도로 인지도가 높아졌다.

송현주가 대중에게 얼굴이 알려진 건 〈최고의 사랑〉에서 광란노래방 코믹 댄스였지만, 본격적으로 인지도를 쌓은 건 태수하고 찍었던 '맛난치킨' 광고가 결정적이었다.

'맛난치킨'은 태수가 처음으로 찍은 광고인 데다 마침 광고가 방영되던 시기에 태수의 인기가 정점을 찍으면서, 같은 파트너로 출연한 송현주의 인기도 덩달아 치솟았던 것이다.

이후 송현주한테 꾸준히 배역이 들어왔고 성실하게 연기를 한 덕분에 지금의 위치까지 올라가게 된 것이다.

카톡.

휴대폰을 보니 송현주한테 답장이 왔다.

> 현주 : 어떡해요? 나 오늘 드라마 촬영 있어서 지금 한웅대학교에 와 있는데.
>
> 태수 : 몇 시에 끝나는데?
>
> 현주 : 확실히는 모르겠지만 대기 시간까지 합치면 저녁은 돼야 끝날 것 같아요. 오랜만에 얼굴 보고 싶은데 속상하네. ㅠㅠ
>
> 태수 : 오늘은 계속 거기서 찍는 거야?
>
> 현주 : 네. 드라마가 대학생들 얘기라서

퇴마하는
톱스타

태수 : 그래, 알았어. 끝날 때 되면 연락해

현주 : 네

막상 송현주를 못 본다고 생각하니 갑자기 휴일이 허전하고 시큰둥해졌다.

'가만, 한웅대학교면 집에서 그렇게 멀지 않으니까 응원차 촬영 현장에 가서 현주를 놀라게 해 줄까? 재미있겠다.'

태수가 씩 웃으며 옷을 차려입었다.

태수가 SUV를 몰고 한웅대학교로 향했다. 학교 안으로 들어가자마자 곧바로 촬영 팀이 눈에 띄었다.

잔디밭에 학생들이 잔뜩 모여서 촬영 현장을 구경하고 있었던 것이다.

송현주가 출연 중인 드라마는 〈내일은 맑음〉이라는 청춘 드라마다. 드라마의 주연은 김승기와 고아란이고 송현주는 고아란의 절친 역할이라고 했다.

태수가 주차장에 차를 세우고는 캡 모자에 마스크, 안경까지 썼다. 얼굴의 거의 90퍼센트를 가린 모습으로 차에서 내린 후 촬영장을 향해 다가갔다.

그래도 혹시 사람들이 알아보지 않을까 불안해서 고개도 들지 않았다.

태수가 다른 학생들 사이를 비집고 들어가서 안쪽을 살펴

보니 무슨 일인지 촬영이 중단된 상태였고, 김승기와 고아란이 작가와 심각하게 얘기를 나누는 중이었다.

스태프들의 표정이 심상치가 않은 걸로 봐서 무슨 일이 생긴 모양.

'대체 무슨 일이지?'

태수가 이리저리 고개를 돌리면서 송현주를 찾았다.

'얘는 어디에 있는 거야?'

그때 태수의 뒤쪽에서 누군가 말했다.

"잠깐만요, 잠시 지나갈게요."

고개를 돌리기도 전에 여기저기서 '송현주다.'라는 소리가 들려왔다.

태수가 반가운 마음에 돌아보자 송현주의 매니저가 학생들 사이로 길을 열었고 그 뒤쪽에서 송현주가 팬들에게 인사를 하며 걸어 들어오는 모습이 보였다.

태수는 옆으로 비켜 서면서 송현주가 자신의 바로 앞으로 지나갈 때 작은 소리로 속삭였다.

"현주야."

송현주가 깜짝 놀라 옆을 돌아봤고 얼굴을 완전히 가린 태수와 눈이 마주쳤다. 아무리 얼굴을 가려도 송현주가 태수를 알아보지 못할 리가 없었다.

송현주의 눈이 튀어나올 것처럼 부풀어 올랐다.

"오……빠?"

순간 주위에 있던 학생들의 호기심 어린 시선이 일제히 태수를 향했다.

'헉, 이게 아닌데.'

뒤늦게 송현주를 부른 걸 후회했지만 이미 태수를 본 누군가가 중얼거렸다.

"장태수다."

장태수라는 소리에 그곳에 있던 거의 모든 학생들이 난리가 났다.

"어디, 어디?"

"장태수가 왔다고?"

"누가 장태수야?"

바로 옆에 서 있던 여학생이 뒤늦게 태수를 알아보고 사방에서 놀람의 탄성과 비명이 들려왔다.

김승기와 고아란을 보려고 몰려들었던 사람들이 모두 태수 곁으로 우르르 몰려들었다.

태수는 의도치 않게 촬영장 분위기를 망치면서 민폐를 끼친 것 같아서 너무도 당황스러웠다. 그렇잖아도 지금 뭔가 문제가 있는 것 같은데.

뒤늦게 〈내일은 맑음〉의 감독은 물론 주연인 김승기와 고아란까지도 무슨 영문인지 몰라 의아한 표정을 지었다.

송현주가 안쪽으로 들어오라고 태수의 팔을 잡아끌었다.

태수가 안쪽으로 들어가며 마스크와 안경을 벗는 순간 사방에서 폭발적인 환호성이 울렸다.

태수가 〈내일은 맑음〉 한민혁 감독과 박슬기 작가는 물론이고 김승기와 고아란한테도 인사하며 말했다.

"정말 죄송합니다. 드라마 촬영하시는 거 구경만 하고 가려고 했는데 그만……."

하지만 그곳에 태수를 반가워하지 않을 사람은 아무도 없었다.

한민혁 감독은 물론이고 김승기와 고아란도 먼저 다가와서 손을 내밀었다.

김승기가 악수를 하며 말했다.

"와, 장태수 씨 이렇게 만나서 영광입니다. 난 언제나 실물영접하나 했는데."

"아닙니다, 제가 더 영광이죠. 예전부터 팬이에요."

이번에는 고아란 차례.

"너무 반가워요. 실물 보니까 정말 잘생기셨네요."

"고아란 씨도 실물이 훨씬 예쁘시네요. 반갑습니다."

김승기, 고아란도 스타긴 하지만 지금 태수의 인기하고는 비교가 되지 않았다.

한민혁 감독이 다가와서 역시 인사를 하며 누구 응원 왔냐고 물었다.

태수가 송현주를 돌아보며 말했다.

"송현주 응원 왔습니다."

순간 다들 송현주를 돌아보며 '오~' 하고 놀렸다. 송현주가 태수와 친분이 있다는 사실에 다들 의외라는 표정들.

송현주의 얼굴이 발그레하게 달아올랐다. 그동안 사람들 몰래 태수와 만나는 게 늘 아쉬웠던 것이다.

열애까지는 아니라도 자신이 장태수의 여자 친구라고 사람들에게 외치고 싶은 마음이 항상 있었는데, 오늘 조금은 해소가 됐다고나 할까.

김승기와 고아란이 태수에게 함께 사진을 찍자고 해서 사진을 찍는 동안 한민혁 감독이 송현주에게 다가가서 말했다.

"현주 씨, 잠깐 나하고 얘기 좀 할까?"

한민혁 감독과 얘기를 나눈 송현주가 태수에게 다가와서 살짝 곤란한 표정으로 말했다.

"우리 감독님이 오빠한테 혹시 지금 시간 있으면 우리 드라마에 카메오로 출연을 좀 해 줄 수 있냐고 묻는데요?"

"카메오?"

"네."

송현주가 현재의 상황 설명을 했다.

원래 지금 촬영분이 김승기와 고아란, 송현주 셋이서 잔디밭에 앉아 있는데 송현주가 좋아하는 스타가 지나가는 장면을 찍을 예정이다.

그럼 송현주가 환호하며 달려가서 사인을 받는 장면을 촬영해야만 하는데, 카메오로 출연하기로 한 한치우가 방금 이곳으로 오다가 작은 사고가 났다고 연락이 왔다는 것이다.

한치우는 현재 음원 차트를 휩쓸며 젊은 층에서 최고의 인기를 누리고 있는 발라드 가수다. 물론 한치우도 태수의 인기에는 비교가 안 되지만.

태수는 그제야 왜 촬영이 중단되고 다들 심각한 표정을 짓고 있었는지 알 것 같았다.

"처음엔 그냥 배우한테 그 역할을 맡기려고 했는데 영 분위기가 살지가 않는 거예요. 그래서 진짜 스타를 카메오로 쓰자고 했던 거거든요."

"한치우면 요즘 정말 인기 있는 가순데 내가 그 느낌을 살릴 수 있을까?"

태수의 말에 송현주가 눈을 흘기며 말했다.

"지금 여기 사람들 환호하는 거 봐요. 만약 오빠가 카메오로 나온다면 우리 드라마 시청률이 5퍼센트는 올라갈 걸요. 〈오늘도 연애〉 끝나고 오빠 연기하는 모습 다시 보고 싶다는 시청자들이 얼마나 많은데."

태수가 망설이지 않고 대답했다.

"그렇다면 오케이, 재미있을 것 같아. 네가 나한테 달려와서 사인을 받는다는 거지? 후후."

"근데 어쩌면 나중에 상황에 따라서 또 출연해야 할 수도 있어요. 고아란 언니가 좋아하는 스타라서 반응이 좋으면 말예요. 솔직히 한민혁 감독이 그 핑계로 분명히 그렇게 부탁

할 거예요."

"스케줄만 되면 난 언제든 좋아."

송현주가 설레는 표정으로 말했다.

"나 그럼 감독님한테 그렇게 얘기해도 돼요?"

태수가 고개를 끄덕이자 송현주가 설레는 표정으로 나는 듯이 가서 한민혁 감독에게 가서 말했다. 송현주한테 얘기를 들은 감독과 스태프들이 작게 환호하는 소리가 들려왔다.

한민혁 감독이 한달음에 달려와서 고맙다는 인사를 전하고 바로 대본을 보여 주며 촬영을 준비했다.

한웅대학교 4학년으로 이번에 복학한 기수가 느긋하게 캠퍼스 잔디밭에 앉아 있다가 멀리 촬영장을 바라보며 물었다.

"근데 저건 뭐냐? 왜 저렇게 사람들이 많이 모여 있어?"

과 후배 정우가 대답했다.

"〈내일은 맑음〉이라고 드라마 촬영하는 거 구경하는 거예요."

"아…… 김승기랑 고아란하고 그 누구냐? 요즘 신인으로 뜨는 애…….."

"송현주요?"

"어, 맞아. 난 요즘 걔 마음에 들던데. 걔도 오늘 왔나?"

정우가 눈을 반짝이며 말했다.

"왔겠죠. 나중에 한번 연락해 봐요. 오티비 사장 아들이라고 하면 웬만한 신인들은 혹하고 넘어올 텐데."

"그래 볼까? 큭큭큭, 아무튼 오랜만에 학교 오니까 좋네. 내가 왜 이 좋은 곳을 두고 휴학을 해서 인생을 낭비하고 돌아다녔지?"

정우가 한숨을 푹푹 내쉬며 말했다.

"형한테는 그럴지 몰라도 전 여기 있어도 하나도 안 좋거든요. 형처럼 금수저가 아니라서 지긋지긋한 도서관에서 취업 준비해야 하니까. 사실 취업 걱정 없고 돈만 많으면 대학보다 놀기 좋은 곳이 없죠. 파릇한 애들 데리고 놀면서 술이나 마시고 미팅하고 클럽 가고. 참, 형은 군대도 안 가잖아요."

기수가 주위를 둘러보더니 인상을 팍 쓰면서 말했다.

"조용히 해라. 괜히 남들 알면 피곤해진다."

"에이, 오티비 사장 아들을 누가 건드려요? 요즘은 언론이 권력인데. 진짜 부럽다."

기수가 정우를 돌아보고는 히죽 웃으며 말했다.

"부럽냐? 너무 부러워 마라, 부러우면 지는 거야, 큭큭큭. 근데 맨날 돈 뿌리고 다니면 내성이 생겨서 생각보다 재미있지도 않아. 거기다 집에 들어가면 꼰대가 눈꼬리 치켜올리고 온갖 잔소리 줄줄이 늘어놓는 거 들어야지. 당해 보면 아주 미친다, 미쳐! 자기는 온갖 추잡한 짓거리 다 하고 다니면서."

"형 아버지가 그래요?"

"너 지난번 신문 안 봤냐? 아니, 됐다. 내 얼굴에 침 뱉기지. 내가 누구 피 받아서 이렇겠냐?"

그때 두 사람의 주위로 공기가 살짝 흔들리는가 싶더니,
정우가 몸을 웅크리며 신음을 토해 냈다.

"왜 그래?"

"아, 아니에요. 갑자기 한기가 들면서 몸이 오싹해져서."

"사내새끼가 약해 빠져서. 그나저나 몸이 근질근질하네."

기지개를 켜던 기수가 비명과 함께 인상을 찡그렸다.

"아이 씨! 깁스 푼 지가 얼마 안 돼서 그런가 아직도 아프
네. 어휴 진짜 재수가 없어서."

순간 정우의 눈빛이 싸늘하게 변하더니 입꼬리를 올리며
말했다.

"차 사고 난 거 때문에 그러죠? 그래도 형 진짜 그만하길
다행으로 생각해요. 그때 만약 차에서 못 빠져나왔으면 영미
랑 같이 저승길 갈 뻔했잖아요."

기수가 갑자기 정우의 머리를 쥐어박으며 소리를 빽 질렀
다.

"새끼가 재수 없게. 그 얘긴 꺼내지도 말라 그랬지? 아직
도 영미 그년만 생각하면 심장이 벌렁거리고 자다가도 벌떡
일어날 판인데. 얼마 전엔 악몽까지 꿨단 말야."

"여자가 한을 품으면 오뉴월에 서리가 내린다던데, 솔직
히 형도 무섭죠? 사랑하는 남자한테 배신당해, 폭행당해서
유산해, 형이 모는 차 타고 가다가 사고 나서, 마지막 순간에

형이 구해 줄 수도 있었는데 형이 모른 척해서 혼자 죽도록
내버려 뒀잖아요.”

마치 뭔가에 홀린 것처럼 줄줄 얘기를 늘어놓는 정우를 보
며 기수의 얼굴이 허옇게 질렸다. 급기야 기수가 자리에서
벌떡 일어나더니 소리를 빽 질렀다.

“닥쳐, 이 새끼야! 너 뭐 하는 거야! 너 지금 무슨 소리 하
는 거냐고!”

정우가 얼떨떨한 얼굴로 기수를 올려다봤다.

“무슨 소리라니요?”

“방금 그 얘기! 네가 그 얘길 어떻게 알아? 방금 구해 줄
수도 있었는데 어쩌고 했잖아!”

정우도 이상한 듯 기억을 더듬다가 이내 얼버무리는 것처
럼 말했다.

“저번에 형이 저한테 다 얘기해 줬잖아요. 마지막에 차가
뒤집혀서 저수지로 미끄러졌고, 영미를 구할 수 있었는데 형
만 빠져나와서 익사했다고.”

기수가 발작처럼 소리를 질렀다.

“누, 누가 그런 말을 해? 누가 구해 줄 수 있는데 그냥 놔
뒀다고 그랬냐고! 그년은 그때 벌써 죽어 있었다고!”

“형이 저번에…… 아, 아닌가?”

정우도 이상한 듯 기억을 더듬다가 이내 얼버무리는 것처
럼 말했다.

"에이, 형이 얘기를 해 줬으니까 알고 있지. 내가 그런 얘기를 어떻게 알겠어요?"

"내가 미쳤냐? 그런 얘기를 하게?"

정우가 아무리 친한 후배라도 영미를 사고사로 위장해서 자기가 죽였다는 얘기를 스스로 자백할 정도로 바보는 아니다.

'그렇다면 대체 정우는 그 얘기를 어떻게 알고 있는 거지? 그 얘긴 아무한테도 들려준 적이 없는데.'

순간 기수는 주변 공기가 흔들리며 에어컨 바람 같은 한기가 덮치는 것 같은 기분을 느꼈다.

'아이씨, 뭐야? 왜 이렇게 오싹한 거야?'

기수가 눈을 휘둥그레 뜨고 주변을 둘러봤지만 딱히 이상한 점은 보이지 않았다.

"형, 미안해요. 나도 내가 지금 무슨 소리를 하는지 잘 모르겠어요. 내가 어떻게 그 얘기를 알고 있지? 아무튼 그냥 헛소리했다고 생각하세요."

정우가 미안하다고 사과를 하는데 그 말이 오히려 기수를 오싹하게 만들었다.

"야, 박정우, 너 앞으로 내 앞에서 그 미친년 얘긴 절대로 꺼내지 마. 그리고 어디 가서 절대로 방금 그 얘기하면 안 돼. 지금 그년 엄마가 오티비 방송국 앞에서 매일 1인 시위하는 거 알아, 몰라?"

"아, 알아요, 알았어요. 조심할게요."

기수가 고개를 흔들며 짜증스럽게 중얼거렸다.

"아이 씨. 그년 얘기하니까 기분 확 잡치네. 야! 뭐 재미있는 일 없냐? 넌 새끼야, 후배라는 놈이 선배가 모처럼 학교에 복학을 했으면 얼른얼른 재미있는 건수를 만들던가 해야지 왜 엉뚱한 소리를 하고 난리야?"

"전 형이 아직 몸도 다 완쾌되지 않은 것 같고 해서."

"놀고 있네! 뭐든 재밌는 건수로 얼른 잡아 와 봐. 기분 좀 풀게!"

자리에서 일어나던 정우가 기수의 팔을 툭 치며 은근하게 물었다.

"쟤네들 어때요?"

"누구?"

"저기, 물방울 원피스!"

기수가 유심히 쳐다보더니 말했다.

"괜찮은데? 옆에 있는 애는 완전 꽝이지만."

"원래 아닌 애를 공략해야 성공 가능성이 높은 거라고요."

"그러냐? 그럼, 한번 얼른 가서 찔러 봐라. 성공만 하면 저녁 시간은 내가 럭셔리하게 책임진다!"

"오케이~ 일단 찔러보는 거죠, 뭐. 헤헤."

정우가 눈을 찡긋하곤 얼른 두 여학생에게 달려가 얘기를 주고받는 모습이 보였다. 멀리서 봐도 물방울 원피스는 스타

일과 얼굴 모두 마음에 쏙 들었다.

잠시 후 여학생들이 드라마 촬영장으로 달려가고 정우는 고개를 흔들면서 돌아왔다.

"뭐야? 성공 못 한 거야?"

"그게 아니라…… 얘기가 잘되고 있는데 드라마 촬영장에 엄청난 애가 왔다면서 둘이서 달려가는 거예요."

"엄청난 애? 누구? 김승기? 고아란?"

"아뇨. 장태수가 왔다는데요?"

장태수란 소리에 기수의 표정이 일그러졌다.

"영혼남, 장태수?"

"예. 왜요?"

"몰라서 묻냐? 장태수 그 새끼가 우리 오티비 프로그램 다 부숴 놨잖아, 〈영혼찾기〉. 우리 꼰대가 장태수 얘기만 나오면 이를 갈아. 제작진이 전국 방방곡곡을 다 뒤져서 영능력 있는 진행자 찾아냈는데 장태수가 완전 개박살 내서 영능력까지 없애 버렸다고."

"아…… 아 맞다. 금천지인가 그 사람?"

"그래. 장태수가 왔다고?"

기수가 벌떡 일어나서 드라마 촬영 현장으로 걸어가자 정우가 물었다.

"형, 어디 가요?"

"장태수가 실제로 어떻게 생긴 놈인지 쌍판이나 좀 보려고 그런다."

드라마 촬영 현장으로 걸어가는 기수를 바라보는 정우가 몸을 부르르 떨었고 눈빛이 변했다. 정우가 주변을 두리번거리더니 바닥에 떨어져 있던 돌멩이를 집어 들었다.

돌을 집어 든 정우가 천천히 기수를 뒤따라갔다.

한민혁 감독이 대본을 보여 주며 상황을 설명했고 태수가 바로 알아들었다. 모처럼 배우로 연기를 하려니 살짝 어색한 기분이 들었지만 재미있을 것 같았다.

게다가 송현주의 성격을 보여 주는 중요한 분량인 데다 송현주가 자신한테 사인해 달라고 매달리는 모습을 떠올리니 괜히 웃음도 나오고.

게다가 이번에는 카메오 역할이라서 극중 배역도 자신의 이름 그대로 장태수를 사용한다. 당해 최고의 슈퍼스타라는 설정에 살짝 손발이 오그라들긴 하지만.

"자, 그럼 숏 들어갑니다!"

주위에서 구경하던 학생들이 이게 웬 대박이냐는 표정으로 웅성거리며 눈을 빛냈다. 당분간 연기를 그만두기로 한 장태수의 연기를 본다는 것만으로도 희귀 아이템이 아니던가.

물론 태수와 연기를 하게 될 송현주의 마음에 비할 바는 아니었다.

예전에 맛난치킨 광고를 함께 찍긴 했지만, 둘이 함께 찍

퇴마하는
톱스타

은 장면보다는 태수의 스케줄 때문에 따로 찍어서 편집으로 붙인 장면이 대부분이어서 아쉬움이 많이 남았던 것이다.

대한민국 모든 여자들의 연인인 태수와 썸을 타고 있는 자신이 한 화면에 등장해서 연기까지 한다니, 생각만으로도 가슴이 터질 것만 같았다.

"조용해 주세요, 조용!"

"하나, 둘…… 액션!"

숏 사인이 나자 태수가 캠퍼스를 가로지르며 걸어 올라갔다.

카메라가 자신을 촬영하고 구경하는 수많은 학생들의 시선이 쏠리자 저절로 생기탐랑의 기운이 작동을 하며 온몸에서 화사한 기운이 퍼져 나왔다.

구경하던 학생들은 그 기운이 화사한 가을 햇살 덕이라고 생각을 하면서 탄성을 내질렀다.

간단히 메이크업을 한 게 전부였지만 그저 걷는 것만으로도 화보였고 다른 배우들하고는 차원이 다른 오오라가 풍겨 나왔다.

태수를 본 캠퍼스의 여학생들이 꺅꺅거리고 비명을 지르며 달려들었다.

"태수 오빠!"

"꺄악, 장태수다!"

물론 엑스트라들이었지만 평소 태수가 겪는 일상과 조금

도 다를 바가 없는 상황이었다. 게다가 엑스트라들이 이게 웬 떡이냐는 표정으로 그 어느 때보다 실감나는 연기로 열연을 펼쳐서, 이전까지 싸늘했던 촬영장의 분위기가 한껏 달아올랐다.

그 장면을 부러운 듯 구경하던 여학생들이 약속이나 한 듯 중얼거렸다.

"저런 역할은 나도 잘할 수 있는데. 나 좀 시켜 주지."

김승기, 송현주와 함께 잔디밭에 앉아서 수다를 떨던 고아란이 눈을 휘둥그레 뜨며 중얼거렸다.

"뭐야, 장태수라고?"

고개를 돌리던 고아란이 태수를 발견하곤 말을 더듬었다.

"와, 진짜 장태수야! 와, 어쩜 저렇게 잘생길 수가 있지? 그냥 걸어 다니는 화보가 따로 없네."

송현주도 고개를 돌려 태수를 발견하고는 손으로 입을 막으며 떨리는 음성으로 중얼거렸다.

"어떡해, 정말 영혼남 장태수잖아."

고아란의 남친인 김승기가 질투를 하며 말했다.

"화보는 개뿔, 쟤 옆에 가까이 가면 귀신 붙어, 귀신."

그러거나 말거나 송현주는 눈물까지 글썽이며 어떡해를 연발했다. 연기인지 실제 감정인지 헷갈릴 정도로 반짝이는, 눈빛이 살아 있는 연기였다.

고아란이 소리쳤다.

"야, 어떡하긴 뭘 어떡해? 그렇게 보고 싶다고 맨날 노래를 하더니. 달려가서 얼른 사인 받아야지!"

"맞아, 사인!"

송현주가 벌떡 일어나서 태수를 향해 달려가자 고아란도 자리를 박차고 일어나는 순간 김승기가 옷자락을 붙잡았다.

"뭐 하는 거야? 나도 사인 받을 거야."

"네 남친은 나야. 난 네가 다른 남자한테 마음 주는 거 싫단 말야."

"내가 세상에서 젤 싫어하는 게 집착이야. 이거 놔!"

"싫어, 난 차라리 집착남할래."

김승기와 고아란이 옥신각신하는 동안 송현주는 뭔가에 홀린 것처럼 태수를 둘러싸고 있던 여학생들을 밀치고 안으로 들어가 태수와 마주 섰다.

막무가내로 밀고 들어온 송현주의 기세에 여학생들이 '쟤 뭐야?' 하는 표정으로 눈을 흘기는데 송현주가 떨리는 목소리로 더듬거리며 말한다.

"저…… 팬인데요…… 사인 좀…….”

태수가 고개를 끄덕이며 말했다.

"네. 해 드릴게요, 사인."

태수가 사인할 노트와 볼펜을 달라는 손짓을 하자 송현주가 당황해서 말한다.

"어떡해? 제가 노트하고 볼펜을 안 가져왔는데…….”

그러자 주위에 있던 다른 여학생들이 앞다퉈서 밀려들며 노트와 볼펜을 내밀었다. 다른 여학생들에게 밀려나는 송현주를 바라보던 태수가 소리쳤다.

"저기, 잠깐만요!"

태수의 소리에 몰려들던 여학생들이 멈칫하고.

송현주가 놀란 토끼 눈으로 돌아보면 태수가 송현주를 향해 다가간다. 파도가 갈라지듯이 옆으로 길을 터 주는 다른 여학생들.

태수가 송현주 앞으로 다가가서 말한다.

"사인 말고 사진을 찍으면 되잖아요."

여학생들이 '오~' 하면 송현주가 감동한 표정으로 고개를 끄덕이며 태수의 옆으로 다가간다.

송현주가 휴대폰을 꺼내 태수 옆에 서서 셀카를 찍으려고 팔을 뻗지만 긴장으로 손을 떨어서 각도가 나오질 않고.

태수가 말한다.

"제가 찍을까요?"

여기저기서 터져 나오는 부러움의 탄성.

송현주가 고개를 끄덕이고 휴대폰을 건네주면 태수가 받아서 긴팔을 쭉 뻗는다.

이제야 제대로 나오는 각도. 그리고 찍는 순간에 태수가 송현주의 어깨에 팔을 올려 끌어안는다.

여학생들이 꺅꺅거리며 비명을 지르면.

찰칵.

제작진은 물론이고 송현주도 연기가 아닌 정말로 놀란 표정으로 눈을 휘둥그레 떴다.

어깨를 끌어안는 장면은 대본에 없던 태수의 애드리브였던 것이다. 게다가 태수의 애드리브는 거기서 끝나지 않았다.

태수가 지나가면서 송현주의 귀에 대고 아무도 모르게 작게 속삭였다.

"작가한테 카메오 분량 늘리면 출연할 생각 있다고 전해."

나중에 시청자들이 보면 그냥 지나가는 것 같기도 하고 정말로 무슨 얘기를 속삭인 것 같기도 한 묘한 여운을 남기는 애드리브였다.

태수가 눈을 휘둥그레 뜨고 있는 송현주를 보고는 씩 웃으며 몰려드는 다른 여학생들에게 사인을 해 주고는 멀어진다. 그런 태수를 넋이 나간 표정으로 바라보는 송현주.

연기가 아닌 정말로 얼떨떨한 표정이다.

대본 어디에도 그런 지문과 대사는 없었던 것이다.

"컷, 오케이!"

한민혁 감독은 물론이고 이성희 작가도 아낌없는 박수를 보냈다.

"너무 잘 나왔다. 너무 좋았어."

8회를 넘어가는 〈내일은 맑음〉의 시청률이 7~8%로 정체되어 있어서 궁여지책으로 짜낸 아이디어가 한치우의 카메오 출연이었다.

한치우가 나온다고 해서 시청률이 엄청 올라가고 그런 건 아니지만 최소한 인터넷에 기사 한두 줄은 나올 테니까.

이성희 작가가 스케줄이 안 된다는 한치우를 직접 만나 부탁을 해서 겨우 오늘 카메오로 출연하기로 허락을 받은 건데, 하필이면 또 사고가 났다는 소식이 들려온 것이다.

그때만 해도 한민혁 감독과 이성희 작가는 눈앞이 캄캄했고 촬영장 분위기도 싸하게 가라앉아 있었다. 바로 그 순간에 태수가 구세주처럼 나타났던 것이고.

한치우가 카메오로 출연하면 기사 한두 줄로 끝이지만 태수가 출연한다면 인터넷 연예 섹션 메인에 올라갈 소식이었다.

〈오늘도 연애〉 이후로 태수의 연기 소식을 기다리는 시청자들이 워낙 많았기 때문이다.

게다가 원래 대본에 있던 장면은 송현주가 좋아하는 스타와 함께 셀카를 찍고 좋아하는 간단한 씬이었는데, 어깨를 끌어안고 찍은 것도 모자라서 귓속말까지 속삭이는 것 같은 여운을 남기고 지나갔으니 그야말로 대박을 터뜨린 셈이었다.

그 말은 곧 앞으로 송현주와 장태수를 연결시킬 고리가 생겼다는 얘기고, 장태수를 짧게라도 드라마에 한두 번 더 출연시킬 수 있는 여지가 생겼다는 말이다.

이건 분명 폭발성이 있는 이슈였고 이성희의 귀에는 그토록 애타게 기다리던 시청률 올라가는 소리가 들리는 듯했다.

멀어졌던 태수가 돌아와서 말했다.

"죄송해요, 제 애드리브가 너무 심했죠? 혹시 마음에 안 드시면 다시 찍을게요."

태수의 말에 한민혁 감독과 이성희 작가가 동시에 손을 내저으며 말했다.

"무슨 소리예요? 너무 좋았어요. 마치 혜원이하고 장태수 사이에 앞으로 무슨 일이 일어날 것 같은 묘한 여운도 남기고."

혜원은 송현주의 극중 이름이었다.

이성희가 내친김에 말했다.

"혹시 앞으로 이 느낌 살려서 에피소드가 나올지도 모르는데 그때 한두 번 더 출연해 주시면 안 될까요?"

태수가 주저 없이 대답했다.

"네, 그렇게 하세요."

"와…… 고마워요!"

시청률이 나오지 않아 가장 따가운 눈총을 받던 이성희 작가는 그야말로 만세라도 부를 기세였다.

이성희가 송현주의 손을 잡고 구석으로 가서 은밀한 목소리로 말했다.

"현주 씨가 우리 프로 살리는 복덩이네. 근데 장태수 씨하고는 어떤 사이야?"

"그냥 예전부터 오빠 동생으로 조금 알고 지내는 사이에요."

"오빠 동생? 너무 좋겠다. 장태수 진짜 신비주의잖아, 예능도 안 나오고 연예계 사람들하고 잘 어울리지도 않고."

이성희가 뒤늦게 속에 있는 말을 꺼냈다.

"내가 현주 씨하고 장태수랑 부담스럽지 않게 에피소드 한두 개 더 넣어서 엮어 보면 어떨까? 그럼 장태수가 출연해 줄까? 아까 대답은 하겠다고 했는데 너무 쉽게 대답해서 꼭 예의상 한 대답 같단 말야. 현주 씨가 얘기 좀 해 주면 안 돼?"

"알았어요. 제가 책임지고 출연하도록 할 테니까 에피소드 재밌게만 써 주세요."

이성희가 주먹을 불끈 쥐며 흥분해서 말했다.

"오케이, 그럼 나 정말로 대본 수정한다? 현주 씨가 책임져야 돼?"

송현주가 웃으면서 자신 있게 고개를 끄덕였다.

태수가 배우들과 스태프들에게 인사를 하고 돌아서는데 송현주가 다가와서 말했다.

"고마워요, 오빠."

"나도 재밌었어. 촬영 끝나면 연락해."

"알았어요."

송현주와 인사를 하고 태수가 막 돌아서는데 어디선가 날카로운 비명이 들려왔다.

태수가 돌아보니 촬영장을 구경하던 사람들이 좌우로 흩어져 있고 그 한가운데 머리에 피를 흘리며 바닥에 쓰러져 있는 김기수가 보였다.

그리고 기수 앞에는 정우가 피 묻은 돌멩이를 들고 있었다.

사람들이 정우를 보고 소리를 질렀다.

"저 사람 왜 저래?"

"어서 경찰 불러요!"

태수가 서둘러 두 사람을 향해 다가갔다.

놀랍게도 돌멩이를 들고 있는 정우의 입에서 여자 목소리가 흘러나왔다.

–이건 시작에 불과해. 난 두고두고 평생 너한테 복수할 거야. 영원히!

정우가 다시 돌멩이를 들어서 내리치려는데 뒤에 있던 남학생들이 달려들어서 막았다. 정우가 여자 목소리로 비명을 지르며 자신을 말리는 남학생들을 밀쳐냈다.

정우를 붙잡은 남학생들이 다들 건장했음에도 불구하고 정우의 힘을 당하지 못했다. 체격이 왜소한 정우가 덩치 큰 남학생들을 마치 물건처럼 집어 던지는 모습은 영화의 한 장면 같았다.

정우가 여자 목소리로 악을 썼다.

-비켜! 날 막으면 누구든 가만두지 않을 거야!

태수가 즉시 주문을 읊었다.

'영안부.'

화르르르륵.

공기가 흔들리며 허공에 부적이 떠올랐다. 손으로 부적을 집어서 눈가를 문지른 후 눈을 떴다.

시야가 푸르스름하게 변했고 남학생들을 집어 던지고 있는 정우의 온몸에서 귀기가 피어오르는 모습이 보였다.

태수는 보자마자 빙의라는 걸 알았다. 정우와 영의 모습이 살짝 겹쳐 보이는 걸 보니 오랫동안 빙의되어 귀기에 오염된 경우가 아니라 순간적으로 빙의가 된 모양이었다.

흐릿하긴 하지만 정우에게 빙의된 악귀가 긴 생머리의 여자 원귀라는 걸 알 수가 있었다.

이런 경우에는 즉시 원귀를 육신에서 분리시키는 게 상책이다. 빙의된 시간이 짧기 때문에 빙의당한 사람에게 정신적 충격이나 후유증도 크지 않다.

'축귀부.'

화르르르륵.

허공에 항마의 기운을 뿜어내는 노란 축귀부가 둥둥 떠올랐다.

태수가 수인을 맺고는 양 손바닥을 맞잡은 상태로 정우를 향해 팔을 앞으로 뻗으며 일갈했다.

퇴마하는 톱스타

"축귀!"

부적이 빛처럼 날아가 정우의 가슴에 꽂혔다.

—키악!

원귀가 괴성과 함께 정우의 몸에서 튕겨 나갔다. 원귀가 빠져나가는 순간 정우도 그 자리에 힘없이 꼬꾸라졌다.

정우의 몸에서 튕겨 나간 원귀가 부적을 맞은 충격으로 영체를 파르르 떨었다. 뜻밖에도 원귀는 온몸이 물에 흠뻑 젖어 있었고 영체의 주변을 수증기 같은 습기가 감싸고 있었다.

귀기가 엄청나게 강한 건 아니었지만 원귀 중에서도 가장 질기고 악독하다는 수귀(水鬼)였다.

수귀가 위험한 건 물에 빠져 익사한 사람의 영체를 잡아먹고 빠르게 귀기를 축적할 수가 있기 때문이다. 다시 말해 지금은 힘이 약해서 저 정도의 해코지로 끝났지만, 머지않아 수귀의 힘이 걷잡을 수 없이 커지면 무슨 일이 벌어질지 짐작할 수가 없다는 얘기였다.

더구나 수귀가 복수를 꿈꾸는 대상이 있다면 힘을 더욱 빠르게 키울 테고.

따라서 수귀를 지금 잡지 못하면 나중에는 지금보다 몇 배의 수고가 필요할 것이다.

태수가 수귀를 가두는 봉인부를 소환하기 위해 수인을 맺는 모습을 본 수귀가 황급히 시야에서 사라졌다.

'이런.'

수귀가 태수에 대해 알고 있다는 느낌이 들었고 그 말은 곧 죽은 지 얼마 안 된 원귀라는 얘기였다.

태수가 쓰러진 두 사람에게 달려갔다.

기이하게도 가해자와 피해자가 동시에 바닥에 쓰러져서 신음하고 있었다.

다행히 김기수는 머리에 돌을 맞긴 했지만 부상이 크지 않은지 자리에서 벌떡 일어나 몸을 부들부들 떨었다.

기수가 그제야 쓰러진 정우를 보며 중얼거렸다.

"이 새끼가 미쳤나?"

잠시 충격으로 정신을 잃었던 정우도 몸을 일으켰다. 지수가 머리에서 피를 흘리며 그런 정우에게 달려들어 멱살을 잡고 흔들었다.

"너 나한테 왜 그랬어? 왜?"

정우가 얼떨떨한 표정으로 중얼거렸다.

"형, 난 방금 무슨 일이 있었는지 하나도 기억이 나지 않아요."

"그게 무슨 소리야?"

주먹을 치켜드는 기수를 향해 태수가 말했다.

"그만두세요. 이 사람이 그런 게 아니에요."

"뭐야?"

"악귀가 이 사람 몸에 빙의해서 당신에게 위해를 가하려고

퇴마하는
톱스타

했던 겁니다."

악귀라는 소리에 기수의 표정이 허옇게 변했다.

"아, 악귀라고?"

"두 사람 모두 잠깐 저하고 얘기를 좀 할 수 있을까요?"

기수는 다른 사람도 아닌 태수가 하는 말이었기에 무시할 수가 없었다. 일단은 얘기를 들어 보는 게 좋겠다는 생각으로 기수는 119 구급차까지 돌려보내고 태수와 마주했다.

"혹시 원귀와 관련해서 짚이는 게 없습니까? 최근에 죽은 사람 중에서 당신한테 원한을 품을 만한 사람이 없어요?"

기수가 고개를 저었다.

"그런 사람 없어요. 근데 악귀라니, 그쪽에서 악귀를 보긴 봤습니까?"

태수가 고개를 끄덕이고는 말했다.

"젊은 여자였고 온몸이 물에 흠뻑 젖어 있었습니다."

순간 기수의 입에서 침음이 흘러나왔고 옆에 있던 정우도 몸을 부들부들 떨었다.

태수는 두 사람의 반응으로 보아 둘 다 수귀에 대해 알고 있다는 강한 확신이 들었다. 게다가 수귀가 정우에게 쉽게 빙의한 걸 보면 두 사람이 생전에 아는 사이일 가능성이 높았다.

"만약 악귀에 대해 알고 있는 내용이 있다면 지금 저한테 알려 주세요."

기수가 짜증스럽게 말했다.

"그런 거 없다고 했잖아요."

태수가 정우를 돌아보고 물었다.

"그쪽도 뭐 짚이는 거 없어요?"

정우가 말을 하려고 하자 기수가 인상을 썼다.

"저, 저도 아는 게 없어요."

태수가 두 사람을 가만히 응시하다가 기수를 향해 손바닥을 펼치고 주문을 읊었다.

'사이코메트리.'

화르르르륵.

공기가 흔들리더니 머릿속에서 기수의 속마음이 들려왔다.

─분명 영미 그년이야. 어떡하지?

─아버지한테 얘기해서 어서 금천지 같은 영능력자를 찾아서 보디가드로 붙여 달라고 해야겠어.

태수가 의아한 표정으로 기수를 바라봤다.

'금천지 같은 영능력자를 보디가드로 붙인다고? 얘는 정체가 뭐야?'

태수가 이번에는 정우의 속마음을 읽었다.

이번에는 정우의 속마음이 태수의 머릿속에서 환청처럼

들려왔다.

　－솔직히 영미가 기수 형한테 한을 품을 만도 하지. 남친한테 폭행당해서 애가 유산된 것도 모자라서 일부러 사고 내서 죽이고. 사고 조사할 때도 분명히 형네 아버지가 힘을 썼을 거야. 오티비 사장이 뭔들 못 하겠어.
　－영미 엄마가 방송국 앞에서 매일 1인 시위하는 것도 이해가 되지.

　그제야 태수는 기수가 누군지 깨달았다.
　세상 좁다더니 하필이면 기수가 오티비 방송국 사장의 아들이라니.
　태수가 돌려 말해 봐야 소용이 없겠다는 생각이 들어서 기수를 보며 다짜고짜 물었다. 물론 무슨 일인지 대충 짐작은 가지만.
　"대체 영미라는 여자가 누굽니까?"
　기수가 당황한 표정으로 자리를 박차고 일어나더니 소리쳤다.
　"당신이 뭔데 참견이야? 야, 박정우. 너 안 일어나?"
　기수의 기세에 정우도 얼떨결에 자리에서 일어났다.
　태수가 말했다.
　"흔히 물귀신이라고 부르는 수귀는 집념이 강하고 원한이 깊어서 자신이 복수하려는 상대를 절대로 용서하지 않습니다. 아무도 수귀를 막을 수는 없어요. 그러니까…….”

기수가 대단한 비밀이라도 알려 주는 사람처럼, 혹은 위협이라도 하는 것처럼 태수 앞으로 얼굴을 바싹 들이대고 말했다.

“장태수 씨, 나…… 사실은 오티비 사장 아들인데…… 당신한테 그다지 감정이 좋은 사람이 아냐, 우리 아버지도 그렇고. 그리고 당신 정도의 영능력자 찾으려면 얼마든지 찾아. 그러니까 괜한 오지랖 피우지 말고 당신 일이나 열심히 잘해.”

조금 전 읽은 속마음만으로도 그다지 도와주고 싶은 마음이 들지 않았는데 지금 하는 말을 들으니 아예 도와줘야겠다는 생각이 싹 사라졌다.

이런 인간보다는 차라리 영미라는 수귀한테 오히려 연민이 갔다. 김기수를 도와주기보다는 수귀가 더 이상 죄를 짓지 않으면서 원한을 풀 수 있는 방법을 찾도록 도와주고 싶었다.

기수와 정우는 서둘러 자리를 떠났다.

‘그 여자 엄마가 오티비 앞에서 1인 시위를 한다고 했지?’

태수는 창호한테 상황을 설명하고 자기 대신 영미라는 여자 엄마를 만나 달라고 부탁했다. 아무래도 태수가 직접 나서면 사람들 눈도 있고 상황이 복잡해질 것 같았던 것이다.

다른 소속사 대표 같으면 왜 그런 쓸데없는 일에 끼어드느냐고 분명히 말렸을 것이다.

지금 싸우려는 상대가 국내 10대 그룹 중 하나인 오성 그룹 계열사이자 국내 최대 케이블 방송국인 오티비의 사장 아들이 아닌가.

아무리 태수라도 낭패를 보고 곤란해질 수가 있었다.

하지만 창호는 아무 말도 하지 않고 고개를 끄덕였다.

태수가 단순히 돈만 좇는 연예인이 아닌 데다 정확히는 모르지만 해야만 하는 책무 같은 게 있다는 걸 알기 때문이다.

창호가 오티비 방송국 앞으로 가보니 태수 말대로 피켓을 들고 1인 시위를 하고 있는 50대 여자가 보였다. 힘없이 지친 여자의 눈빛엔 생기가 없었고 슬픔이 가득했다.

여자가 들고 있는 피켓에는 이런 내용이 적혀 있었다.

우리 딸 김영미는 사고로 죽은 게 아닙니다. 오티비 방송국 사장님의 아들, 김기수는 우리 영미가 왜 죽었는지 알고 있습니다. 제발 진실을 밝혀 주세요.

하지만 그 앞을 지나는 사람 누구도 그녀에게 관심을 두지 않았다.

창호가 여자에게 다가가서 말했다.

"안녕하세요, 혹시 장태수라는 사람을 아세요? 〈영혼을 찾아서〉라는 프로그램에 나오는…….”

여자의 표정이 변했다.

“장태수? 예, 알아요. 영혼을 본다는 분이잖아요.”

“예, 맞습니다. 지금 장태수 씨가 어머님을 만나고 싶어 합니다.”

여자의 얼굴에 이내 경계의 빛이 떠올랐다. 지금까지 오티비 측으로부터 갖은 협박과 괴롭힘을 당했기 때문이다.

여자가 고개를 흔들면서 말했다.

“못 믿겠어요. 그런 유명한 분이 저 같은 사람을 만날 리가 없어요. 그리고 만약 날 만나고 싶다면 직접 오지 않고 왜 다른 사람을 보내요?”

“사람들 눈이 있어서 직접 나서질 못한 겁니다. 저쪽을 보세요.”

창호가 가리킨 곳을 바라보던 여자의 동공이 출렁하고 흔들렸다. 앞쪽 도로변에 세워진 창호의 카니발 안에서 태수가 인사를 하고 있었기 때문이다.

여자의 이름은 박인숙.

인근 조용한 카페에 들어서서 박인숙이 털어놓은 사연은 이랬다.

사망한 강영미는 박인숙의 외동딸이자 오티비 아나운서였다. 여자는 식당에서 일하는 어려운 형편에도 딸 하나만 바라보며 열심히 살았다.

어느 날 김기수가 딸에게 접근했다. 처음에 영미는 기수가 방송국 사장 아들이라서 자신의 집과 너무 맞지 않는 상대라고 생각해 사귀자고 해도 싫다고 했다.

하지만 기수는 영미가 싫다는데도 매일 선물 공세에 온갖 선심을 다 쓰며 딸의 마음을 잡았다. 둘은 결혼을 약속하며 사귀었다.

어느 날 딸이 입덧을 했고 아이 아빠가 기수라고 했다.

그러자 기수의 태도가 돌변했다. 기수는 결혼을 할 수가 없으니 아이를 지우라고 했다. 영미는 독실한 가톨릭 신자라서 아이를 지울 수가 없으며 혼자서라도 아이를 키우겠다고 했다.

그날부터 기수의 집요한 협박이 시작됐다. 사귀자고 매달릴 때보다 몇 배는 더 집요하게 영미를 괴롭혔다. 심지어 박인숙이 일하는 식당 주인까지 협박해서 일을 그만두게 만들었다.

기수는 박인숙에게도 찾아와서 영미가 아이를 지우도록 설득하지 않으면 이 땅에서 발을 붙이고 살 수 없도록 만들겠다고 협박했다.

기수는 자기 아버지가 방송국 연예인은 절대로 건드리지 말라고 했기 때문에 이번 일이 알려지면 혼이 날까 봐 두려웠던 것이다.

어느 날부터 딸은 기수가 무섭다고 했다. 자신을 죽일 것 같다면서.

그리고 며칠 후 사고가 났다. 기수가 모는 차를 함께 타고 가다가 차가 저수지에 빠진 것이다. 기수는 멀쩡하게 빠져나왔고 딸은 살아 나오지 못했다. 심지어 시신조차 찾지를 못했다.

몇 날 며칠을 저수지를 뒤졌는데 결국 딸의 시신은 흔적도 없었다.

처음엔 딸이 차에 타고 있긴 했는지 의심했는데 마침 저수지 앞에 주차해 있던 차의 블랙박스에 저수지에 빠지기 직전 차에 타고 있던 딸의 모습이 찍혔다.

처음 사건을 담당했던 양 형사라는 사람도 영미만 죽은 것도 이상하고 시신을 찾지 못한 것도 이상하다고 했다.

다른 차의 블랙박스를 보면 차가 물속으로 가라앉을 때까지 꽤 많은 시간이 걸려서 영미도 충분히 빠져나올 수 있었을 것 같다면서. 자기가 보기엔 기수가 충분히 영미를 구할 수 있었을 것 같은데 일부러 구하지 않은 것 같다고도 했다.

근데 어느 날 갑자기 담당 형사가 바뀌고 경찰은 단순 사고사라고 결론을 내렸다.

박인숙이 경찰서를 찾아가서 항의를 해도 상대해 주는 사람이 없었고, 언론사를 찾아다니며 호소를 해도 이상하게 기사 한 줄 나오지 않았다.

그렇게 딸을 잃고 억울한 심정으로 잠을 자는데 꿈속에 영미가 나타났다. 온몸이 물에 젖은 영미가 매일 꿈속에 나타나 억울하다고 온다는 것이다.

그래서 자신이 딸을 위해 할 수 있는 일은 이렇게 1인 시위를 벌이는 것밖에 없다는 것이다.

얘기를 듣는 동안 가슴이 먹먹해지면서 분노가 솟구쳤다.

원한을 품고 수귀가 될 수밖에 없었던 강영미의 심정도 충분히 이해가 됐다.

말을 마친 박인숙이 서럽게 울었다.

"우리 불쌍한 영미…… 가엾은 내 딸……."

태수가 말했다.

"매일 밤 꿈에 따님이 나타난다고 하셨죠?"

박인숙이 고개를 끄덕였다.

"오늘 밤 제가 주무시는 곁을 지키다가 따님을 만나 봐도 될까요?"

박인숙이 이해가 가지 않는다는 표정으로 태수를 바라봤다.

태수가 씩 웃으며 대답했다.

"전 영혼도 보지만 다른 사람의 꿈속으로 들어가는 재주도 있거든요."

태수는 저녁에 박인숙의 집으로 찾아가기로 했다. 박인숙은 자신의 동생을 집으로 불러서 자신이 잠들면 동생이 태수에게 연락을 할 것이라고 했다.

태수는 밤이 될 때까지 집에 머물며 기다리기로 했다. 촬영이 끝난 송현주한테 연락이 와서 집으로 오라고 카톡을 보냈다.

카톡으로 송현주의 대답이 왔다.

지금 출발하면 1시간 정도 걸릴 거예요^^

태수는 오늘 송현주와 함께 집에서 저녁을 만들어 먹을 생각이었기에 집에 들어올 때 미리 장을 봐 왔다.

태수는 낮에 사 놓았던 재료들을 모두 꺼냈다.

파스타면과 양송이버섯, 칵테일새우, 연어, 베이컨 등 스파게티를 만들 재료들이었다.

얼마 전에 송현주가 자신은 진한 크림스파게티를 좋아한다는 말을 기억하고 있었기 때문이다. 예전에도 태수는 옥탑방에서 지낼 때 주로 혼자 밥을 해 먹었기 때문에 요리에는 기본적으로 소질이 있었다.

면을 삶고 버터와 우유로 소스까지 만든 후 카톡을 보냈다.

태수 : 어디야?
현주 : 5분 후면 도착할 것 같아요.

타이밍도 잘 맞았다.

태수가 세팅을 마치자마자 초인종이 울렸다.

문을 열자 현관 앞에 송현주가 화사한 꽃다발을 들고 서 있었다.

"예뻐서 사 왔어요."

"와, 예쁘다. 무슨 꽃이야?"

"카라라고, 꽃말이 천년의 사랑이래요."

그렇잖아도 식탁에 꽃이 있으면 근사하겠다고 생각했는데 마음이 통한 모양이었다.

"어서 들어와."

송현주는 이전에도 태수의 집에 몇 번 왔었기에 익숙하게 집 안으로 들어섰다.

"이게 무슨 냄새예요?"

고소한 냄새에 이끌려 주방으로 다가가던 송현주가 테이블에 세팅되어 있는 크림스파게티를 보고는 탄성을 질렀다.

"이거 설마 오빠가 만든 거예요?"

"그사이에 식성이 변한 건 아니지? 지난번에 진한 크림스파게티 좋아한다고 했잖아."

송현주가 감동스러운 눈빛으로 태수를 보며 말을 잇지 못했다.

"아직 감동하긴 일러. 입맛에 안 맞을 수도 있으니까."

송현주가 고개를 흔들며 말했다.

"아뇨, 이건 무조건 맛있을 거예요."

태수가 쑥스러운 듯 얼른 말을 돌렸다.

"근데 어떡하지? 꽃병이 없어서 꽃을 꽂을 데가 없네."

"잠시만요."

송현주가 자신의 집처럼 익숙하게 주방 수납장을 열더니 예쁜 병을 하나 꺼냈다. 유자차가 들어 있던 병인데, 예뻐서 씻어서 넣어 뒀던 것이다.

"지난번에 왔을 때 이 병을 봐 뒀거든요."

송현주가 병에 물을 받아서 카라를 꽂아 식탁 위에 놓자 근사한 레스토랑이 따로 없었다. 식탁 주위로 은은한 꽃의 향기가 퍼지며 식욕을 더욱 돋웠다.

태수가 화이트와인을 가져와서 잔에 따른 후에 말했다.

"우리 오늘 둘이 드라마 촬영한 거 기념하자."

그러자 송현주가 휴대폰을 꺼내더니 말했다.

"이런 순간은 셀카로 남겨야죠. 괜찮죠?"

사실 오늘 낮에 드라마에서 셀카로 찍었던 사진이 태수와 송현주가 처음으로 찍은 사진이었다. 그리고 지금 태수의 집에서 두 번째 사진을 찍는 셈이다.

만약 이 사진을 파파라치가 보고 인터넷에 올리기라도 한다면 인터넷이 발칵 뒤집히겠지만, 왠지 모르게 둘만의 은밀한 밀회를 즐기는 것 같은 스릴이 느껴졌다.

둘은 나란히 식탁에 앉아서 와인 잔을 들었고 태수가 낮에 드라마에서처럼 긴팔로 휴대폰을 들고 셀카를 찍었다.

찰칵.

"어디 봐요?"

송현주가 찍힌 사진을 확인하고는 함박웃음을 지었다. 아늑한 식탁에 크림스파게티와 카라 꽃 그리고 선남선녀 두 사람이 마치 신혼부부처럼 나온 사진이었다.

게다가 천년의 사랑이 꽃말인 카라 꽃은 주로 부케로 사용되는 꽃이어서 자연스럽게 결혼과 연결이 된다.

둘이 잔을 부딪친 후 송현주가 스파게티를 한입 먹고는 행복한 듯 눈물을 글썽거렸다.

스파게티가 맛있기도 했지만 태수가 이런 깜짝 선물을 준비해 놓았을 줄은 꿈에도 생각지 못했기 때문이다. 그동안 태수는 송현주에게 항상 일정한 거리를 유지했기 때문이다.

태수가 턱을 괴고 초조한 눈빛으로 물었다.

"맛있어?"

현주가 말을 잇지 못한 채 고개만 끄덕였다.

둘은 저녁을 먹으며 드라마 〈내일은 맑음〉에 대한 얘기, 김승기와 고아란에 대한 얘기, 감독과 작가에 대한 뒷담화까지 하며 연신 행복한 웃음을 터뜨렸다.

식사가 거의 끝나 갈 즈음 송현주가 오늘 촬영장에서 있었던 사고를 떠올리며 무슨 일인지 물었다. 낮에 태수가 소동을 피웠던 두 사람을 데리고 사라지는 모습을 봤던 것이다.

태수가 김기수를 만났던 일과 강영미의 엄마인 박인숙한테 들은 얘기를 송현주에게 들려줬다.

모든 얘기를 듣고 난 송현주가 분노하며 말했다.

"와, 악귀보다 더 악귀 같은 사람이네요. 저도 오티비 사장 아들 행실이 좋지 않다는 소문을 들은 적이 있거든요. 근데 그런 짓을 하고 다녔단 말예요?"

"솔직히 도와주고 싶은 마음이 전혀 들지 않았고, 김기수보다 강영미의 원혼이 더 걱정이 되는 거야."

"저도 그래요. 어떡해요?"

"원혼이 직접 복수를 하게 되면 업장이 너무 많이 쌓여서 천도도 힘들 거야. 그래서 어떻게든 원혼을 설득해서 현실의 법으로 김기수가 처벌받게 하려고."

"현실에서 김기수의 범죄를 증명할 방법이 있을까요? 아니 그보다 강영미의 원혼을 어디 가서 만나요?"

"그것 때문에 오늘밤 강영미의 어머니 집에 가 볼 생각이야."

"거길 왜요?"

송현주가 이해를 못하겠다는 듯 눈을 깜빡거렸다.

"강영미 어머니 꿈에 강영미의 원혼이 매일 나타난대. 그래서 꿈속에서 강영미의 원혼을 만나 보려고."

"와, 그런 것도 가능해요?"

태수가 어깨를 으쓱하자 송현주가 말했다.

"나도 같이 갈까요?"

그렇잖아도 혼자 박인숙의 집에 가기가 머쓱했는데 잘됐다 싶었다. 새벽 시간이라서 사람들 눈에 띌 염려도 없고.

박인숙의 여동생한테 연락이 온 건 새벽 1시가 조금 넘어서였다.

태수는 송현주와 소파에 앉아서 공포 영화를 보다가 끄고 일어났다. 송현주도 공포 영화를 좋아해서 둘은 영화 보는 취향도 잘 맞았다.

둘은 태수의 SUV를 타고 박인숙의 집으로 출발했다.

박인숙의 여동생이 대문을 열어 줘서 안으로 들어갔다. 박인숙은 안방 바닥에서 이불을 깔고 잠이 들어 있었다.

여동생이 눈물을 훌쩍이며 말했다.

"아까부터 계속 영미를 부르면서 헛소리를 하는데, 꿈속에서 만나는가 봐요. 얼마나 마음이 아픈지."

남의 꿈속으로 들어가는 술수는 치몽(致夢)법이라고 부른다.

일전에 태수는 옥탑방이 있던 미래빌딩 건물주의 아들 승민의 꿈속으로 들어가 치몽법을 처음으로 사용했었다.

치몽법은 꿈을 꾸는 상대의 잔류사념을 읽은 후 그 잔류사념을 통해 상대방의 꿈속으로 들어가는 술수다.

처음 치몽법을 사용할 때는 노인이 알려 줬지만 지금은 태수 혼자서도 잘할 자신이 있었다.

태수가 손바닥을 펴서 박인숙의 얼굴 위쪽에 대고 눈을 감았다.

"사이코메트리."

화르르르륵.

주문과 함께 공기가 흔들리며 현실의 시간이 느려졌다. 어딘가에서 하얀 안개가 자욱하게 밀려들어 시야를 가렸다.

태수는 박인숙의 이마에 집중하며 안개 속에서 박인숙의 꿈속으로 들어가는 길목을 찾으려고 애썼다.

차츰 눈앞을 가리고 있던 안개가 주위로 밀려났다.

'찾았다.'

안개가 흩어지며 몽(夢)이라는 글자가 적힌 커다란 대문이 나타났다.

'몽'이라는 문은 현실과 꿈의 경계를 나누는 문이자 남의 꿈속으로 들어가는 길목이기도 했다. 저 문을 넘어서면 박인숙의 꿈속으로 들어가는 것이다.

꿈속으로 들어가는 문은 의식의 힘으로 밀어젖혀야만 한다.

태수가 정신을 집중해서 대문을 밀자 육중한 문이 힘겨운 소리를 내며 천천히 열렸다.

삐그덕.

대문의 안쪽 역시 안개가 자욱했다.

태수가 문을 넘어서서 안개 속으로 들어갔다.

'여기가 박인숙의 꿈속이라는 거지?'

태수가 안개 속을 두리번거리는데 어딘가에서 박인숙의 애틋한 울음이 들려왔다.

[으흐흐흐흑. 내 딸 영미야…… 불쌍한 내 딸…….]

태수는 소리를 따라서 안개 속으로 나아갔다.

현실에서는 강영미의 원혼이 태수를 두려워해서 도망을 갔지만 엄마의 꿈속에서는 마음을 놓고 대화를 나눌 가능성이 높다.

꿈을 지배하는 사람은 바로 꿈을 꾸는 사람이니까.

울음소리를 따라 안개를 헤치고 나아가자 박인숙의 뒷모습이 보였고 그 맞은편에 강영미의 모습이 보였다.

강영미는 낮에서 봤을 때처럼 수귀의 모습이 아니라 생전의 아름다운 아나운서의 모습이었다.

[저기요.]

태수의 부름에 박인숙과 강영미가 놀라서 돌아봤다.

박인숙이 태수를 보고는 반갑게 말했다.

[세상에, 정말로 내 꿈에 들어왔군요.]

강영미가 몸을 부르르 떨며 날카롭게 소리쳤다.

[엄마, 저 사람 뭐야? 저 사람 나 같은 영혼을 잡아서 죽이는 사람이야. 아까 낮에도 날 죽이려고 했어. 엄마의 꿈에서 내쫓아 줘. 어서!]

박인숙이 손을 내저으며 말했다.

[아니야, 영미야. 이분은 널 도와주러 오신 분이야. 이분과 얘기를 나눠 봐.]

태수가 나섰다.

[강영미 씨, 낮에는 제가 어떤 사연이 있는지 몰라서 일단 급하게 조치를 취하느라고 그렇게 됐습니다. 이젠 강영미 씨가 얼마나 억울하게 죽임을 당했는지 알고 있습니다. 차가 저수지로 빠질 때 김기수가 구해 줄 수 있으면서도 구해 주지 않았고…….]

강영미가 태수의 말을 끊으며 날카롭게 소리쳤다.

[아니에요.]

[아니라니요?]

강영미의 원혼이 죽음 당시의 순간이 떠오르는지 몸을 부들부들 떨며 말했다.

[저수지에 차가 빠질 때 전 그 인간이 수면제를 타서 준 커피를 마시고 정신을 잃은 상태였어요.]

[예?]

강영미의 말이 맞는다면 정말로 김기수는 강영미를 죽이기로 작정을 하고 차 사고를 냈다는 소리였다.

[그럼 시신을 못 찾은 건……?]

[모든 게 그 인간의 치밀한 계획이었어요. 그 인간은 제 시신이 발견되면 몸에서 수면제 성분이 나올까 봐 걱정했어요. 그래서 사고가 나는 시간 그 저수지에 자신이 고용한 잠수부

를 대기시켜 놓았어요. 사고가 나고 차가 물속으로 가라앉자, 대기하고 있던 잠수부가 다가와 잠든 채 죽은 제 육신을 저수지 가장 밑바닥으로 끌고 가서 미리 묻어 둔 드럼통 속에 집어넣었어요. 그러곤 그 뚜껑 위쪽을 돌로 덮어서 눌렀어요. 저수지 옆에서 블랙박스로 제 모습을 촬영한 그 차도 그 인간의 사주를 받은 흥신소 사람이고.]

너무 충격적이고 놀라운 사실에 태수가 입을 다물 수가 없었다.

[그럼 김기수는 단지 자기 아버지한테 혼이 날까 봐 그런 짓을 꾸몄단 말입니까?]

강영미가 고개를 끄덕이고는 말했다.

[그 인간은 세상에서 자기 아버지를 가장 무서워했어요. 사고를 치면 돈을 주지 않거든요. 돈이 없으면 그 인간은 아무것도 할 수가 없으니까.]

태수는 이 일을 어디서부터 어떻게 풀어야 할지 생각하느라 머리가 복잡했다.

강영미가 울분을 토하듯 말했다.

[난 힘을 길러서 꼭 그 인간에게 복수할 거예요. 그것도 한 번에 복수하지 않고 피를 말리며 서서히 죽게 만들 거예요.]

[강영미 씨, 그렇게 되면 당신도 그에 상응하는 벌을 받게 됩니다.]

[상관없어요.]

[제가 현실에서 처벌을 받을 방법을 찾아볼 테니……]

[쓸데없는 짓이에요. 그 인간 아버지가 얼마나 큰 힘을 가진 사람인지 몰라서 하는 소리예요. 경찰들도, 언론들도 모두 그 인간 아버지의 말을 거역하지 못해요. 사건을 수사하려던 경찰도 쫓겨났단 말예요.]

[알고 있습니다. 하지만 전 약속할 수 있어요. 강영미 씨가 원한을 풀 수 있도록……]

[마음은 고맙지만 사양하겠어요. 난 내 방식대로 그놈한테 복수할 거예요.]

서서히 강영미의 모습이 흐려졌다.

[잠깐만요, 강영미 씨! 강영미 씨!]

안개가 사라지듯이 강영미도, 박인숙의 모습도 눈앞에서 스르륵 사라졌다.

이어서 태수 자신의 육신도 어딘가로 빨려 들어가는 것처럼 의식이 흐려졌다. 현기증을 느끼며 눈을 떴을 때는 어느새 박인숙의 방으로 돌아와 있었다.

잠시 후 현실의 시간이 다시 흘렀고 박인숙도 눈을 떴다.

태수는 박인숙에게 자신이 최대한 이 사건을 풀어 볼 테니 딸을 설득해 달라는 말을 남기고 송현주와 함께 집을 나섰다.

송현주가 걱정스럽게 물었다.

"어떡할 거예요?"

"아무래도 김기수를 한 번 더 만나야 될 것 같아."

"그 사람은 쉽게 자기 입으로 범죄를 자백하지 않을 거예요."

"물론 그렇겠지. 하지만 강영미의 원혼을 만나게 되면 생각이 달라질걸."

～

웅얼거리는 것 같은 랩이 클럽의 자욱한 담배 연기와 뿌연 조명 속을 파고들었다.

–나는 나빠～ 입장 바꿔 생각하니～ 나는 나빠～ 난 이기적～ 입장 바꿔 생각하니～ 난 이기적～ 내버려 둬～

기수는 한 손에 버드와이저를 든 채 음악과 조명에 몸을 내맡기고 고개를 까딱까딱 움직이며 리듬을 탔다. 미디엄 템포의 랩 가사가 이상할 정도로 마음에 와닿았다.

앞에서 섹시하게 몸을 흔들며 춤을 추던 정란이 몸을 부비며 다가왔다. 정란이 검은 양복을 입은 채 기수를 지켜보는 깡마른 남자를 돌아보고 물었다.

"저 사람은 누구야? 춤 안 춰?"

"내 보디가드."

"뭐? 갑자기 웬 보디가드? 누가 너 납치한대?"

"그게 아니라 나한테 복수하려는 귀신이 있다고 해서."

"뭐 귀신?"

남자의 이름은 고민혁.

이전의 금천지처럼 강신술을 쓰는 강신술사다.

오티비에서 심령 프로그램 진행자를 뽑기 위해 전국 각지의 주술사들을 찾아다니면서 최종 후보 세 명을 뽑았는데, 고민혁은 그중 한 명이었다.

강신술사니까 본인의 영능력이 아닌 금천지처럼 혼을 불러들여서 술법을 쓰는 인물이었다.

당시 금천지가 말빨이 좋아서 진행자로 최종 선택됐지만 술법은 고민혁이 더 세다는 게 대체적인 평가였다.

고민혁이 빙의를 해서 몸에 품고 다니는 악귀는 김태진이라고, 20여 년 전에 여자들 13명을 연쇄살인 하고 경찰에 쫓기다가 총에 맞아 죽은 악귀다.

지금도 고민혁은 클럽의 여자들을 죽이고 싶어서 안달하는 악귀 김태진의 욕망을 느낄 수가 있었다. 자신이 혼줄을 잡고 있기에 망정이지 그대로 풀려나면 사람들을 해치는 엄청난 악귀가 될 것이다.

고민혁은 그런 김태진의 욕망을 진언으로 지그시 억누르며 기수를 지켜봤다.

최근 귀신한테 원한을 사서 고민혁을 찾는 유명 인사들이 꽤 많이 늘었고 기수도 그중 하나였다. 물론 돈은 김기수의 아버지가 대지만.

악귀로부터 지켜 주는 대신 하루에 100만 원의 비용을 받기로 했으니 고민혁에겐 VIP 고객인 셈이었다. 김기수가 오래 살아야 자신의 수입도 늘어나고.

춤을 추는 기수의 주변으로 공기가 흔들리더니 몸이 으슬으슬 떨리며 속이 울렁거렸다.

기수가 정란에게 말했다.

"나 화장실 좀 갔다 올게."

기수는 고민혁에게도 화장실에 다녀오겠다고 손짓을 했다.

화장실로 들어선 기수가 세면대에 얼굴을 처박고 물을 끼얹었다. 세수를 하는데 휴대폰이 울렸다. 휴대폰을 꺼내려던 기수가 멈칫했다.

벨이 울린 건 자신의 휴대폰이 아니라 용변 칸 안에 있는 다른 누군가의 휴대폰이었다. 공교롭게도 벨 소리가 기수의 것과 똑같은 Kelly Clarkson의 'Because of you'였다.

'아이 씨, 누구야? 나하고 똑같은 벨 소리 울리는 게.'

기수가 넓은 화장실을 둘러봤다. 회원들만 출입할 수 있는 고급 클럽이라서 바닥이 먼지 하나 없이 반짝거렸다.

화장실에는 모두 네 개의 용변 칸이 있었는데 그중 맨 끝에 있는 하나만 문이 닫혀 있었다.

용변 칸 안에서 전화를 받는 사람의 목소리가 들려왔다.

왠지 모르게 불안한 기분을 자극하는 그런 목소리였다.

"여보세요…… 너 누구야……? 이런 씨…… 장난치다가 나한테 걸리면 죽는다…… 강영미는…… 이런 미친!"

용변 칸 안에서 전화를 끊는 소리가 들려왔다.

기수는 순간 전율에 휩싸였다. 용변 칸 안에서 들려온 소리가 자신의 목소리하고 너무 비슷한 데다, 벨 소리와 강영미라는 이름까지 똑같았던 것이다.

정체를 알 수 없는 두려움이 스멀스멀 팔뚝을 기어 올라오고 있었다.

용변 칸 안은 다시 쥐 죽은 듯 조용해졌다.

주변의 공기가 흔들리는 것 같았고 몸이 와들와들 떨릴 정도로 겁이 났지만 확인을 해야만 했다.

용변 칸에 있는 게 누구인지.

자신의 휴대폰과 벨 소리가 같고 목소리도 똑같은 데다 강영미란 이름을 가진 사람과 통화를 한 사람이 누구인지.

기수는 소리가 난 용변 칸 앞으로 천천히 다가갔다.

심장이 격렬하게 뛰기 시작하면서 머리끝이 쭈뼛쭈뼛 일어섰다.

눈앞에 닫힌 용변 칸의 문이 벽처럼 막아섰다.

심호흡을 하고 노크를 하다가 깜짝 놀라 뒤로 물러섰다. 문이 열려 있어서 노크를 하는 순간 문이 살짝 열리며 틈이 저절로 벌어졌던 것이다.

기수가 마른침을 삼키고 벌어진 문틈으로 말했다.

"안에 누가 있습니까?"

반응이 없었다. 기수는 숨을 다잡고 문을 밀었다.

텅.

문을 쾅 열었는데 안이 비어 있었다.

'뭐야, 분명 소리가 들렸는데?'

기수가 믿기지 않는 눈으로 안을 이리저리 살폈다.

바로 그때 다시 'Because of you'가 울렸다.

"으악!"

기수는 너무 놀라서 하마터면 그 자리에 주저앉을 뻔했다.
벨 소리가 어디서 났는지 주위를 둘러보다가 이번 벨 소리는
자신의 주머니에서 들려오고 있다는 걸 깨달았다.

"어우 씨, 깜짝 놀랐네."

기수가 가까스로 숨을 돌리고 전화를 받았다.

"여보세요?"

–기수 씨…….

기수는 순간 온몸에 소름이 돋는 것 같은 기분을 느꼈다.
휴대폰 건너에서 들려오는 여자의 목소리가 어딘지 모르게
영미의 전화 목소리와 닮아 있었던 것이다.

"너…… 누구야?"

–나…… 영미이……. 벌써 목소리도 잊은 거야?

기수가 침음을 삼키며 떨리는 목소리로 말했다.

"여보세요…… 너 누구야……? 이런 씨…… 장난치다가 나한테 걸리면 죽는다…… 강영미는…… 이런 미친!"

―강영미는 네가 죽였잖아. 수면제로 재운 뒤에 저수지에 빠트려서…….

"이런 미친!"

기수가 황급히 전화를 끊고는 몸을 와들와들 떨었다.

"이게 어떻게 된 거야?"

놀랍게도 휴대폰 발신자가 '내 사랑 영미'로 되어 있었다.

'분명히 영미의 연락처를 지웠는데 이게 어떻게 된 거지? 그리고 누가 영미 휴대폰으로 장난을 치는 거야?'

기수가 휴대폰을 노려보다가 꺼림칙한 기분으로 돌아서는데 서늘한 한기가 미풍처럼 스치며 목덜미에 소름이 돋았다.

기시감이라고 했던가.

방금 전 누군가와 통화한 내용들이 하나둘 머릿속에서 재생되기 시작했다.

―여보세요…… 너 누구야……? 이런 씨…… 장난치다가 나한테 걸리면 죽는다…… 강영미는…… 이런 미친!

순간 기수의 입에서 신음이 흘러나왔고, 심장에 커다란 얼음덩어리 하나가 툭 떨어졌다.

놀랍게도 자신이 방금 영미의 목소리를 닮은 여자와 나눈 대화가 직전에 화장실 용변 칸에서 들려오던 대화와 똑같았던 것이다.

게다가 자신은 지금 대화가 들려오던 맨 끝 용변 칸 안에서 있었다. 말하자면 용변 칸 안에서 자신이 두 번 똑같은 대화를 나누면서 시간이 반복된 것 같은 그런 상황이 된 것이다.

'그렇다면 지금 밖에는……?'

생각이 미처 끝나기도 전에 용변 칸 밖에서 자신이 있는 용변 칸으로 다가오는 누군가의 발소리가 들려왔다.

―저벅…… 저벅…… 저벅…….

기수는 공포에 사로잡혀 용변 칸 문을 닫으려고 했지만, 고리가 고장이 나 있었다. 순간 자신이 맨 끝 용변 칸으로 왔을 때 문이 열려 있던 게 생각이 났다.

"으으으."

기수가 최대한 뒤로 물러났다. 누군가가 용변 칸 앞에 와서 멈춰 섰다. 심장이 진자 운동을 하며 요동을 쳤다.

누군가 노크를 하며 문을 건드리자 문이 살짝 열렸다. 모든 게 이전에 자신이 했던 행동과 완벽하게 똑같았다.

기수가 마른침을 삼키는데 벌어진 문틈으로 자신의 목소리가 들려왔다.

"안에 누가 있습니까?"

비명이 터져 나오려는 순간 기수가 자신의 입을 손으로 틀어막았다.

기수는 다음 순간 무슨 일이 일어날지 자신이 알고 있다는 사실에 심장이 터질 것 같았다.

밖에 있던 누군가가 문을 세게 밀었다.

텅.

문이 세게 열리는 순간 기수가 비명을 질렀다.

"으악!"

동공이 튀어나올 것처럼 눈을 부릅떴고 심장에 충격이 가해졌다. 하지만 용변 칸 앞에는 투명한 공기 외에는 아무것도 없었다.

기수가 동공이 튀어나올 것 같은 눈으로 열린 문 앞을 뚫어지게 노려봤다.

'뭐야, 내가 환청이라도 들었다는 거야?'

하지만 그게 아니었다.

분명 이 안에 자신 말고 보이지 않는 다른 뭔가가 있다는 생각이 강하게 들었다. 실제로 누군가의 숨소리가 들리는 것 같은 착각이 일기도 했다.

기수가 목이 잠긴 음성으로 바깥을 향해 소리쳤다.

"뭐, 뭐야? 누가 장난치는 거야?"

하지만 밖에서는 아무런 대답도 들려오지 않았다.

대신 차가운 느낌의 연녹색 타일로 둘러싸인 용변 칸에서 자신의 음성만 공허하게 울렸다.

기수가 용기를 내어 용변 칸 밖으로 고개를 내밀려는 순간 이마에 차가운 물이 한 방울 똑 하고 떨어졌다.

기수가 손으로 이마를 만지자 정말로 물기가 느껴졌다.

이어서 다시 똑똑 하고 물방울이 연이어 이마로 떨어지더니 얼굴 양쪽으로 커튼 같은 축축하면서도 시커먼 뭔가가 스르르 내려왔다.

질식할 것 같은 공포가 숨통을 조여 왔다. 다리가 힘없는 고무처럼 자꾸만 꼬여 들었다.

기수는 사시나무처럼 몸을 떨며 천천히 고개를 들었다.

양쪽으로 축축하게 젖은 긴 머리카락이 보였고 이마 바로 위에 물에 퉁퉁 불어서 하얗게 탈색이 된 강영미의 얼굴이 있었다.

귀밑까지 벌어진 강영미의 입에서 흐느낌이 흘러나왔다.

ㅡ으흐흐흐흑.

기수는 그 자리에 주저앉으며 미친 듯이 비명을 질렀다.

강영미의 몸이 뱀처럼 길게 늘어나더니 창백한 얼굴이 기수의 얼굴까지 내려왔다.

ㅡ기수 씨…… 나하고 함께…… 같이 가자…….

강영미가 입을 벌려 기수의 머리통을 물었다.

기수가 숨을 제대로 쉬지 못한 채 꺽꺽거렸다.

강영미의 입이 뱀처럼 점점 크게 벌어지며 기수의 머리통을 꾸역꾸역 입안으로 집어넣었다. 반항을 하고 싶어도 마치

가위에 눌린 것처럼 몸에 힘이 하나도 들어가지 않았다.

마침내 기수의 이마가 강영미의 입안으로 들어갔고 이어서 눈과 코가 먹혔다.

강영미의 입은 칠흑같이 어두웠고 시큼한 물 냄새가 났다.

마침내 강영미의 입이 기수의 입까지 집어삼키자 마치 물속에 빠진 것처럼 사방에서 역한 냄새와 함께 정체를 알 수 없는 물이 입안으로 쏟아져 들어왔다.

기수가 꺽꺽거리며 버둥거리는 순간 강영미가 괴성을 지르며 기수를 토해 냈다.

─키악!

"끄억!"

기수가 바닥에 엎드려서 토악질을 하는데 용변 칸 문이 벌컥 열리더니 고민혁이 모습을 드러냈다. 기수는 고민혁을 보자마자 정신을 잃었다.

고민혁의 몸에 기생하는 김진태의 검은 귀기가 주변을 맴돌았지만, 이미 강영미의 원혼은 사라진 다음이었다.

김기수는 태수와 만나기로 한 약속 장소에 고민혁과 함께 나타났다.

기수는 지난번 봤을 때와 달리 얼굴이 말이 아니었다. 다크서클은 짙어졌고 눈빛은 불안했다. 그 옆에 앉은 고민혁은 질투와 경계심이 가득한 눈빛으로 태수를 노려봤다.

고민혁은 일전에 금천지가 태수한테 어떻게 당했는지 텔레비전으로 모두 지켜봤기에 오늘은 김진태의 원혼을 이 자리에 데려오지 않고 근처에 머물도록 했다.

악귀를 품은 상태에서 퇴마를 당하면 자신도 금천지처럼 다시는 강신술을 펼칠 수가 없는 몸이 되기 때문이다.

태수는 고민혁을 보자마자 강신술사라는 걸 알아봤다. 눈빛과 온몸에서 풍겨 나오는 귀기 때문이었다.

몸에 악귀를 품지 않았음에도 저 정도의 귀기를 뿜어낸다는 건 금천지보다 뛰어난 강신술사라는 걸 알 수가 있었다.

태수가 공포에 사로잡힌 기수를 보며 물었다.

"혹시 강영미의 원혼이 다녀갔습니까?"

기수는 아직도 정신을 못 차렸는지 여전히 적대적이었다.

"오지랖은 됐고, 만나자고 한 이유나 얘기하지?"

나이 두세 살 많다고 반말을 찍찍 하는 것도 그렇고. 기세를 보니 설득을 해도 들을 것 같지가 않았다. 그렇다면 필요한 정보만 알아내서 법의 처벌을 받도록 하는 게 최선이다. 그다음에는 강영미의 원혼을 달래고.

"그러지 말고 자수해요. 자수하면 내가 강영미의 원혼을 달래 보도록 할게요."

"미친, 내가 강영미를 죽였다고 자수하라고? 장난해? 그리고 내가 귀신 따위에게 두 번 다시 당할 것 같아?"

태수가 고민혁을 쳐다보지도 않고 말했다.

"당장은 강영미의 원혼을 막을 수 있을지 모르지만, 원한을 품은 수귀는 상상할 수 없을 정도로 힘이 빠르게 강해지거든요. 누가 지켜 준다고 막을 수 있는 일이 아닙니다."

가만히 듣고 있던 고민혁이 입꼬리를 올리며 말했다.

"남의 얘기 함부로 하지 말지. 나중에 기회가 되면 한번 겨뤄 보자고, 누가 더 센지."

태수가 그런 고민혁을 바라보며 싸늘하게 말했다.

"당신이 끌고 다니는 악귀가 눈에 띄면 난 언제든 제령을 시킬 겁니다. 조심해서 데리고 다니세요."

태수의 말에 고민혁의 안색이 굳어졌다.

"그리고 경고하는데, 악귀의 힘을 빌어서 자신의 힘인 것처럼 과시하지 마세요. 그건 악귀의 힘을 키워 주는 것과 같고 범죄에 해당되기 때문에 언제든 EMP 수사대의 수사를 받을 수가 있습니다."

태수는 경고의 의미로 눈빛을 이용해 고민혁에게 약간의 항마의 기운을 쏘아 보냈다.

악귀의 귀기를 몸에 품고 술법을 부리는 고민혁이기에 항마의 기운에는 악귀와 똑같이 고통을 느낄 수밖에 없었다.

처음에는 잔뜩 독 오른 눈으로 태수를 노려보며 기 싸움을 하던 고민혁이, 한순간 흠칫하고 몸을 움츠리더니 황급히 태수의 눈길을 피했다.

태수와 눈을 마주치는 순간 온몸을 답답하게 옥죄는 것 같은 강력한 압박이 사방에서 느껴졌던 것이다.

'크윽, 이게 뭐지?'

뭔지는 모르지만 장태수가 자신이 보이지 않는 힘을 가하고 있다는 건 확실히 느낄 수가 있었다. 물론 고민혁은 그 힘이 뭔지, 왜 자신이 이런 압박을 받는지 전혀 알 수가 없었다.

항마의 기운을 사용해 본 적도 없거니와 영능력에 대한 지식도 없었기 때문이다.

텔레비전으로만 봤을 때는 태수도 자신처럼 혼을 부리는 강신술사라고 생각했다.

얼굴이 곱상한 꽃미남인 덕에 방송에서 조작으로 인기를 얻고 대단한 능력이라도 가진 것처럼 과대 포장된 것이라고 생각했다.

근데 직접 눈으로 본 태수는 자신이 감히 넘볼 수 없는 존재였다. 그저 가볍게 눈빛만으로 자신을 제압하는 걸 보면 그 힘이 어느 정도인지 짐작조차 하기가 힘들었다.

그래도 장태수의 힘을 알게 된 건 큰 수확이고 다행이었다. 금천지가 왜 그렇게 허무하게 끝장이 났는지 이해가 됐다.

태수가 기수를 돌아보고 말했다.

"앞으로 강영미의 원혼은 점점 더 힘을 키워서 당신한테 나타날 겁니다. 차라리 자수해서 감옥에서 죄를 뉘우치며 보내는 게 훨씬 안전할 거예요."

기수가 피식 웃으며 말했다.

"난 죄를 지은 게 없는데 어떡하지? 무슨 증거라도 있어?"

"사고 당시 저수지에 미리 대기하고 있던 잠수사가 강영미의 시신을 드럼통에 넣어서 저수지 바닥에 묻었죠?"

기수의 입에서 침음이 흘러나왔다. 그 얘긴 어느 누구에게도 한 적이 없는 얘기였다.

"그 잠수사가 내게 연락을 해 왔어요, 만나자고."

"뭐, 뭐라고?"

기수의 표정이 일그러지는 걸 보며 태수가 주문을 읊었다.

'사이코메트리.'

화르르르륵.

공기가 흔들리며 기수의 속마음이 환청처럼 태수의 머릿속에서 울렸다.

-성준이가 정말로 장태수한테 연락을 했다고? 아냐, 그럴 리가 없어. 장태수가 고등학교 동창인 성준이를 어떻게 알고?

태수가 현실로 돌아와서는 말했다.

"이름이 성준이라고 하던데. 당신하고 고등학교 동창이고."

김기수의 입이 반쯤 벌어졌다.

"잠시 화장실 좀 다녀올 테니 고민해 보세요."

태수는 기수와 고민혁만 남겨 놓고 화장실로 향했다. 알지도 못하는 잠수사 얘기를 꺼낸 건 김기수가 잠수사에 대한 기억을 떠올리도록 유도하기 위함이었다.

'김기수의 고등학교 동창 성준.'

태수는 화장실을 가는 척하다가 모퉁이에 서서 기수를 넘겨다 봤다. 예상대로 김기수가 누군가와 통화를 하는 중이었다.

태수가 다시 테이블로 돌아가자 예상한 대로 김기수가 싸늘한 표정으로 태수를 노려보고는 말했다.

"지금 장난하자는 거야? 성준이가 당신한테 만나자는 연락을 했다고?"

"왜요, 그런 말 한 적 없답니까?"

태수가 전혀 당황하지 않고 되묻자 오히려 김기수가 당황한 표정으로 말문이 막혔다.

옆에서 지켜보던 고민혁이 불안한 눈빛으로 말했다.

"이 친구하고는 얘기를 해 봐야 전혀 도움이 될 것 같지가 않습니다. 가시죠."

고민혁의 말에 김기수도 자리에서 일어나며 말했다.

"경고하는데, 계속 이런 식으로 사람 피곤하게 하면 나도 가만있지 않아."

고민혁과 김기수가 자리를 떴다.

태수는 김기수가 앉아 있던 자리에 손바닥을 대고 주문을 읊었다.

'사이코메트리.'

화르르르륵.

공기가 흔들리며 잔류사념의 영상이 나타났다.

김기수가 휴대폰을 들고 박성준을 검색해서 전화를 거는데 휴대폰 번호가 떴다. 태수는 단번에 그 번호를 머릿속에 각인시켰다.

사념 속에서 박성준이 전화를 받자마자 날카롭게 말했다.

－의심받으니까 당분간 전화하지 말라고 했잖아.

김기수가 말했다.

"그건 내가 할 소리거든? 혹시 너 장태수한테 만나자고 했냐?"

－장태수라니?

"영혼남 장태수도 몰라?"

－미친. 내가 장태수를 왜 만나?

"너 혹시 장태수하고 나 사이에서 몸값 올리려고 장난친 거 아니지?"

－동창이라고 도와줬더니 지금 무슨 소리 하는 거야? 난 장태수를 텔레비전으로만 본 게 전분데 누가 누굴 만났다는 거야.

그제야 김기수가 뭔가 이상하다는 느낌이 들었는지 목소리 톤이 낮아졌다.

"아, 미안. 내가 뭘 착각했나 보다. 다시 말하지만 입단속

잘하고 잠수 타라. 충분히 섭섭지 않게 사례했으니까."

─너나 이런 전화하지 말라고.

통화는 거기서 끊어졌다.

현실로 빠져나온 태수가 박성준의 번호를 떠올리고 즉시
전화를 걸었다.

박성준이 조심스러운 목소리로 전화를 받았다.

─여보세요?

"박성준 씨 되시나요?"

─그런데 누구시죠?

"안녕하세요, 저는 장태수라고 합니다."

박성준은 휴대폰 건너에서 들려오는 상대방의 말에 잠시
멍한 기분이 들었다.

조금 전에는 고등학교 동창 기수가 전화를 해서 자신과 장
태수가 만나기로 했냐고 난데없는 소리를 하더니, 지금은 자
신이 장태수라고 하는 사람이 전화를 걸어온 것이다.

"당신 누구야?"

─방금 고등학교 동창 김기수가 전화했죠? 박성준 씨, 당신한테 자수
할 수 있는 기회를 주는 겁니다.

"자, 자수? 당신 지금 무슨 소리 하는 거야? 나한테 뭘 자수하라고?"

—당신이 강영미의 시신을 드럼통에 담아서 저수지 밑바닥에 묻은 걸 알고 있어요.

태수의 말에 박성준은 비명을 지를 뻔했다. 경찰이 저수지 바닥을 샅샅이 수색해도 찾지 못한 강영미의 시신에 대해 장태수가 어떻게 알고 있는지 심장이 벌렁거렸다.

더불어 상대에 대해 유지하던 평정심과 경계심이 그 말 한마디에 모두 무너져 내렸다.

—지금 무, 무슨 소리 하는 겁니까?

태수는 목소리만으로도 박성준이 흔들리고 있다는 걸 간파했다.

전문적으로 그런 일을 하는 사람도 아니고, 보나마나 김기수와 동창인 데다 돈에 눈이 멀어서 범죄를 저질렀을 테니까 지금쯤 심장이 충분히 쪼그라들었을 것이다.

물론 태수는 지금 박성준과 하는 모든 대화를 녹음하는 중이다.

평소였다면 박성준도 충분히 주의를 기울였겠지만, 태수가 드럼통에 강영미의 시신을 넣었다는 걸 알고 있다고 말하는 순간 자포자기가 된 것이다.

전문 범죄자가 아닌 사람들은 대부분 아픈 곳을 찔리면 쉽게 포기하는 반응을 보이니까.

태수가 고삐를 좀 더 조이며 말을 이어 갔다.

"김기수는 지금 강영미의 원혼한테 괴롭힘을 당하고 있습니다. 제 프로그램을 봤다면 제가 하는 얘기가 괜한 말이 아니라는 걸 알 거예요. 원한을 품고 시신이 물속에 버려지면 그 영혼은 수귀라는 악귀로 변하게 되는데, 수귀는 그 어떤 악귀보다 무섭습니다. 그래서 김기수는 지금 강신술사를 보디가드로 채용까지 했어요. 박성준 씨는 그런 보디가드를 채용할 여력이 없겠죠?"

당연히 박성준은 하루에 100만 원씩 보디가드 비용을 지불할 수 있는 돈이 없다. 김기수처럼 금수저 집안의 아들이 아니니까.

태수가 박성준이 항복할 수밖에 없는 마지막 말을 던졌다.

"다른 걸 떠나서 자칫하면 박성준 씨가 김영미를 살해한 범인이 될 수도 있어요."

박성준이 발끈하면서 소리쳤다.

─그게 무슨 소립니까? 난 그냥 죽은 시신을 옮겼을 뿐이에요. 기수가 분명히 이미 죽었으니까 저수지 바닥에 시신을 숨겨만 달라고 했어요. 제가 갔을 때는 이미 차 안에 물이 차 있었고 강영미는 죽어 있었다고요.

박성준은 저도 모르게 모든 범행을 자백했다.

하지만 태수는 좀 더 확실하게 박성준이 경찰에 직접 나서서 자수를 하는 방법이 가장 좋다고 생각했다. 상대가 대한

민국 최고의 권력을 가진 오티비 김영호 사장의 아들이기 때문이다.

"당신이 강영미의 시신을 옮길 때 강영미는 살아 있었을지도 모릅니다."

-그, 그게 무슨 소립니까?

"당시 강영미는 죽은 게 아니라 김기수가 건네준 수면제가 든 음료를 마시고 잠이 들었을 뿐이에요."

박성준의 절망적인 신음이 휴대폰을 통해 고스란히 들려왔다.

왜 그렇지 않겠는가.

죽은 시신을 옮긴 것과, 살아 있는 사람을 물속으로 끌고 들어가서 자신이 죽였을지도 모른다는 건 전혀 다른 차원의 얘기였다.

박성준이 울먹이며 말했다.

-아니에요, 아닙니다. 난 몰랐어요. 난 그 여자가 죽은 줄 알았어요, 정말입니다. 기수가 분명히 그랬어요, 이미 죽었다고.

"그럼 지금 저하고 경찰에 가서 자수를 하세요. 그리고 모든 걸 밝히세요."

태수는 박성준과 통화를 끝낸 후 EMP 수사대 오인하 팀장한테 연락을 해서 모든 상황을 전했다.

오인하 팀장도 범인이 오티비 사장의 외아들이란 소리에 살짝 긴장하는 기색이 전해졌다.

태수는 저수지 인근에 차량을 세워 뒀다가 사고 장면이 촬영된 블랙박스를 증거로 제출한 차량의 운전자 연락처를 받아서 역시 같은 방식으로 통화했다.

예상대로 남자는 박홍기라는 흥신소 직원이었다.

그는 간단한 추궁에도 김기수에게 돈을 받고 그 시간에 일부러 차를 저수지 옆에 세워 둬서, 차가 추락할 때 강영미가 타고 있는 장면을 촬영했다고 범행을 실토했다.

EMP 수사대 오인하 팀장은 김기수를 체포해야 한다는 생각에 최대한 빠르게 움직였다.

김기수를 체포하기 전에 먼저 해야만 하는 중요한 일이 있었다. 바로 저수지에서 강영미의 시신을 건져 내는 일이었다.

태수는 수귀 때문에 밤에 작업하는 게 대단히 위험한 일이라고 했지만, 오인하는 오티비 사장이 알게 되면 온갖 인맥을 동원해서 수색을 막으려고 할 게 뻔하니 서둘러야만 한다고 했다.

칠흑 같은 어둠 속 저수지 주위에 수십 명의 EMP 수사대와 일반 경찰들, 잠수사들과 크레인까지 출동한 가운데 오인하 팀장이 병력을 총지휘했다.

사방에 밝혀진 조명들이 주변을 대낮처럼 밝혔고, 수사대 소속 VJ들이 그 과정을 모두 카메라로 촬영했다. 심령 사건은 사건이 벌어져도 증거가 남지 않기 때문에 모든 수사 과정을 영상으로 남기도록 별도의 규정을 두고 있었기 때문이다.

오인하는 EMP 수사대원들이 방수포를 씌운 테이저건을 들고 직접 잠수복을 입고 물속으로 들어가는 방법을 고려하고 있었다.

하지만 그 방법에 대해서는 태수가 즉각 반대하고 나섰다. 경찰의 작전이라서 함부로 나서는 게 조심스럽긴 했지만, 명백하게 위험이 보이는 상황에서 그냥 지켜만 볼 수가 없었던 것이다.

"팀장님, 강영미는 현재 지상에서도 웬만한 술법으로는 쉽게 퇴치하기 힘들 정도로 강력한 귀력을 가진 수귀로 발전했습니다. 대원들이 자신의 시신을 가져가도록 그저 바라만 보고 있지는 않을 겁니다. 따라서 다른 준비 없이 EMP 대원들이 테이저건만 가지고 물속으로 들어간다면 무슨 일이 벌어질지 모릅니다."

오인하의 미간이 좁혀졌다.

"그렇다고 시신을 안 건질 수도 없잖아요?"

"제가 잠수사를 보호하는 부적을 불러서 보호하도록 해 보겠습니다."

오인하가 미안한 표정으로 말했다.

"아, 그런 방법이 있나요? 정말 고마워요, 우린 처음부터 끝까지 장태수 씨한테만 모든 걸 의지하게 되네요."

"어쩔 수 없죠. 아직은 EMP 수사대도 시행착오를 겪는 시기니까."

태수가 수인을 맺은 후 잠수부들을 보호할 수 있는 술법의 주문을 읊었다.

"오대존명왕 수호진!"

화르르르륵.

공기가 흔들리며 허공에 다섯 장의 부적이 떠올랐다. 허공에 떠오른 다섯 장의 부적들은 오대존명왕 퇴마진과 똑같은 부적들이었지만 부적들이 향하는 방향이 정반대였다.

즉 오대존명왕 퇴마진은 악귀를 가둬서 잡는 부적이기에 네 장의 부적 방향이 모두 중앙의 부동명왕부를 향해 있지만, 오대존명왕 수호진은 부적의 안쪽에 있는 사람을 보호하는 부적이기에 부적의 방향이 모두 바깥을 향하도록 되어 있다.

그렇게 되면 밖으로 항마의 기운이 흘러나가서 악귀들이 접근을 하지 못하는 것이다.

태수는 드럼통의 위치를 알고 있는 박성준의 심장에 중앙의 부동명왕부를 심어 넣은 후 나머지 잠수사들에게 말했다.

"가능한 여기 박성준 씨 곁을 많이 벗어나지 마세요."

부동명왕부를 심장에 새긴 박성준이 먼저 물속으로 들어가자 나머지 네 장의 부적들도 물속으로 빨려 들어갔다.

무형의 부적이기에 다른 사람들은 볼 수가 없지만, 태수의 눈에는 물속에서 노란 항마의 기운을 뿜어내는 네 장의 부적들이 선명하게 보였다.

부적들은 물속에서 일정한 거리를 유지하며 사방으로 항마의 기운을 뿜어내며 잠수사들을 보호하고 있었다.

나머지 잠수사들도 모두 물속으로 들어가자 태수는 물 밖에서 수인을 맺은 후 항마진언을 읊기 시작했다.

"아이금강삼등방편…… 신승금강반월풍륜……."

잠수사들이 물속으로 들어가고 30여 분쯤 지났을까.

크레인이 저수지 아래로 늘어트렸던 쇠줄을 끌어 올리기 시작했다. 잠수사들이 드럼통에 구멍을 뚫어 크레인에 연결된 쇠줄을 무사히 매달은 것이다.

드르르르륵.

잠시 후 물이 줄줄 흐르는, 녹이 슨 시커먼 드럼통이 물 밖으로 모습을 드러냈다.

드럼통이 바닥에 내려지고 뚜껑을 열자 진흙에 범벅이 된 뭔가가 드럼통 속에 들어 있었다. 진흙 덕분에 아직도 형체가 남아 있는 강영미의 시신이었다.

그때 저수지 인근에서 귀곡성이 들려왔다.

─으흐흐흐흑.

그냥 우는 것과 달리 귀곡성은 원한을 품은 악귀가 귀기를 실어서 보내는 한 맺힌 울음이었다.

수사대원들과 인부들이 귀를 틀어막으며 비명을 질렀다.

태수가 고개를 돌리자 저수지 한가운데 둥둥 떠서 이쪽을 바라보는 강영미의 원혼이 보였다.

강영미의 원혼은 태수와 눈이 마주치자 순식간에 시야에서 사라졌다.

태수가 황급히 소리쳤다.

"오 팀장님, 지금 강영미의 원혼이 김기수한테 간 것 같아요! 제가 김기수한테 전화를 걸어 볼게요!"

태수는 오인하를 비롯한 EMP 수사대원들의 차량에 함께 타고 김기수와 통화했다. 김기수는 친구들과 강남의 한 룸살롱에 있었다.

EMP 수사대의 무장 차량이 즉시 경광등을 울리면서 강남으로 질주했다. EMP 수사대의 무장 차량에는 만약의 사태에 대비해서 전자 폭탄인 EMP탄을 쏠 수 있는 장비가 장착이 되어 있다.

물론 EMP탄을 쏘면 반경 1킬로미터 이내의 모든 전자 장비가 무력화되기 때문에 정말 불가피한 상황이 아니면 쏘는게 쉽지는 않겠지만.

태수가 달리는 차 안에서 김기수와 통화를 했다.

"김기수 씨, 내 말 잘 들어요. 지금 저수지에서 드럼통에 들어 있던 강영미 씨의 시신을 찾았습니다. 당신의 고교 동창인 박성준 씨가 모든 범행을 실토해서 경찰에 체포됐고 블랙박스 증거물을 제출한 흥신소 직원 박홍기 씨도 당신의 부탁으로 사고 장면을 촬영했다고 자백했어요. 그러니까 김기수 씨도 더 이상 버티지 말고 자신이 저지른 죄의 대가를 받도록 하세요."

휴대폰 너머에서 살짝 술에 취한 김기수의 흐느끼는 것 같은 목소리가 들려왔다.

－개소리하지 마. 난 감옥에는 안 가. 감옥에 갈 바엔 차라리 죽고 말지.

"죽는다고 끝나는 게 아닙니다. 지금 강영미의 원혼이 그쪽으로 가고 있을 겁니다. 그러니까……."

김기수가 발끈했다. 아마도 두려움을 이겨 내려는 반격일 것이다.

－내가 귀신 따위를 무서워할 것 같아? 돈이 왜 좋은지 알아? 귀신도 막아 주거든. 그리고 날 체포한다고? 아무리 많은 증거가 있어도 너희들은 날 감옥에 보내질 못해. 왠지 알아? 우리 아버지가 경찰청장부터 국회의원들, 장차관들까지 그들의 모든 비리에 대한 정보를 모두 가지고 있기 때문이야. 넌 귀신은 잘 상대할 수 있겠지만 현실의 권력은 털끝 하나 못 건드릴걸. 크크크.

전화를 끊은 김기수가 양쪽에 아가씨를 끌어안으며 고민혁에게 말했다.

"강영미 그년이 온대."

고민혁이 피식 웃으며 말했다.

"걱정하지 마십시오. 지난번에도 봤잖습니까? 제가 나타나자마자 꽁무니를 빼고 도망치는 걸."

김기수가 고개를 흔들며 말했다.

"진짜 질긴 년이야. 아마 내가 여기 있는 것도 모를걸."

두 사람의 대화를 듣던 아가씨들이 무슨 얘기를 하는지 영문을 몰라 눈만 멀뚱거렸다.

그렇게 얼마의 시간이 흐른 후 방 안에 전기가 깜빡거렸다.

아가씨들이 불안하게 중얼거렸다.

"불이 왜 이러지?"

이어서 룸살롱의 천장에서 검은 물이 뚝뚝 떨어졌다.

"이게 무슨 물이야?"

고개를 들고 천장을 바라보던 아가씨들이 비명을 질렀다.

마치 검은 곰팡이가 핀 것처럼 천장에 원 모양의 축축한 물기가 번지고 있었고, 그 원 모양의 검은 흔적에서 물에 퉁퉁 불은 강영미의 얼굴이 서서히 나타나고 있었던 것이다.

보통의 영들은 사람한테 모습을 보이기가 어렵지만, 원귀의 경우에는 강력한 귀기를 이용해서 스스로 모습을 드러낼 수가 있다.

아가씨들이 비명을 지르며 자리에서 일어나 룸을 빠져나가자 방문이 저절로 쾅 하고 닫혔다.

김기수가 겁에 질려 자리에서 벌떡 일어나자 고민혁이 진정하라는 듯 손으로 제지했다. 고민혁의 두 눈에서 김진태의 영체인 검은 귀기가 흘러나왔다.

천장에서 후드득 수도꼭지를 튼 것처럼 검은 물이 흘러내렸고 바닥에 고인 물에서 강영미의 원혼이 서서히 형태를 갖추며 일어났다.

"으으으."

김기수가 겁에 질려 뒷걸음질을 치자 강영미가 말했다.

—널 데려가려고 왔어.

김기수가 소리를 질렀다.

"아, 아냐. 싫어, 저리 가!"

김기수가 고민혁을 돌아보고 소리쳤다.

"뭐 하는 거야? 저것 좀 어떻게 해 봐!"

김진태의 검은 귀기가 강영미의 원혼을 휘감았다. 강영미의 원혼도 소용돌이 같은 기운으로 변해 두 개의 기운이 서로 뒤엉켜서 힘겨루기를 하듯 치열한 싸움을 벌였다.

허공에서 두 개의 기운이 서로 뒤엉키더니 소용돌이처럼 변했다.

치지지지직.

룸살롱의 불이 껌뻑거리다가 팟 하고 전기가 나갔다.

어둠 속에서 괴성과 비명이 들려왔다.

김기수가 불을 켜라고 미친 듯이 소리를 질렀고 잠시 후 불이 들어왔다.

환하게 불이 들어오면서 모든 소음이 사라졌고 김기수의

입에서 울음이 새 나왔다.

바닥에 고민혁이 쓰러져 있었고, 김기수의 눈앞에 강영미의 원혼이 눈을 번들거리며 노려보고 있었던 것이다.

김기수가 흐느끼며 말했다.

"여, 영미야…… 내가 잘못했어…… 한 번만 용서해 줘…… 제발……."

강영미가 서늘하게 웃으면서 말했다.

─잘못을 했으면…… 용서해 달라고 할 게 아니라…… 벌을 받겠다고 해야지……. 이제 넌 나하고 영원히 살게 될 거야.

"시, 싫어…… 싫다고…… 아아악!"

김기수의 몸이 천천히 허공으로 떠오르더니 룸살롱의 천장에까지 가서 닿았다. 김기수의 목이 꺾이고 팔과 다리가 뒤틀리며 비명이 점점 커졌다.

김기수가 흐느끼며 애원했다.

"으흐흐흑…… 잘못했어…… 제발 한 번만…… 한 번만 용서해 줘……."

그때 룸살롱의 문이 확 열리며 태수가 뛰어들었다.

"강영미 씨, 그만둬요. 이제 김기수가 저지른 모든 범행이 드러나서 법의 심판을 받게 될 겁니다. 만약 지금 김기수를 죽이면 강영미 씨가 그 모든 업보를 짊어지게 돼요."

태수의 뒤쪽으로는 EMP 수사대가 테이저건을 겨냥한 채 대기하고 있었다.

―이놈은…… 내가 데리고 갈 거예요…… 현실의 법은 믿을 수가 없어요.

"내가 약속할게요, 반드시 죄의 대가를 치르도록."

그때 뒤에서 여자의 흐느끼는 목소리가 들려왔다.

"영미야……."

강영미의 원혼이 놀라서 뒤를 돌아봤다.

다름 아닌 강영미의 엄마, 박인숙이 룸살롱 입구에 서 있었다.

강영미의 입에서 흐느낌 같은 목소리가 흘러나왔다.

―엄……마…….

"영미야, 난 네가 죽어서라도 고통 없이 편안하게 잠들기를 바란다. 태수 군이 네 한을 풀어 주고 편안하게 하늘로 올라갈 수 있도록 해 준다고 약속했어. 나중에 엄마하고 하늘에서라도 다시 만나야 하지 않겠니?"

―으ㅎㅎㅎㅎ흑.

강영미가 흐느끼는 순간 천장에 매달려 있던 김기수가 비명과 함께 바닥으로 추락했다. 김기수는 바닥에 떨어진 다음에도 팔다리가 뒤틀린 고통으로 미친 듯이 비명을 질러 댔다.

대기하고 있던 수사대원들이 안으로 들어가서 그런 김기수를 체포해 끌고 나갔다.

퇴마하는
톱스타

강영미가 끌려 나가는 김기수를 바라보며 원망스럽게 말했다.

─난 믿을 수가 없어요, 저놈이 제대로 된 처벌을 받는 걸 내 눈으로 확인하지 않는 이상.

강영미가 김기수에게 가려고 다시 귀기를 끌어 올리기 시작했다. 보통의 악귀라면 어쩔 수 없이 제령을 시켰겠지만 강영미에겐 그렇게 하고 싶지 않았다.

"강영미 씨, 그럼 이렇게 하죠. 김기수가 확실하게 처벌을 받을 때까지 저한테 머물면서 지켜보는 건 어떻겠어요?"

─그게…… 무슨 소리예요?

"제가 강영미 씨를 봉인시켜서 제 안에 품고 있다가, 김기수의 처벌이 확정되면 그때 천도를 시켜 드리겠습니다."

강신술사는 빙의처럼 악귀를 몸에 받아들여 그 귀기를 이용하지만 태수는 부적에 영을 봉인시켜서 몸 안에 품을 수가 있다.

그렇게 되면 항마의 기운을 가진 부적의 영향으로 업장도 소멸이 되고 김기수가 처벌을 받는 모습을 지켜볼 수도 있다.

천도는 그때 해도 늦지 않았다.

강영미가 흐느끼며 고개를 끄덕이자 박인숙이 안도하며 말했다.

"잘 생각했다, 영미야."

태수는 그 자리에서 부적을 불러냈다.

'봉인부.'

화르르르륵.

공기가 흔들리며 허공에 노란 부적이 떠올랐다.

태수는 괴로운 업을 씻어 주는 지장보살의 멸정업진언을 읊었다.

"옴 바라 마니 다니 사바하."

부적에서 흰 빛이 흘러나와 강영미의 영체를 휘감았다. 영체가 흰 빛 속에서 점점 흐릿해지더니 흰 기운으로 변해 다시 부적으로 돌아갔다.

태수가 부적을 손으로 잡아 몸으로 흡수했다.

화르르르륵.

<흥가탐방> 수몰된 마을

태수는 자신의 몸 안에 봉인된 강영미의 존재를 느낄 수가 있었다.

만에 하나라도 김기수가 권력의 힘으로 제대로 된 죗값을 받지 않고 풀려난다면, 약속한 대로 강영미가 직접 복수할 수 있도록 원혼을 풀어 줄 생각이었다.

어차피 현실의 법은 인간이 만든 것이고 모순과 한계가 있을 수밖에 없다.

따라서 그 법이 제대로 작동하지 않는다면 원혼의 정당한 복수를 막는 게 옳은 일이 아닐 수도 있다.

태수는 문득 칠성의 능을 전수받아 지금 자신이 하고 있는 일들이 옳은 것인지 궁금해졌다. 원혼의 복수를 막고 악귀의 귀기를 흡수해서 자신의 능력으로 바꾸는 일들 말이다.

노인은 그것에 대한 답을 가지고 있을 것 같았다.

'어르신.'

태수가 그저 불렀을 뿐인데 노인은 이미 대답을 준비해 놓고 있었다.

—자네의 임무는 저승의 기운인 귀기가 이승에서 확산하는 걸 막는 걸세. 귀기는 원한을 품고 죽은 영혼한테서 나오는 기운일세. 원한이 깊을수록 더 많은 귀기가 나오지. 따라서 원한을 품고 죽은 영혼들이 많아질수록 세상에 귀기가 넘쳐 나고 영적인 존재들이 힘을 얻게 되네. 영적인 존재들의 힘을 얻어서 귀기가 넘쳐 나면 결국 이승은 저승으로 변하게 되겠지.

노인은 항상 비밀스러운 존재였다. 뭘 물어도 분명하게 대답을 해 주지 않았다. 근데 이번엔 꽤 구체적인 답변을 내놓았다.

—세상에는 퇴마 능력을 지닌 많은 영능력자들이 있네. 그들은 세상에 귀기가 더 이상 확산되지 않도록 퇴마를 하며 막을 수는 있지만 이미 흩어져 있는 귀기를 회수하는 능력은 없어. 자네는 귀기를 흡수해서 능력으로 변환할 수 있는 칠성의 능을 전수받았어. 자네는 세상의 귀기를 줄일 수 있는 유일한 능력자일세.

지금까지 어렴풋이 짐작은 하고 있었지만 이렇게 구체적인 설명을 들은 건 처음이었다. 그동안 노인은 태수에게 딱히 어떻게 하라고 지시를 내린 적도 없고 갈 길을 가르쳐 준 적도 없다. 심지어 태수에게 퇴마를 하라고 강요한 적도 없다. 그저 퇴마를 해서 귀기를 흡수하면 능력을 얻어서 좋은 일이 생긴다는 정도의 언질만 줬을 뿐이다.

'어르신, 그럼 제가 이번에 김기수를 살리고 강영미의 원혼을 봉인한 건 잘한 일입니까?'

─이번 같은 경우에는 두 가지 방법이 있었네. 강영미의 복수를 막는 방법과, 강영미가 직접 복수를 하게 만든 후 강영미의 원혼을 천도시키고 그 귀기를 자네가 흡수하는 방법. 어차피 귀기가 퍼지지는 않았을 테니 어느 쪽도 상관은 없지만, 후자를 사용했다면 자네가 현실적으로 많이 곤란해지지 않았을까?

노인이 명쾌하게 답을 내려 준 셈이다.

EMP 수사대를 비롯한 많은 목격자들이 있는 상황에서 강영미가 직접 김기수에게 복수하도록 내버려 뒀다면 사람들의 비난이 태수를 향했을 것이다.

노인의 얘기를 통해 한 가지 알게 된 건 귀기를 흡수해서 능력으로 바꿔 사용하는 건 태수 자신뿐만 아니라 세상에도 큰 도움이 된다는 사실이다.

그러고 보니 또 한 가지 의문이 생겼다.

'저 혼자 아무리 퇴마를 한다고 해도 이 넓은 세상에 창궐하는 악귀와 귀기를 다 감당할 수는 없지 않나요?'

─이승이라고 귀기가 아예 없을 수는 없네. 이승과 저승은 어

느 정도 겹치는 부분이 있으니까. 다만 그 정도가 일정 수준을 넘으면 안 된다는 얘기지. 귀기는 밀도가 높은 곳에서 낮은 곳으로 이동을 하네. 자네가 이곳에서 계속 퇴마를 행해서 귀기를 줄이면 밀도가 높은 곳의 귀기가 이곳으로 흘러들게 되어 있어. 그러니 자네가 부지런히 퇴마를 해서 귀기를 흡수하고 연기자 활동을 하고 감독도 하면서 귀기를 능력으로 바꿔 소모하면 자네 덕분에 온 세상이 편해지는 거야.

태수는 노인의 들려 준 얘기에 입을 다물 수가 없었다.

자신이 이승의 귀기를 조절하는 유일한 존재라니.

'그럼 언제까지 이 능력을 보유할 수가 있나요? 언젠가는 저도 어르신처럼 다른 사람한테 능력을 전수해야 하지 않을까요?'

─귀기를 능력으로 바꿀 수가 없을 때 적당한 사람에게 그 능력을 전수하면 되네. 귀기는 퇴마를 하거나 자네가 원하는 일에 능력을 발휘할 때 소모가 되네. 근데 자네가 귀기 없이도 모든 일들을 만족스럽게 하거나 능력을 사용하지 않으면 귀기가 계속 몸속에 쌓일 것이네. 몸 안에 일정 수준 이상의 귀기가 쌓이면 심안(心眼)이 개안할 것이야.

'심안요?'

─더 이상 귀기를 소모할 방법이 없으니 그 심안을 통해서 귀기를 소모하는 것이지. 심안은 세상의 모든 일들을 미리 살피고 볼 수 있는 눈을 말하네.

'세상에, 신도 아니고 세상의 모든 일들을 미리 살피고 볼 수 있는 눈이라니.'

태수는 얘기만 들어서는 심안이 뭘 의미하는지 상상조차 되지 않았다.

노인은 그것에 대해서는 더 이상 구체적인 설명을 하지 않았다.

─난 그 심안을 개안한 후 개인적인 욕망에 빠져 욕심을 부리다가 능력을 전수해 줄 시기를 놓쳐 버렸네. 덕분에 마지막엔 위험한 순간을 맞았지만, 다행히 자네한테 능력을 전수할 수가 있었지. 지금 고백하자면 자네를 만난 건 우연이 아니었네. 심안을 통해서 자네가 가장 적합한 칠성 능의 전수자라는 걸 알고 자네를 찾아가던 길이었으니까. 자네는 나와 같은 실수를 되풀이하지 않길 바라네.

태수가 몇 가지 더 질문했지만 더 이상 노인은 대답하지 않았다. 노인과의 모든 대화가 마치 꿈속에서 나눴던 것처럼 의식이 몽롱했다.

오티비 사장 아들인 김기수가 오티비 아나운서인 강영미를 살해했다는 뉴스는 다음 날 실검은 물론 온라인을 도배하다시피 했다.

무엇보다 죽은 강영미의 원혼이 김기수에게 복수를 하려 했다는 사실과 그 원혼을 막기 위해 김기수가 강신술사까지

고용했다는 사실이 알려지면서 사후 세계와 심령 사건에 대한 사람들의 관심이 더욱 커지는 계기가 됐다.

물론 그 과정에서 태수가 결정적인 역할을 했다는 사실이 알려지면서 뉴스와 토크쇼 같은 프로그램에서 출연 요청이 봇물처럼 쏟아졌다.

덕분에 창호는 하루 종일 휴대폰을 꺼 놓아야 할 지경이었다.

그런 와중에 태수가 카메오로 출연한 〈내일은 맑음〉이 방송을 탔다. 제작진은 본방 이틀 전에 이미 태수가 카메오로 출연했다는 보도 자료를 내보냈다.

덕분에 태수가 카메오로 출연한 〈내일은 맑음〉의 실시간 시청률은 이전 화와 비교해서 무려 8%가 올라서, 8화에 8%이던 시청률이 9화는 16%까지 치솟았다. 특히 태수가 등장한 최고의 1분 실시간 시청률은 27%라는 놀라운 수치를 기록했다.

그동안 태수의 연기를 간절한 마음으로 기다려 온 강혁바라기와 영혼남 카페 회원들 그리고 태수의 팬들이 환호한 건 당연한 일이었다.

게다가 태수가 송현주에게 뭔가 귓속말을 하며 지나간 후 송현주가 중요한 얘기를 들은 것처럼 놀라는 장면을 두고는 그야말로 난리가 났다.

태수가 이번 화에만 일회성으로 출연하는 카메오가 아니

라 앞으로도 계속 출연을 염두에 둔 복선이라는 걸 시청자들이 간파한 것이다.

네티즌들의 관심이 폭발적으로 증가하면서 송현주가 덩달아 실검에 올랐다.

'장태수 카메오'라는 검색어를 치면 송현주가 함께 검색어로 올라왔다.

유튜브에는 〈오늘도 맑음〉에서 장태수를 검색하면 송현주와 태수가 함께 등장하는 장면이 바로 떴다.

태수가 송현주의 어깨를 끌어안고 셀카를 찍는 장면과 귓속말을 하는 장면까지.

태수의 카메오 출연 소식을 전한 기사에는 두 사람이 사귀는 게 아닌지 의심하는 댓글들이 제법 눈에 띄었다.

태수는 자신은 상관없지만 혹시라도 송현주에게 피해가 가지 않을까 걱정이 됐다. 송현주는 이제 막 인지도를 얻어서 배우로서 가장 중요한 시기를 보내고 있기 때문이었다.

태수가 송현주에게 카톡을 보냈다.

태수 : 현주 너 괜찮아? 사람들이 우리 사이 의심하기 시작하는 것 같은데.

현주 : 그렇잖아도 대표님이 와서 열애 기사 나가지 않게 조심하라고 하더라고요. 저하고 오빠 친한 거 대표님도 알거든요.

태수 : 앞으로는 만나는 거 자제해야겠다.

현주 : 더 조심해서 만나면 되죠^^

태수가 웃으면서 답장을 했다.

　그래. 더 조심해서^^

영일은 자동차 세일즈맨이다. 오늘 계약한 차량을 지방에 있는 고객에게 무사히 인도해 가족과 함께 즐거운 시간을 보낼 생각에 들떠 있었다.

영일이 가족이 있는 서울을 향해 차를 출발한 건 밤 10시를 훌쩍 넘긴 시간이었다.

한참을 달리다 보니 갑자기 차량 통행이 뜸해졌고 주위를 보니 낯선 길이었다.

영일은 뒤늦게 길을 잘못 들었다는 걸 알았다. 하지만 이정표가 서울 방향이라고 되어 있었기 때문에 그대로 차를 몰았다.

출발할 때 추적추적 내리기 시작한 비는 불과 1시간도 못돼 폭우로 변했고, 엄청난 기세로 장대비를 쏟아붓기 시작했다.

전날 일기예보에서 밤에 비가 온다는 소리는 듣지 못했는데 갑자기 쏟아지는 비에 당황스러웠다.

와이퍼가 숨을 헐떡이며 빗물을 털어 냈지만 역부족이었다. 젖은 도로를 비춰야 할 헤드라이트 불빛도 폭우와 어둠에 묻혀 흔적조차 보이지 않았다. 게다가 차창에는 에어컨을 틀어 놓았음에도 이상하게 계속 습기가 번져 시야가 극도로 좁아졌다.

더욱 이상한 점은 국도에 들어선 지 30여 분이 다 되어 가는데 단 한 대의 차량도 보지 못했다는 것이었다.

이럴 줄 알았으면 그냥 차를 돌려 아는 길로 갈걸 하는 후회가 일었지만 지금까지 달려온 거리를 생각하면 쉽게 차를 돌릴 수가 없었다.

번쩍하고 천둥이 치자 순간 눈이 멀었고 뭔가가 앞으로 휙 지나가는 것 같은 착각이 일었다. 영일은 그 어느 때보다 긴장을 하고 운전했다.

낯선 길에 좁은 시야도 불안했지만 도로에 물이 고여 있어 커브를 돌 때마다 차바퀴가 위태롭게 미끄러졌던 것이다.

라디오에서 여자 디제이의 음성이 흘러나왔다.

–사고 소식 들어와 있네요. 영동고속도로 덕평 휴게소 부근에서 4중 추돌 사고가 일어나 10명이 넘는 사상자가 생겼다고 합니다. 오늘 같은 밤엔 운전하시는 분들 특히 조심하셔야 할 것 같습니다! 꼭 안전운전 하

셔야 해요. 아셨죠?

  —그리고 아시는 분들은 이미 아시겠지만 안타까운 소식이 한 가지
더 들어와 있습니다. '나의 노래', '거리에서'란 노래를 유행시켰던 가수
김광석 씨가 오늘 새벽 자택에서 전선으로 목을 매단 채 숨져 있는 것을
부인 서 모 씨가 발견해 경찰에 신고를 했다고 합니다. 저도 김광석 씨
노래를 너무 좋아해서 하루 종일 마음이 무거웠는데요. 김광석 씨의 노
래 '거리에서' 들려 드리겠습니다.

  영일이 고개를 갸웃하며 중얼거렸다.

  "뭐야, 김광석이 왜 오늘 새벽에 죽어? 죽은 지가 20년도
넘었는데. 무슨 타임캡슐 같은 그런 코너를 진행하는 건가?"

  아무튼 이내 차 안은 빗소리와 함께 오랜만에 들어 보는
김광석의 청아한 음성으로 채워졌다.

  —거리에 가로등불이 하나둘씩 켜지고~

  영일은 한 손엔 핸들을 잡고 다른 한 손엔 헝겊을 든 채 부
지런히 앞 유리의 습기를 닦아 냈다. 하지만 습기는 저만의
생명력을 지닌 것처럼 이내 다시 뿌옇게 되살아났다.

  차창 밖으로 '귀사리 2km'라는 이정표가 스쳐 지나갔다.

  귀사리라는 마을 이름이 꽤 독특하다는 생각을 하는데 갑
자기 커브가 심해지더니 곧 '사고다발지역'이라는 표지판이
나타났다.

  영일은 표지판이 다소 황당하다는 생각을 했다. 차 한 대

구경하기도 힘든 도로에서 사고다발지역이라니.

영일이 고개를 갸웃하며 모퉁이 몇 개를 돌았을 때 이번에는 뿌연 안개가 앞을 가로막았다.

폭우가 쏟아지는데 자욱한 안개라니.

김광석 사망 소식부터 차가 없는 도로에 사고다발지역 안내 표지판에 이번에는 안개까지.

하나같이 뭔가 어울리지 않는 조합 같아 께름칙한 생각이 들었다.

영일은 속력을 줄이며 지금이라도 왔던 길을 되돌아가는 게 낫지 않을까 고민하기 시작했다.

그때 안개 속에서 자동차 불빛 하나가 다가오는 모습이 보였다. 워낙 오랜만에 보는 불빛이라 반가운 마음이 들 정도였다.

커브 길을 두 개쯤 돌았을 때 마주 오던 차의 불빛도 막 커브 길을 돌아오고 있었다.

불빛의 높이로 보아 트럭인 듯했다.

거리가 좁혀지면서 트럭에서 내뿜는 헤드라이트 불빛에 눈이 부셨지만, 트럭이 커브를 도느라 방향을 틀자 불빛과 눈부심은 이내 사라졌다.

방향을 트는 트럭의 전면에 이상한 물체가 달라붙어 있는 게 보였다.

안개 때문에 정확히 보진 못했지만 희끗하게 바람에 날리는 게 천 조각 같기도 하고 헝겊 인형 같기도 했다.

영일은 그 물체를 자세히 보기 위해 안개 속에서 다시 커브를 돌아오는 트럭을 뚫어지게 응시했다.

이윽고 트럭과의 거리가 좁혀지자 물체의 정체가 어렴풋이 드러났다.

순간 영일은 자기도 모르게 '으악!' 하고 비명을 내질렀다. 트럭의 전면에 매달려 있는 물체가 사람의 형상처럼 보였던 것이다.

"귀, 귀신인가?"

트럭에 달라붙어 있는 그것은 폭우를 고스란히 맞으며 양팔을 벌린 채 트럭과 함께 영일의 차량을 향해 다가오고 있었다. 귀신이 아니라면 도무지 논리적인 설명이 불가능한 장면이었다.

트럭과의 거리가 거의 사라지는 찰나 트럭 앞에 붙어 있던 귀신이 영일에게 미소를 지어 보였다.

"으헉."

영일은 머리카락이 올올이 일어서는 것 같았다.

트럭의 짐칸에도 사람인지 뭔지 모를 기이한 존재들이 잔뜩 타고 있었는데 모두 한 몸인 것처럼 똑같은 표정과 몸짓으로 영일의 차를 넘겨다보았다.

트럭과 영일의 차가 교차하는 순간 트럭이 경적을 울렸다.

빠앙―!

동시에 트럭의 전면에 달라붙어 있던 귀신이 허공으로 몸을 날렸다. 귀신이 길고 검은 머리카락과 허연 옷자락을 날리며 폭우 속을 날아왔다.

귀신이 폭우를 뚫고 트럭에서 영일의 차로 달려들더니 마치 자석처럼 앞 유리에 찰싹 달라붙었다.

이상한 일은 그뿐이 아니었다. 방금 지나간 트럭은 거짓말처럼 백미러에서 사라졌다.

앞 유리에 달라붙은 귀신이 마치 연체동물처럼 몸을 기이하게 뒤틀었다.

긴 머리카락과 달리 귀신의 얼굴은 해골처럼 반질반질 빛이 났고, 눈알이 있어야 할 자리에는 까만 구멍이 대신 자리하고 있었다. 귀신의 눈구멍 속엔 깊이를 알 수 없는 어둠이 담겨 있었다.

눈알 없는 귀신이 히죽거리고 웃자 입이 귀밑까지 찢어졌다. 입이 찢어진 기이한 미소가 커다랗게 클로즈업 되는가 싶더니 귀신이 유리를 통과하며 스윽 하고 안으로 기어들어왔다.

"으악!"

영일은 비명과 함께 급하게 핸들을 꺾었고 동시에 브레이크를 밟았다. 차가 옆으로 미끄러지며 통제력을 잃고 휘청거렸다.

영일은 정신없이 핸들을 꺾으며 지금껏 한 번도 내 본 적이 없는 낯선 괴성을 미친 듯이 질러 댔다. 차는 제멋대로 빗물 위를 미끄러지기 시작했다.

"으억! 저리 가! 으억! 저리 가!"

영일의 음성은 공포에서 이내 울먹임으로 변했다. 차가 난간을 들이받으면서 둔탁한 충격이 전해졌다.

영일이 반사적으로 핸들을 꺾었지만 차는 그대로 밖으로 튕겨 나갔다.

잠시 정지한 것처럼 허공에 머물던 차는 곧장 도로 아래로 처박혔다.

놀랍게도 헤드라이트 불빛에 반사된 바닥은 물이었다. 그것도 엄청나게 큰 저수지의 물이었다.

'이 근처에 저수지가 있었던가?'

큰 충격과 함께 시커먼 물이 시야를 덮쳤다.

잠시 정신을 잃었던 영일이 눈을 떴을 때 차는 이미 물속으로 가라앉는 중이었다. 차창 밖은 온통 시커먼 물이었고 차 안에도 반쯤 들어차 있었다.

영일이 탈출하려고 발로 차고 안간힘을 썼지만 차 문은 꿈쩍도 하지 않았다. 오히려 검은 물은 점점 더 빠른 속도로 차를 집어삼켰다.

영일은 극도의 공포와 절망에 사로잡혀 소리를 질러 댔다. 죽음에 대한 공포와 함께 아내와 아이들의 모습이 뇌리를 스쳤다.

그런 그의 시야에 귀신의 모습이 들어왔다. 뒷좌석에 앉아 있는 귀신의 모습이 백미러에 비친 것이다. 검은 머리카락이 물속에서 부유하듯 춤을 추고 있었다.

귀신이 스윽 다가오더니 축축한 팔을 앞으로 뻗어 왔다. 팔에는 곰팡이가 핀 것처럼 흰 이물질이 덕지덕지 달라붙어 있었다.

귀신의 팔이 뱀처럼 흐느적거리며 영일의 목을 감싸 안았다.

영일은 꺽꺽거리며 숨을 헐떡였다. 공기를 계속 들이마시는데 정작 폐로는 아무것도 들어오지 않았다.

어디서 나타났는지 차창 밖에서 헤엄치는 하얀 손들이 하나둘 나타나더니 유리에 손도장을 찍어 대기 시작했다.

손은 점점 많아졌고 이윽고 손의 주인들이 창백한 얼굴을 하나둘 차창에 들이댔다. 그들은 모두 얼마 전 스쳐 지나간 트럭 짐칸에 타고 있던 존재들이었다.

~

파인미디어 사무실.

태수를 비롯해서 권창훈 피디, 김영아 작가, 전소민 기자, 길재중 도사까지 모두 모여 이번 주 〈흉가탐방〉에 대한 제작 회의를 하고 있었다.

지난 〈흉가탐방〉은 태수와 길재중이 폐가에 깃들어 있던 지박령을 퇴마하는 무난한 이야기가 진행이 됐다.

하지만 이번 주 〈흉가탐방〉은 EMP 수사대에서 도움을 요청해서 진행되는 아이템이었다.

장소는 20여 년 전 저수지를 만드느라 수몰됐던 귀사리라는 마을.

현재는 저수지에 물이 모두 말라서 저수지의 흔적만 남아 있고 숲으로 조성된 곳.

EMP 수사대가 귀사리의 예전 저수지 터에서 계속 사망 사고가 발생한다는 제보를 받고 현장에 나가 수사를 했지만 사고의 원인을 찾지 못했다.

하지만 저수지 터를 중심으로 엄청난 양의 귀기가 피어오르는 모습이 고스트 스크린을 통해 관찰되어 〈영혼을 찾아서〉 제작진과 태수에게 귀사리 저수지 터에서 〈흉가탐방〉 코너를 진행해서 퇴마를 해 줄 수 있는지 의뢰를 한 것이다.

제작진은 실질적으로 프로그램을 이끌어 가는 태수에게 의견을 물었고, 태수는 주저 없이 하겠다고 대답해서 이번 회의가 소집됐다.

전소민 기자가 말했다.

"사실 전 귀사리 마을에 관심을 가지고 있었어요. 그곳에서 기이한 사건 사고가 끊이지 않는다는 얘기를 오래전부터 들었거든요."

전소민이 조사해 온 자료를 참석자들한테 돌렸다. 자료에는 귀사리 마을의 유래와 역사에 대한 내용이 간략히 적혀 있었다.

귀신의 마음이 숨어 있다는 전설이 내려오는 귀사리(鬼思里)! 귀사리는 음기를 받아들이는 독특한 지형 탓에 예전부터 유독 전쟁이나 재해, 질병으로 인한 사망자가 많은 마을이었는데, 그로 인해 극악한 원혼이 자주 나타나 사람들을 많이 괴롭히곤 했다. 이 얘기를 들은 조선 후기의 한 고승이 마을에 결계(結界)를 쳤고 이후 귀사리는 평온해졌다. 그런 귀사리에 다시 원혼들의 저주가 시작된 건 마을을 수몰시키고 저수지를 만들면서부터다. 공사를 하는 중 사고로 사망한 인부만 20명이 넘었고 저수지가 완공되고 난 이후에도 원인을 알 수 없는 인명 사고가 끊이지 않고 있다. 귀사리는 이제 그 이름 그대로 귀신이 지배하는 죽음의 마을이 되고 말았다.

자료를 읽고 난 길재중이 고개를 설레설레 흔들며 말했다.
"나도 귀사리 얘기는 예전부터 많이 들었는데, 거긴 건드리지 않는 게 좋은데."
권 피디가 물었다.
"왜요?"
"우리 쪽 사람들 사이에서도 거긴 워낙 귀기가 강해서 금기 구역이야. 내가 들은 얘기 중에는 마을이 수몰되고 얼마

지나지 않아 귀사리 마을 주민 12명을 태운 트럭이 저수지로 뛰어들어 모두 사망한 사고가 있었는데, 그 이후로 비만 오면 당시 죽은 주민들의 원혼을 태운 트럭이 나타나서 사고를 유발한다고 하더군."

전소민도 맞장구를 쳤다.

"그 얘긴 저도 들은 적 있어요."

태수가 말했다.

"원래 악귀들이 물을 만나면 그 기운이 예전과 비교할 수 없을 정도로 귀력이 강해지는 법인데, 하필이면 그런 마을을 수몰시켰으니…… 그 지역의 지박령이나 부유령 들이 오랫동안 물의 음기를 머금고 수귀처럼 복수심과 집착이 강한 악귀로 변했을 거예요. 이번 퇴마행은 지금까지 다녔던 그 어떤 곳보다 위험할 것 같은 생각이 드네요."

김영아가 안색이 변하더니 중얼거렸다.

"그럼 방송 취소해야 하는 거 아냐?"

길재중도 참석자들의 눈치를 살피며 말했다.

"나도 웬만하면 귀신을 겁내지는 않는데, 귀사리는 아무래도 오싹하단 말야."

태수가 그런 길재중을 바라보며 말했다.

"김 작가님이야 어차피 퇴마에 참여하지 않으니까 상관없고 길 도사님은 내키지 않으시면 빠지셔도 돼요. 이런 일은 스스로 원해야만 할 수가 있으니까."

태수의 말에 길재중이 펄쩍 뛰면서 말했다.

"뭔 소리야? 다 같이 안 하면 몰라도 나 혼자 빠질 수는 없지. 의리 없게시리. 그러니까 내 말은 이번 귀사리는 워낙 위험하니까 태수 군하고 친한 신부님 있잖아. 강 신부님이던가? 그 신부님하고 지난번 보조 퇴마사로 뽑힌 친구 있지? 아이돌처럼 잘생긴 친구."

"현준이요?"

"그래, 현준이. 강 신부님하고 현준이도 부르란 얘기야. 태수 군하고 나하고 둘이서는 귀사리의 악귀들을 감당할 수가 없어."

"그렇잖아도 이번 〈흉가탐방〉에서는 강 신부님하고 현준이를 부를 생각이었어요. 이미 신부님한테 연락했는데 휴일에 별다른 일은 없다고 하시더라고요."

그제야 길재중의 얼굴에 안도의 빛이 떠올랐다.

"그럼 됐네. 그 두 사람이 합세한다면야 나도 든든하지, 헤헤."

김영아가 말했다.

"어제 EMP 수사대 오인하 팀장님이 그러는데, 며칠 전에 승용차가 예전 저수지가 있던 숲에 추락했는데 그 운전자의 폐에 물이 차 있었대요."

길재중이 눈을 부릅떴다.

"폐에 물이 차 있었다고? 그건 익사할 때 나타나는 현상 아닌가?"

김영아가 대답했다.

"맞아요. 근데 이번 사고만 그랬던 게 아니라 귀사리 숲에 추락한 모든 차들의 운전자나 사망자들이 모두 그렇대요, 마치 익사를 한 것처럼 폐에 물이 찼다고. 귀사리에선 비가 오는 날만 사고가 일어났는데 이번 사고도 비가 오는 날이었대요."

권 피디가 걱정스럽게 말했다.

"지금 내리는 비가 이번 휴일까지 계속 오려나 모르겠네. 만약 촬영 당일 비가 오지 않으면 악귀들이 나타나지 않을 수도 있다는 얘기잖아."

김영아가 대답했다.

"일단 기상청에서는 내일 비가 올 확률이 높다고 했어요. 어차피 이번 〈흉가탐방〉은 특집 2부작으로 갈 예정이니까 만약 비가 안 오면 이번 주에는 귀사리에 얽힌 이야기를 다큐 형식으로 먼저 내보내고 퇴마는 다음 주에 해도 돼요."

태수가 단정하듯 말했다.

"아뇨, 이번 주에 비가 올 거예요. 틀림없이."

다들 너무 자신 있게 얘기하는 태수를 의아하게 돌아봤다. 예지 권능으로 촬영 당일의 날씨를 이미 알아본 태수가 얼버무리듯 웃으면서 말했다.

"제 말은 그러니까…… 비가 올 것 같다고요."

태수의 말대로 촬영 당일 귀사리에는 아침부터 부슬부슬 을씨년스러운 가을비가 내렸다.

이번 주 〈흉가탐방〉은 귀사리 마을이라서 퇴마할 범위가 넓어 EMP 수사대에서 대원들이 30명이나 참여하고 장비도 그 어느 때보다 대규모로 투입될 예정이었다.

EMP 수사대는 수사를 위해 아예 귀사리로 통하는 103번 국도의 출입을 전면 통제했고, 제작진은 국도의 초입에 스튜디오를 차리기로 결정했다.

태수는 오인하 팀장과 함께 귀사리를 향해 뻗어 있는 안개 낀 103번 국도를 바라보며 오늘 작전과 촬영에 대해 상의했다.

앞쪽 103번 국도는 비가 오는데도 짙은 안개가 끼어 있어서 안쪽이 거의 보이질 않았다.

VJ들이 그런 태수와 오인하의 모습을 카메라에 담았고 103번 국도의 풍경도 빠트리지 않고 카메라로 촬영했다.

근데 촬영을 하는 VJ들이 기존 방송국 스태프들이 아닌 EMP 수사대 소속의 경찰들이었다.

심령 사건의 특성상 모든 사건의 수사 과정을 영상 기록으로 남기는 규정 때문에 EMP 수사대에는 경찰 신분의 VJ 팀이 별도로 있다.

오늘 귀사리의 경우는 너무 위험한 상황이라서 방송국 VJ

들이 진입을 못 하는 데다 흉가처럼 카메라를 설치할 수도 없어서 EMP 수사대 VJ들이 투입되기로 한 것이다.

게다가 EMP 수사대의 VJ들은 언제든 전투요원으로 전환할 수 있다는 장점이 있었다.

오인하가 자욱한 안개로 뒤덮인 103번 국도를 향해 고스트 스크린을 비췄다. 스크린에 고스트 펄스라고 부르는 전기적 에너지의 파장이 요동치는 모습이 보였다.

오인하가 태수에게 스크린을 보여 주며 혀를 찼다.

"비가 오니까 이전에 왔을 때하고는 비교도 안 될 정도로 강한 고스트 펄스가 감지되고 있어요. 세상에, 이런 엄청난 펄스의 움직임은 여태까지 본 적이 없어요."

태수도 이미 귀기탐색을 통해 이곳에 있는 엄청난 양의 귀기를 확인해서 알고 있는 내용이었다.

태수가 굳은 표정으로 말했다.

"지금 정도의 귀기라면 저 앞쪽 안개 속은 이곳과 다른 세상이라고 해도 과언이 아닐 거예요. 이승의 기운보다 저승의 기운인 귀기가 훨씬 강하게 지배하는 시공간일 테니까요."

오인하는 태수가 한 말의 의미를 온전히 상상하는 것조차 쉽지가 않았다. 이승의 기운보다 저승의 기운이 지배하는 공간이라니.

오인하는 최근 심령 사건에서 수사대원들이 다치거나 사망하는 사고가 끊이지 않아서 이번 작전은 더더욱 걱정이 많았다.

창피한 일이지만 아직은 모든 면에서 경험도 부족하고 장비도 부실하기에, 믿고 도움을 청할 수 있는 사람이 태수밖에 없었다.

오인하가 태수의 눈치를 살피며 물었다.

"차라리 귀사리에 전자 폭탄인 EMP탄을 쏘는 건 어떨까요? EMP탄은 강력한 에너지를 지닌 짧은 파장의 감마선이 순간적으로 강력한 임펄스파를 발생시키는 전자 폭탄이거든요. 반경 1킬로미터 이내에 있는 거의 모든 전기에너지를 해체할 수 있는 위력을 가지고 있어서, 그걸 터뜨리면 악귀들도 대부분 소멸되지 않을까요?"

오인하는 가능하다면 저 답답한 안개 속으로 들어가지 말고 EMP탄 하나로 끝내고 싶은 게 솔직한 심정이었다.

머리는 숏 커트에 나이는 30대 중반.

오인하는 경찰이 아니라 배우라고 해도 믿을 정도로 예쁜 얼굴에 경찰대학을 수석으로 졸업한 인재임에도 스스로 경찰 강력반을 자원해서 근무했을 정도로 의욕이 넘쳤다.

그런데 지금은 눈앞의 안개 속으로 들어가는 게 두려웠다. 자신의 안위를 걱정하기보다는 부하들을 잃을지 모른다는 두려움이 더 강한 탓이었다.

오인하는 전자 폭탄을 떨어트리면 될 것 같다는 대답을 해주길 기대했지만 태수는 고개를 흔들었다.

"전자 폭탄을 떨어트리게 되면 선량한 영들이 대부분 피해를 입게 되고, 오히려 귀기가 강한 악귀들은 순간 이동으로 이 지역을 빠져나갈 거예요. 그리고 그런 EMP탄을 쏘면 귀사리에 혼줄이 묻혀 있던 지박령들까지 세상에 풀려나는 결과를 초래할 수가 있어요."

오인하가 약한 모습을 보인 게 창피한 듯 재빠르게 대답했다.

"무슨 말인지 알겠어요."

"악귀들을 결계라든가 퇴마진 같은 술법으로 시공간을 차단시킨 후에 전자 폭탄을 쏜다면 성공할지도 모르겠네요."

오인하가 한숨을 내쉬며 고개를 끄덕였다.

스태프들이 비를 맞으며 국도 한가운데 오픈 스튜디오를 설치하는 사이에 중계차와 한석후 아나운서, 강 신부와 현준까지도 현장에 도착했다.

"안녕하세요, 신부님."

태수가 인사를 했고 강 신부의 뒤쪽에서 모습을 드러낸 현준이 환한 얼굴로 소리쳤다.

"태수 형!"

"현준아."

그동안 태수가 몇 차례 희망복지원에 내려가서 같이 잠도 자고 하면서 현준하고는 어느새 친형제처럼 가까워졌다.

태수는 늘 말 잘 듣는 남동생이 있었으면 좋겠다고 생각했

고 현준도 태수처럼 든든한 형이 있었으면 좋겠다고 생각했
는데 둘 다 바람을 이룬 것이다.

게다가 둘은 같은 영능력자로서 세상 누구보다 얘기가 잘
통했고, 다른 사람이 이해 못 하는 부분까지도 마음을 나눌
수가 있었기에 짧은 시간에 둘도 없는 사이가 될 수 있었다.

현준이 오랜만에 보는 태수가 무척 반가운 듯 보자마자 달
려와서 와락 안겼다.

태수 역시 그런 현준을 반갑게 끌어안았고 그 모습을 본
김영아가 얼굴이 발갛게 상기되며 말했다.

"야, 꽃미남 둘이서 그렇게 끌어안고 있으면 묘하게 로맨
틱하게 보인단 말야. 너희 둘은 그런 애정 행각 좀 자제해야
겠다. 보고 있으면 기분이 이상해진다고."

김영아가 그러거나 말거나 태수가 양손으로 현준의 얼굴
을 감싸며 말했다.

"너 얼굴 많이 좋아졌다?"

"복지원으로 옮기고 나서 마음이 편해져서 그런 것 같아
요. 아직은 학교에서도 딱히 시비를 거는 아이도 없고."

김영아가 손으로 눈을 가리며 호들갑을 떨었다.

"어머머…… 어떡해?"

비가 내려 열악한 작업환경 속에서도 빠르게 스튜디오가
꾸며졌고 한석후 아나운서와 패널들이 자리를 잡았다.

오늘 〈흉가탐방〉은 방송국 자체 심의 결과 방송의 시청 연령 등급이 19세 이상이라고 미리 예고를 내보냈다.

만일의 경우 발생할지 모를 사고를 어린 초등학생이나 청소년들이 보게 된다면 문제가 될 수 있기 때문이다.

방송 5분 전.

김영아가 〈영혼을 찾아서〉 단톡방을 열자마자 목이 빠지게 기다리던 네티즌들이 쏟아져 들어왔다.

대부분 성인 인증을 거친 아이디를 가진 네티즌들이었지만 2천 명을 수용하는 단톡방은 순식간에 꽉 차서 제한이 걸렸다.

김영아는 채팅방에 간단히 요약한 귀사리 관련 자료들을 올렸다.

방송 1시간 전부터 〈영혼을 찾아서〉 관련 검색어들이 실검 상위권을 차지하더니 단톡방을 열고 얼마 지나지 않아서 '귀사리'가 단번에 실검 1위로 올라섰다.

네티즌들은 김영아가 올린 귀사리 관련 자료들을 다운받아서 다시 온라인에 올렸고, 많은 사람들이 지금 당장 귀사리에 가서 퇴마 광경을 보고 싶다는 글을 올렸다.

중계차에서 한재성 피디가 큐 사인을 주자 조연출이 카운트를 셌다.

국도 한쪽에 비를 맞고 서 있는 〈영혼을 찾아서〉 〈흉가탐방〉이라고 적힌 패널을 비추고 있던 카메라에 녹화 불이 들어왔다.

패널은 현장의 으스스한 분위기를 살리기 위해 일부러 비를 맞도록 내버려 뒀다.

카메라가 비에 젖은 패널을 비추다가 줌아웃으로 뒤로 빠지면서 한석후 아나운서가 화면에 등장했다.

조연출의 사인을 받고 한석후가 멘트를 시작했다.

"〈영혼을 찾아서〉〈흉가탐방〉 코너를 찾아 주신 시청자 여러분, 안녕하십니까? 저는 한석후입니다. 지금으로부터 20여 년 전에 한 마을이 저수지를 만들기 위해 수몰됐습니다. 마을의 이름은 귀사리. 지금은 저수지에 물이 마르고 그 자리가 숲으로 변했는데, 이렇게 비가 오는 날이면 이곳 103번 국도 혹은 근처의 다른 국도를 지나는 차량들이 자신도 모르게 귀사리 저수지가 있던 곳으로 향하게 된다고 합니다. 그렇게 103번 국도를 따라가던 차량은 원인 모를 사고를 당해 저수지가 있던 숲으로 추락하게 된다고 하는데, 더 놀라운 일은 숲에 추락해서 사망한 운전자와 동승자들의 시신을 부검해 보면 모두 폐에 물이 차서 익사를 한 것으로 나온다는군요. 도무지 알 수가 없는 귀사리의 비밀, 잠시 후에 우리 장태수 군과 함께 파헤쳐 보도록 하겠습니다."

한석후의 오프닝 멘트가 끝나자 여느 때와 마찬가지로 프로그램 타이틀 음악과 광고가 브릿지 영상으로 흘러나갔다.

브릿지 영상이 끝나고 조연출의 카운트가 시작되면서 카메라에 녹화 불이 들어왔다.

한석후가 태수를 비롯해서 전소민 기자, 길재중, 강형진 신부, 현준, 오인하 팀장까지 패널들을 한 사람씩 소개했다.

오늘은 오인하 팀장도 패널 자리에 앉은 게 평소와 다른 점이었다.

한석후가 태수한테 물었다.

"오늘은 여태까지 행한 그 어떤 퇴마행보다 위험한 퇴마가 될 것 같다고 들었는데, 사실인가요?"

태수가 대답했다.

"네, 맞습니다. 그래서 오늘은 VJ도 모두 경찰분들이 대신 맡아 주셨고, 만일의 사태에 대비해서 저희 스튜디오 뒤쪽을 보시면 의료진과 함께 구급차가 두 대나 와 있고 경찰 헬기까지 대기하고 있습니다."

카메라가 스튜디오 뒤쪽에 대기하고 있는 구급차와 경찰 헬기를 비췄다. 사상자가 발생할 경우 곧바로 후송하기 위한 조치였다.

태수가 시청자들에게 당부하듯 말했다.

"사실 오늘 방송은 방송이라기보다는 EMP 수사대의 요청을 받아서 저희가 위험한 작전을 경찰과 함께 수행하는 과정을 카메라로 촬영한다고 보시는 게 맞을 겁니다. 이런 위험한 작전을 생중계하는 이유는 시청자들에게 악귀의 위험에 대해 알려 드리기 위해서입니다. 따라서 언제든 예기치 않은 불상사가 발생할 수도 있다는 점을 미리 말씀드리고 만약 청소년들이 이 프로그램을 보고 있다면 지금 즉시 채널을 돌려주시기 바랍니다."

한석후가 자못 심각한 표정으로 멘트를 했다.

"우리 장태수 씨가 웬만하면 저런 얘기를 하지 않는데 오늘 퇴마행이 정말 위험하긴 한 모양입니다."

한석후가 이내 표정을 바꿔서 반가운 얼굴로 현준을 돌아봤다.

"하현준 군은 보조 퇴마사로 뽑힌 후에 목촌리 〈흉가탐방〉 때 처음 방송에 참여해서 놀라운 활약을 펼치고는 방송에서 모습을 볼 수가 없었는데, 그동안 어떻게 지냈어요?"

현준의 얼굴이 화면에 가득 잡히자 채팅방에 현준을 좋아하는 여성 팬들의 글이 쏟아졌다.

–오우, 존잘.
–앞으로 자주 좀 나와요.
–현준 is 뭔들∼

현준이 수줍은 듯 머뭇거리다가 대답했다.

"새로운 학교로 전학을 해서 좀 정신이 없었어요."

"아, 전학을 하셨군요. 새로운 학교 친구들은 현준 군을 많이 알아보던가요?"

"네."

"예전에 귀신 본다고 친구들이 가까이 오지 않으려고 해서 힘들다고 했던 기억이 나는데, 이번에 전학한 학교에서는 친구들이 근처에 오나요?"

"방송에 나와서 태수 형 퇴마하는 걸 도와서 그런지 예전에는 절 피하던 아이들이 지금은 먼저 제 옆으로 다가와요. 귀신한테서 자기 지켜 달라고."

한석후는 물론 옆에 있던 패널들도 자연스럽게 미소를 지었다.

채팅 창에도 자기네 학교로 전학 오라는 글들이 쏟아졌다. 성인 인증을 하고 입장을 시켰는데 부모님 아이디로 들어온 청소년들이 꽤 많은 모양이었다.

얼마간의 토크를 나눈 후 태수와 강 신부, 현준과 길재중은 모두 고프로를 장착한 후 비옷과 랜턴 등의 장비를 챙겼고 EMP 수사대원들도 경찰 차량에 올라탔다.

태수가 오인하에게 말했다.

"일단 저희가 탄 차량이 먼저 귀사리로 진입을 할게요. 다른 차량들은 거리를 두고 저희 차량을 쫓아오시면 될 것 같아요."

제작진 차량에 태수와 강 신부, 현준 그리고 길재중이 함께 탔다. 운전은 길재중이 하고 태수는 조수석에 앉고 강 신부와 현준은 뒷자리에 탔다.

차량 안에는 카메라가 모두 다섯 대 설치가 됐다.

마침내 태수네 차량이 제일 먼저 출발을 했고 일정한 거리를 두고 오인하와 대원들이 탄 경찰 차량들이 줄줄이 뒤를 따랐다.

차가 자욱한 안개 속으로 미끄러져 들어가자마자 귀기의 농도가 갑자기 짙어졌다.

길재중이 운전을 하며 중얼거렸다.

"근데 에어컨을 틀었는데 뭔 습기가 이렇게 차지? 태수 군, 앞 유리 좀 닦아 봐."

태수가 차에 있던 수건으로 앞 유리를 닦았지만 금방 다시 습기가 끼었다.

"뭐야, 뭔 놈의 습기가 닦기가 무섭게 다시 끼어?"

가만히 습기를 노려보던 태수가 말했다.

"단순한 습기가 아니에요."

태수가 수인을 맺고 부동명왕의 항마진언을 읊었다.

"옴 싯디 싯디 수싯디 싯디 가라 라자야……."

진언을 읊자마자 신기하게도 집요하게 차창에 나타나던 습기가 흔적도 없이 사라졌다.

길재중이 놀랍다는 듯 물었다.

"그게 그냥 습기가 아니었어?"

"네. 귀기가 습기를 만나서 물질화가 됐다고 생각하시면 될 것 같아요."

강 신부가 말했다.

"뒤에 따라오는 수사대 차량에도 알려 줘야지."

태수가 무전기를 들고 오인하 팀장한테 말했다.

"지금 앞 유리에 습기가 계속 끼지 않나요?"

—네, 맞아요. 에어컨을 틀어도 소용없고 습기가 계속 시야를 방해하네요.

"앞 유리에 약하게 테이저건을 쏴 보세요. 차량의 전자 기기가 무력화되지 않을 정도로만."

—그게 무슨 소리예요?

"지금 유리창에 생기는 습기는 보통 습기가 아니라 귀기 때문에 생기는 습기라서, 일종의 전기에너지 현상 같은 거예요."

그제야 오인하가 무슨 소린지 알아들은 듯 탄성을 뱉어 냈다.

잠시 후 오인하가 무전으로 알려 왔다.

—정말 신기하네요. 테이저건을 쐈더니 더 이상 습기가 생기지 않아요.

차창 밖으로 '귀사리 2km'라는 이정표가 지나갔다. 색이 너무 바래서 금방이라도 쓰러질 것 같은 이정표였다.

운전을 하던 길재중이 백미러를 보며 중얼거렸다.

"어?. 이상하다. 방금 분명이 귀사리 2킬로미터 남았다는 이정표가 지나갔는데 백미러로는 보이지가 않네? 태수 군,

방금 이정표 못 봤어?"

태수는 이곳에 들어올 때부터 안명부를 불러내서 영안을 떴다. 덕분에 환영처럼 흐릿하게 흔들리는 이정표의 진짜 모습을 볼 수가 있었다.

"저도 봤는데 진짜 이정표가 아니라 환영이었어요."

"환영이라고?"

길재중이 얼떨떨한 표정으로 백미러를 바라보자 뒷좌석에 앉은 강 신부와 현준은 이미 환영이라는 걸 안다는 표정이었다.

이어서 '사고다발지역'이라는 표지판이 나타났다.

"저것도 환영이야?"

"아뇨, 저건 실제 표지판이에요."

과연 태수의 말처럼 이번 표지판은 백미러로도 정상적으로 볼 수가 있었다.

안개가 자욱한 모퉁이를 돌자, 갑자기 커브가 심해지고 도로에 물이 흥건하게 고여 있어서 자칫하면 차가 미끄러질 것 같았다.

그 순간 천둥이 번쩍하고 쳤고 잠시 시야가 멀어졌다가 돌아오며 차의 라디오에서 치직거리는 소음이 들려오기 시작했다.

길재중이 라디오 버튼을 누르며 중얼거렸다.

"어라? 라디오를 켜지도 않았는데 이게 왜 이러지?"

라디오에서 잡음과 함께 여자 디제이의 음성이 흘러나왔다.

　　―사고 소식 들어와 있네요. 영동고속도로 덕평 휴게소 부근에서 4중 추돌 사고가 일어나 10명이 넘는 사상자가 생겼다고 합니다. 오늘 같은 밤엔 운전하시는 분들 특히 조심하셔야 할 것 같습니다! 꼭 안전운전 하셔야 해요. 아셨죠?

　　―그리고 아시는 분들은 이미 아시겠지만 안타까운 소식이 한 가지 더 들어와 있습니다. '나의 노래', '거리에서'란 노래를 유행시켰던 가수 김광석 씨가 오늘 새벽 자택에서 전선으로 목을 매단 채 숨져 있는 것을 부인 서 모 씨가 발견해 경찰에 신고를 했다고 합니다. 저도 김광석 씨 노래를 너무 좋아해서 하루 종일 마음이 무거웠는데요. 김광석 씨의 노래 '거리에서' 들려 드리겠습니다.

　　길재중이 황당한 표정으로 중얼거렸다.

　　"이 라디오 뭐야? 방금 김광석이 죽었다는 뉴스 아냐? 김광석이 죽은 지가 언젠데 오늘 새벽에 죽었대. 이런 황당한……."

　　그때 라디오에서 김광석의 노래 '거리에서'가 흘러나왔다.

　　―거리에 가로등불이 하나둘씩 켜지고~.

　　태수가 긴장한 음성으로 말했다.

　　"도사님, 정신 바짝 차리세요. 지금 우리는 현실의 공간이 아니라 귀기로 만들어진 과거의 공간으로 들어와 있는 것 같아요."

"뭐? 과거라고?"

"제 기억에 귀사리가 수몰된 시기가 1996년이라고 알고 있는데, 김광석이 죽은 해도 1996년이거든요. 아마도 귀사리 마을이 수몰되고 어떤 사고가 일어난 시간과 라디오에서 이 뉴스가 나오던 시간이 같은 시간이었던 것 같아요."

"사고라고?"

그때 뒷좌석의 현준이 살짝 긴장한 음성으로 말했다.

"앞쪽에서 강한 귀기가 느껴져요. 귀기의 덩어리가 빠르게 이쪽으로 다가오고 있어요."

강 신부도 이미 감지를 했는지 만일의 경우를 대비해서 자세를 고쳐서 앉는 중이었다.

길재중이 백미러를 보며 불안하게 물었다.

"귀기 덩어리가 다가오다니, 뭐가 온다는 거야? 그럼 여기서 차를 세워야 하는 거 아냐?"

태수가 말했다.

"아뇨, 계속 가세요. 사고가 난 차가 시속 60킬로미터 정도로 달렸다고 하니까 같은 속도를 유지해 주세요."

"강한 뭔가가 온다며?"

"지금 달려오는 뭔가가 사고를 일으킨 범인일 거예요. 지금 우리가 그 범인의 정체를 알아내려고 귀사리로 들어가는 거잖아요. 사고가 난 차와 같은 조건에서 범인을 맞이해야만 앞선 차들이 어느 곳에서 어떻게 사고가 났는지 알 수가 있죠."

"그러다 우리가 사고가 나면?"

태수가 길재중을 돌아보고는 말했다.

"사고가 나지 않도록 도사님이 운전을 잘해 주셔야죠."

"이런 젠장맞을!"

태수가 멀리 안개 속에서 모퉁이를 돌아오는 차량의 불빛을 바라보며 말했다.

"저건가 보네요."

"가만. 저 차는 라이트 높이로 봐서 트럭인 것 같은데."

태수가 주문을 읊었다.

"안명부."

화르르르륵.

공기가 흔들리며 허공에 노란 안명부가 떠올랐다.

태수가 안명부를 집어서 손으로 길재중의 눈을 문질렀다.

"뭐, 뭐야?"

"앞에 보고 운전이나 잘하세요."

태수가 안명부의 기운을 눈에 문지르고 나자 길재중의 시야가 푸르스름한 빛으로 변했다. 전면을 응시하던 길재중의 입에서 탄성이 흘러나왔다.

지금까지 안개라고 생각했던 것들이 전부 검은 귀기였던

것이다.

게다가 103번 국도 위로 검은 귀기들이 마치 살아 있는 영혼들처럼 꿈틀거리며 태수네 차량을 에워싸고 있었다.

"세상에, 이럴 수가. 어떻게 이렇게 많은 귀기가 있을 수가 있지?"

태수는 며칠 전 노인이 했던 얘기를 떠올렸다.

귀기는 밀도가 높은 곳에서 낮은 곳으로 이동한다던 얘기.

이곳 한반도에는 태수가 꾸준히 퇴마를 하면서 귀기를 흡수하다 보니 세상 어느 지역보다 귀기의 밀도가 낮다. 그 말은 곧 다른 나라나 다른 지역의 귀기들이 모두 이곳으로 흘러 들어올 수 있다는 소리기도 하다.

길재중이 다시 전면을 응시하자 귀기가 가득한 도로 위 꼬불꼬불한 국도를 달려오는 검은 덩어리 같은 형체가 보였다. 조금 전까지만 해도 틀림없는 차량의 라이트라고 생각했던 불빛이 지금은 검은 귀기의 덩어리라는 걸 알 수가 있었다.

길재중이 비로소 알겠다는 듯 말했다.

"사람들이 이곳의 환영에 홀려서 전부 사고를 당했구나."

"그런 것 같아요."

태수가 무전기를 들고 뒤쪽에서 쫓아오는 오인하에게 무전을 쳤다.

"팀장님, 잠시 후 트럭이 달려올 거예요. 그 트럭은 귀기로 뭉쳐진 환영이니까 트럭이 보이면 가까이 다가오기 전에 차량을 멈추고 테이저건으로 공격하세요. 그러지 않으면 먼저 사고를 당할 수도 있어요."

–알겠어요. 알려 줘서 고마워요.

차 안에서 나누는 태수와 출연자들의 모든 대화는 방송을 통해 시청자들에게도 그대로 전달이 됐고, 영상도 차 안에 설치된 카메라를 통해 전송이 됐다.

태수의 차량 전면에 설치된 카메라는 앞쪽의 도로를 비추고 있었다.

그 카메라에는 자욱한 안개 외에는 '귀사리 2km'라는 표지판은 물론이고 지금 앞쪽에서 달려온다는 트럭의 불빛도 전혀 촬영이 되지 않았다.

덕분에 채팅방에서는 안개만 보이는 태수의 차량 전면에 달린 카메라를 보며 저마다 자신의 상상력을 발휘하면서 의견들이 분분했다.

트럭의 형태를 한 귀기 덩어리가 곧장 도로를 달려서 다가오고 있었다.

태수가 말했다.

"도사님, 창문 내리세요."

"그래, 알았어."

길재중이 창문을 내리자 차가운 빗방울이 세차게 차 안으로 밀려들어 왔다.

태수가 주문을 읊었다.

"설호검."

화르르르륵.

태수의 손안에 설호검이 쥐어졌다.

트럭 형태의 귀기 덩어리가 모퉁이를 돌아 다가오고 있었다.

길재중은 잔뜩 긴장한 얼굴로 운전대를 꽉 움켜잡았다.

커브를 돌아 나오는 트럭의 전면에 악귀가 매달려 있는 모습이 보였고, 트럭의 짐칸에는 유난히 흰 얼굴의 형상들이 비를 그대로 맞으며 무표정하게 이쪽을 건너다보고 있었다.

강 신부가 말했다.

"악령들이네."

태수가 말했다.

"어떻게 사고가 일어났는지 알 것 같아요. 트럭 앞에 매달려 있는 악귀도 수귀고 짐칸에 타고 있는 것들도 전부 수귀들이에요."

길재중이 비명처럼 소리쳤다.

"저 많은 것들이 전부 수귀라고?"

길재중은 한 번도 수귀와 맞닥뜨려 본 적이 없다.

하지만 수귀가 얼마나 무시무시한 악귀인지는 수없이 얘기를 들었다.

수귀는 귀기가 강해서 한 마리 퇴마하는 것도 쉽지 않다고 들었는데, 저렇게 수십 마리의 수귀들이 한꺼번에 밀려오고 있으니 겁이 나지 않을 수가 없었다.

트럭처럼 생긴 환영과 수귀들이 맞은편 차선에서 점점 가까이 다가왔다.

강 신부도 뒷좌석 창문을 열고는 성호를 긋고 기도력을 끌어 올리며 심각하게 말했다.

"물속의 악령들이 비를 만났으니 그 힘을 가늠하기가 어렵겠군."

트럭과 승용차의 거리가 점점 좁혀져서 마침내 교차하는 순간, 트럭에 매달려 있던 수귀가 흰 천을 펄럭이며 일행의 차를 향해 몸을 날려 날아왔다.

텅!

허공을 날아온 수귀가 찰싹 앞 유리에 달라붙는데 신기하게도 무게감이 느껴졌다.

수귀에게 놀란 길재중이 핸들을 급하게 트는 바람에 차체가 급격하게 흔들렸다. 긴 머리카락에 동공이 없는 까만 눈구멍의 수귀가 운전석의 열린 창문으로 옮겨 오며 고개를 들이밀었다.

강 신부가 당황한 음성으로 말했다.

"놀랍군. 악령이 물리적인 형체를 갖추고 있다니."

강 신부의 말처럼 창에 달라붙은 수귀는 영적인 존재들의 특징인 젤리처럼 흐물거리는 형체가 아니라 물리적인 존재처럼 단단한 외관을 갖추고 있었고 확연하게 무게감이 느껴졌다.

태수도 그런 수귀를 보며 의문을 떠올리자 노인의 목소리가 들려왔다.

－이곳 귀사리는 엄청난·양의 귀기가 지배하고 있는 시공간일세. 반대편 하늘을 보게.

흔들리는 차의 손잡이를 움켜잡으며 먼 하늘을 바라보던 태수의 입에서 침음이 흘러나왔다.

'어떻게 저럴 수가?'

검은 기운과 붉은 기운이 서로 뒤섞여 꿈틀거리는 어두운 하늘은 도무지 이 세상의 하늘같지가 않았다. 게다가 하늘의 한가운데 구멍이 뚫려서 검고 붉은 기운이 소용돌이처럼 이곳으로 빨려 들어오는 모습이 보였다.

노인이 말했다.

－지금 귀사리가 세상의 귀기들을 블랙홀처럼 빨아들이고 있는 모습이네. 따라서 이곳은 이승보다는 저승에 가까운 공간이지. 저승에선 영적인 존재들도 물리력을 가지게 되고 그 힘이 더욱 커지게 되네. 정신을 바짝 차리도록 하게.

태수는 놀라움으로 입을 다물 수가 없었다. 귀사리에서는 자신이 상상하던 것보다 훨씬 심각한 변고가 벌어지고 있었던 것이다.

"이런 젠장맞을!"

길재중이 침음을 흘렸고 차가 위태롭게 비틀거리면서 태

수는 상념에서 깨어났다.

태수는 비틀거리는 차 안에서 중심을 잡느라 설호검을 날리지도 못한 채 소리쳤다.

"도사님, 운전 조심하세요!"

강 신부도 손잡이를 움켜잡은 채 소리쳤다.

"차라리 차를 멈추시죠."

"이게 그러니까…… 내가 그러는 게 아닙니다. 지금 보이지 않는 어떤 힘이…….."

태수가 그제야 운전대를 보니 검은 귀기가 휘감겨 있는 모습이 보였다. 그렇다면 액셀에도 귀기가 서려 있을 가능성이 높았다.

길재중이 비명처럼 소리쳤다.

"이러다 다 죽겠어. 어떻게 좀 해 봐!"

이제 사고 지점이 어디쯤인지, 어떻게 사고가 났는지도 알았으니 더 이상 위험을 자초할 필요는 없었다.

태수가 뒷좌석을 돌아보며 소리쳤다.

"현준아! 차크라로 차의 기능을 방해하는 귀기를 없앨 수 있겠니?"

현준이 기다렸다는 듯 대답했다.

"알았어요, 형."

현준은 그동안 훈련했던 일곱 가지 차크라 중에서 마니프라를 불러냈다.

마니프라는 단전에서 생기는 차크라로, 항마의 기운과 같은 성질을 지녀서 귀기에 저항할 수 있는 힘이 있는 차크라다.

"마니프라."

화아아악.

고유의 색깔이 황금색인 마니프라가 단전에서 나와 현준의 손끝에 모여들었다.

현준이 앞쪽을 향해 팔을 한 번 휘젓자 마니프라의 차크라가 길재중을 향해 빛처럼 쏟아졌다.

차크라의 기운이 쏟아지자 운전대와 액셀을 감싸고 있던 검은 귀기가 눈 녹듯이 사라졌고 흔들리던 차량이 비로소 중심을 잡았다.

"됐다."

태수가 기다렸다는 듯 설호검을 던졌다.

"타앗!"

쇄애액.

설호검이 항마의 기운을 뿌리며 열린 창문으로 날아가 비가 쏟아지는 허공을 가르고 날아갔다.

태수가 수인을 맺고 주문을 외우자 설호검이 빗속을 선회해서 유리에 붙어 있던 수귀의 등에 날아가 꽂혔다.

키에엑!

설호검에서 노란 항마의 기운이 쏟아지자 수귀가 짐승처럼 괴성을 지르며 차에서 굴러 떨어져 국도 위를 나뒹굴었다.

쓰러진 수귀의 영체는 마치 화재 현장에서 불에 탄 시신처럼 노란 항마의 기운이 모락모락 피어올랐다.

끼이이이익!

길재중이 가까스로 차를 멈췄고 일행이 모두 차 문을 열고 도로 위로 내려섰다.

다들 국도 위에 쓰러져 있는 수귀를 지켜봤다. 설호검을 맞았으면 진즉 소멸됐어야 하는데 아직도 국도 위에 영체가 남아 있어서 의아했던 것이다.

자욱한 안개를 뚫고 비가 쏟아져 내리는 국도.

국도 위에 쓰러져서 소멸되어 가던 수귀의 영체 위로 빗방울이 쏟아지자 뜻밖에도 항마의 기운이 힘을 잃고 사라지고 있었다. 대신 항마의 기운으로 벗겨졌던 영체의 외피가 다시 재생이 되고 있었다.

스륵.

수귀가 꿈틀하고 몸을 움직이더니 천천히 몸을 일으키고 있었다.

길재중이 기가 막힌 듯 중얼거렸다.

"세상에, 저게 수귀야 괴물이야?"

현준이 말했다.

"저 수귀는 다른 수귀보다 훨씬 힘이 강한가 봐요. 등에 꽂힌 설호검의 기운을 이겨 내고 있어요."

태수도 수귀의 귀력을 확인하기 위해 주문을 읊었다.

'귀기탐색.'

화르르르륵.

허공에 지도가 떴고 국도 위에 붉은 점이 나타났다. 붉은 점의 크기가 엄청나게 컸다. 귀력을 거의 회복한 수귀가 다시 달려들기 위해 영체에서 검은 귀기를 뿜어냈다.

"그렇다면 설호검의 힘을 더 올려야겠네."

태수가 수인을 맺고 항마의 기운을 증폭시키는 관세음보살바아라수 진언을 읊었다.

"옴 이베이베 이야 마하 시리예 사바하."

순간 수귀의 등에 꽂혀 있던 설호검의 크기가 점점 커졌다.

수귀가 괴성을 지르며 몸부림 쳤다. 설호검이 마침내 배를 뚫고 나왔고 수귀의 영체가 견디지 못하고 폭사했다.

촤아악!

중계차의 한 피디는 눈앞에 떠 있는 수많은 모니터들을 바라보며 가슴을 졸였다. 이번엔 제대로 된 영상을 시청자들에게 보여 주고 싶은 마음 때문이었다.

외부 수십 대의 카메라들에서 보내온 영상들이 중계차 모니터로 모여들었다.

한 피디는 편집기사인 조민정과 함께 그 많은 영상들을 현장에서 편집해서 방송으로 내보내는 중이었다.

수많은 모니터들 중에는 내비게이션 같은 화면에 붉은 점들이 떠 있는 영상도 있었다. EMP 수사대의 고스트 스크린 화면의 영상이었다.

이번 〈흉가탐방〉부터는 EMP 수사대의 고스트 스크린 화면을 방송으로 내보내기로 했던 것이다.

고스트 스크린은 어떤 극한 상황에서도 작동이 되기 때문에 시청자들은 영상이 오류를 일으키는 순간에도 악귀들의 움직임을 계속 지켜볼 수가 있다는 장점이 있었다.

한석후의 스튜디오 오프닝이 끝나고 태수를 비롯한 퇴마사들과 EMP 수사대원들의 차량이 안개 속으로 들어가는 영상이 모니터에 나타났다.

태수가 했던 말에 따르면 103번 국도의 안개 너머는 귀기의 밀도가 엄청나게 높다고 했다.

한 피디에게 그 말은 곧 전자 장비들이 오류를 일으킬 가능성이 높다는 의미로 들렸다.

영상을 지켜보며 한 피디가 애원하듯 중얼거렸다.

"제발…… 제발……."

하지만 그런 바람에도 불구하고, 차량들이 안개 속으로 들어가자마자 모든 카메라에 노이즈가 나타나며 오류가 일어나기 시작했다.

"아, 안 돼."

방송을 하는 사람들은 제대로 된 영상을 내보내지 못할 때 스트레스와 좌절을 느낀다.

한 피디가 오늘도 제대로 된 방송을 하긴 글렀다고 낙담하는 사이 편집기사 조민정이 말했다.

"피디님, 저것 좀 보세요. 그나마 아직까지 들어오는 영상이 있어요. 영상이 완전히 꺼진 건 아니라고요."

한 피디가 고개를 번쩍 들었다.

조민정의 말대로 노이즈와 왜곡 현상이 심하긴 했지만 중간중간에 정상적인 영상이 짧게라도 들어오고 있었다.

"오~ 그러네? 저 정도만 계속 보여 줄 수 있어도 대박이지."

한 피디가 한숨 돌렸다는 듯 중얼거렸다.

"귀기의 밀도가 높아도 밀폐된 공간이 아니라서 카메라들이 완전히 꺼지진 않은 모양이네."

채팅 창에 실시간으로 올라오는 글들도 한 피디나 조민정의 마음과 대부분 비슷했다.

–휴우, 난 또 시작하자마자 영상 안 나오는 줄.

–태수 님이 귀기의 밀도가 높다고 해서 걱정했는데 다행이네.

–이러다가 언제 또 화면 나갈지 모름.

–이번엔 고스트 스크린이 있으니까 오디오만 들려도 볼만할 것 같은데. 두근두근.

현재 방송에 나오는 메인 화면은 태수네 차량 전면에 부착된 카메라의 영상을 받은 화면이었다.

노이즈로 영상이 흔들리긴 했지만 자욱한 안개와 부슬부슬 비가 내리는 103번 국도의 모습을 시청자들도 현장감 있게 지켜볼 수가 있었다.

시청자들은 태수와 길재중이 나누는 대화를 들으며 지금 무슨 상황이 벌어지고 있는지 각자의 상상력으로 짐작을 할 수가 있었다.

근데 괜찮던 오디오에 갑자기 치직거리는 잡음이 끼어들며 두 사람의 대화 소리도 알아듣기가 힘들어졌다.

그동안 꾸준히 방송을 봐 왔던 시청자들은 경험상 지금 뭔가가 나타나서 귀기가 치솟고 있다는 걸 직감할 수가 있었다.

태수와 퇴마사 일행의 두서없는 얘기들이 잡음 속에서 들려오고 있었다.

-팀장님, 잠시 후 트럭이…… 치지지직…… 그 트럭은 귀기로 뭉쳐진 환영이니까…… 치지지직…… 멈추고 테이저건으로…… 치지지직…… 사고를 당할 수도 있어요.

-치지지직…… 설호검.

-어떻게 사고가 일어났는지…… 치지지직…… 트럭 앞에 매달려 있는 악귀…… 치지지직…… 짐칸에 타고 있는 것들도 전부 수귀들…….

―악령이 물리적인 형체를…… 치지지직.

퇴마사 일행의 다급한 외침이 들려왔고 하단에 작은 박스로 띄워 놓은 고스트 스크린 화면에서는 거대한 붉은 점의 덩어리가 나타나서 다가오는 모습이 보였다.

화면 하단에 자막이 지나갔다.

[현재 화면 하단에 보이는 고스트 스크린은 경찰 EMP 수사대가 현장에서 제공해 주는 영상입니다. 고스트 스크린에 보이는 붉은 점은 강력한 힘을 가진 수귀, 흔히 말하는 물귀신들이 달려오고 있다는 걸 나타낸다고 합니다.]

채팅 창에 시청자들의 글들이 쏟아졌다.

―헐, 물귀신이래.

―오늘은 왠지 예감이 안 좋네요. 우리 퇴마사분들이 무사히 임무를 마치길 기원합니다.

―만약 퇴마사들이 저 수귀들을 못 막으면 어떻게 되는 거임?

―저 지금 너무 무서워서 방송을 볼 수가 없네요. 이번엔 왠지 큰일이 벌어질 것 같아요.

―메인 화면이 안 나와도 고스트 스크린이 있으니까 무슨 상황인지는 알겠네요. 앞으로도 고스트 스크린 화면은 꼭 부탁드립니다.

네티즌의 말처럼 실제로 메인 화면에는 국도의 모습만 비치는데 고스트 스크린에는 붉은 점이 빠르게 다가오는 장면이 끊어지지 않고 나오고 있었다.

노이즈와 왜곡 현상으로 아무것도 보이지 않던 티비 메인 화면에 국도를 비추는 영상이 다시 떴다.

그러곤 카메라 영상이 갑자기 급격히 흔들리기 시작했다.

이어서 들려오는 다급한 목소리들.

–도사…… 치지지직…… 운전 조심하세요!

–차를 멈추…… 치지지직.

–이게 그러니까…… 내가 그러는 게…… 치지지직…… 지금 보이지 않는 어떤 힘이…….

–치지지직…… 다 죽겠어.

–현준아…… 차크라로…… 치지지직…… 귀기를 없앨 수…….

영상으로 직접 보는 것보다 소리로만 들으니까 상황이 더욱 급박하게 느껴졌고 무서웠다. 네티즌들이 악귀들의 힘 때문에 지금 차가 통제력을 잃은 것 같다는 글을 올렸다.

놀라운 장면은 그다음 순간에 일어났다.

검은 트럭이 반대편 차선에서 안개를 뚫고 유령처럼 다가오는 모습이 화면에 떴던 것이다. 트럭 전면에 정체를 알 수 없는 하얀 옷을 입은 뭔가가 매달려 있는 모습도 흐릿하게 화면에 나타났다.

채팅 창에 지금 자신들이 진짜 영적인 존재들을 보고 있는 게 아니냐며 놀라는 네티즌들의 글들이 쏟아졌다.

—헐~ 저거 귀신 아님?

—미친, 이젠 나한테도 귀신이 보이네. 이러다가 지구 멸망하는 거 아님?

—귀신이 저렇게 생겼구나. 대박.

—말도 안 돼. 저게 유령 트럭이라고?

—갑자기 귀신들이 왜 카메라에 잡히는 거지?

—나 지금 온몸에 소름 돋았음.

한 네티즌이 전문가에 가까운 시각으로 현재의 상황을 정리해서 올렸다.

—예전에 태수 님이 방송에서 귀력이 높은 악귀들은 사람들한테 스스로 모습을 드러낼 수가 있다고 했음. 지금 티비에 나오는 악귀들은 귀력이 높아서 스스로 모습을 드러낸 것일 수도 있고, 귀사리라는 공간이 귀기의 밀도가 높아서 영적인 존재들도 모습이 보이는 것일 수도 있음.

네티즌의 설명은 둘 다 맞는 말이었다.

수귀들 자체의 귀력도 높고 귀사리라는 공간에 귀기의 밀도도 높기 때문에 일반 사람의 눈으로도 영적인 존재들을 볼 수가 있는 것이다.

평소 일반인들이 영적인 존재를 볼 수가 없는 건 영들이 사는 차원과 사람들이 사는 차원 사이에 귀기의 밀도가 다르기 때문이다.

만약 퇴마사들이 퇴마를 해서 악귀들을 소멸시키지 않고, 태수가 귀기를 흡수하지 않아서 세상에 귀기의 밀도가 높아진다면 사람들은 영들을 눈으로 보면서 그들과 공생해야만 하는 세상이 올 수도 있었다.

오인하를 비롯한 EMP 수사대원들을 태운 경찰 차량은 50여 미터쯤 거리를 두고 천천히 태수네 차량을 따라가고 있었다.

불과 50여 미터의 거리인데도 안개 때문에 앞쪽 차량이 거의 보이질 않았다.

그때 태수로부터 오인하에게 무전이 왔다.

-팀장님, 잠시 후 트럭이 달려올 거예요. 그 트럭은 귀기로 뭉쳐진 환영이니까 트럭이 보이면 가까이 다가오기 전에 차량을 멈추고 테이저건으로 공격하세요. 그러지 않으면 먼저 사고를 당할 수도 있어요.

"알겠어요, 알려 줘서 고마워요."

오인하가 전달받은 사항을 나머지 대원들에게도 알려 줬다.

운전을 하던 대원이 말했다.

"팀장님, 저 트럭 같습니다."

안개 속에서 태수가 말한 트럭이 모퉁이를 돌아서 다가오는 게 보였다. 고스트 스크린을 트럭에 비추자 펄스가 요동을 치기 시작했다.

오인하가 무전기로 나머지 차량에 명령을 내렸다.

"병력들 즉시 하차하고 전투준비!"

다섯 대의 경찰 차량들이 도로에 정지했고 대원들이 모두 하차했다.

대원들은 경찰 차량을 엄폐물 삼아 몸을 숨긴 후 테이저건을 겨냥한 채 트럭을 기다렸다.

빗줄기가 점점 거세졌고 고스트 스크린에 나타난 펄스의 밀도도 점점 높아지고 있었다.

안개 속에서 트럭이 모습을 드러냈다. 트럭의 짐칸에 피부가 밀가루처럼 흰 생명체들이 무표정한 얼굴로 경찰들을 응시하며 다가오고 있었다.

다들 남루한 옷을 입었는데 물에 흠뻑 젖어 있었고, 해골처럼 뻥 뚫린 검은 눈구멍이 아니었으면 사람인 줄 오해를 했을 것이다.

EMP 수사대의 입장에서도 영적인 존재인 수귀들의 모습을 눈으로 직접 보면서 싸운다는 건 생각도 못 한 놀라운 경험이었다.

트럭이 거의 다가왔을 때 오인하가 소리쳤다.

"발사!"

오인하의 명령에 따라 수십 대의 테이저건이 동시에 전기 에너지를 파괴하는 임펄스파를 발사했다.

치이이익…… 파앗!

수십 대의 테이저건들이 트럭 주변의 공기를 향해 임펄스파를 쏟아 냈다.

빗물 속이라서 공기가 흔들리며 전기 스파크가 튀고 파란 임펄스파가 공기를 흔드는 모습을 직접 눈으로 확인할 수가 있었다.

임펄스파의 충격에 귀기로 이루어진 트럭은 마치 녹아내리는 것처럼 눈앞에서 형체가 사라졌다.

기습을 당한 탓에 짐칸에 타고 있던 수귀 몇 마리도 미처 피하지 못하고 허공에서 영체가 파괴됐다. 하지만 절반이 넘는 수귀들은 순간 이동을 통해 테이저건의 공격을 피했다.

수귀 예닐곱 마리가 순식간에 순간 이동으로 모습을 감췄다.

"탈출한 수귀들이 있다. 다들 어디로 갔는지 찾아?"

오인하의 외침에 주위를 두리번거리던 수사대원들의 코앞에 사라졌던 수귀들이 순간 이동으로 각각 모습을 드러냈다. 수귀들의 까만 눈구멍이 바로 코앞에서 웃고 있었다.

-키엑!

수귀들이 소름 끼치는 소리와 함께 대원들을 집어 던지거나 물어뜯었다.

"으악!"

대원의 날카로운 비명이 비가 쏟아지는 공기를 흔들었다. 혼란에 빠진 대원들의 두서없는 외침이 사방에서 이어졌다.

"어디야? 무슨 일이야?"

"으악! 여기 수귀가 있다!"

"뒤쪽에도 있어. 어서 쏴!"

여기저기서 쏜 테이저건의 임펄스파가 빗물 속에서 파장을 일으켰다.

츠츠츠팟…… 촤르르르…….

하지만 EMP 수사대의 힘으로 수귀들을 제지하기엔 역부족이었다.

"으악, 내 다리!"

비명이 들리면 다른 대원들이 반사적으로 테이저건을 쐈지만 이미 무기의 위력을 경험해 본 수귀들에게 같은 방식이 통할 리가 없었다.

수귀들이 테이저건을 쏘는 속도보다 훨씬 빠르게 순간 이동을 하기 때문이다.

여기저기서 비명을 지르는 대원들이 물건처럼 이리저리 날아다녔다. 몇몇 대원은 팔다리가 뜯어져서 몸부림치는 참혹한 광경이 펼쳐졌다.

국도 위에 검붉은 피가 흥건하게 번지기 시작했고, 절단된 팔다리가 허공에서 비처럼 후드득 떨어졌다. 그야말로 생지옥이 따로 없었다.

지금까지 겪었던 그 어떤 현장도 이토록 무시무시하지는 않았다.

EMP 수사대는 수귀 한두 마리도 감당하기 버거운 전력인데 자그마치 예닐곱 마리의 수귀들이 습격을 했으니 대원들이 전멸하는 것도 시간문제처럼 보였다.

오인하는 새삼 수귀들의 엄청난 공격력에 경악하면서, 그나마 초반에 기습 공격을 통해 트럭 짐칸에 타고 있던 수귀 대여섯 마리를 소멸시킨 게 다행이라고 생각했다.

이런 수귀들이 세상으로 나간다는 생각을 하는 것만으로도 현기증이 일어났다.

"다들 여기로 집합!"

오인하는 모든 대원들을 한자리로 모아서 서로 등을 맞대고 앉도록 지시했다.

모든 대원들이 한자리에 등을 대고 모였을 때 오인하의 눈에 다리를 잃은 채 국도에서 괴롭게 몸을 꿈틀거리는 부하 대원의 모습이 보였다.

오인하가 주저 없이 빗속으로 달려 나가며 소리쳤다.

"엄호해!"

오인하가 쓰러져 있는 부하 대원을 향해 빠르게 달려가

는 찰나 눈앞 공기가 흔들리며 환영처럼 수귀가 모습을 드러냈다.

빤질거리는 해골 같은 머리에 눈구멍이 없고 이빨을 딱딱거리는 소름끼치는 모습의 수귀였다.

멀리서 본 대원들의 눈에는 빗물에 섞인 수귀의 모습이 제대로 보이지 않았다.

수귀가 오인하의 목을 움켜쥐었다. 턱 하고 숨이 막히며 뼈가 부서지려는 찰나 뒤늦게 수귀를 발견한 대원들의 테이저건이 발사됐다.

수귀가 손을 놓자마자 오인하가 바닥에 쓰러졌다.

허공이 흔들리며 빗속에 치직거리며 테이저건의 파란 스파크가 일었다.

하지만 수귀는 순간 이동으로 순식간에 모습을 감춘 뒤였다. 그리고 고스트 펄스의 스파크가 사라지자마자 빗물 속에서 투명한 영체가 다시 오인하를 향해 빠르게 접근하기 시작했다.

대원들이 소리쳤다.

"다시 온다!"

대원들이 테이저건을 미처 충전하기도 전에 수귀가 오인하를 향해 달려들었다. 마치 거대하면서 투명한 물방울이 달려오는 것 같았다.

수귀가 오인하의 목을 움켜쥐려는 순간 노란 기운을 뿌리는 빛이 빗속을 가르며 날아들었다. 빛은 피할 사이도 없이 수귀의 등에 꽂혔다.

파앗!

키엑!

수귀가 괴성과 함께 국도 위를 나뒹굴었다. 수귀의 등에 설호검의 노란 검날이 보였다.

안개 너머에서 태수가 관세음보살바아라수 진언을 읊으며 나타났다.

"옴 이베이베 이야 마하 시리예 사바하!"

빗속에서 다시 일어나려던 수귀가 영체를 부들부들 떨었다.

등에 꽂힌 설호검의 크기가 점점 커져서 검날이 수귀의 뱃가죽을 뚫고 앞으로 튀어나온 것이다.

수귀의 배를 뚫고 튀어나온 설호검의 검날에서 노란 항마의 기운이 이글거리며 피어올랐다.

태수가 일갈했다.

"제령!"

화아아악!

설호검의 검날에서 항마의 기운이 폭발했다. 수귀의 영체가 공중분해 됐다. 수귀의 찢어진 살점이 허공으로 흩어지다가 빗물에 섞여 사라졌다.

수귀가 남기고 간 귀기는 태수의 피부를 통해 흡수됐다.

퇴마하는
톱스타

반대편에서 달려오던 수귀 두 마리는 강 신부의 은십자가에서 뿜어져 나온 오라가 영체를 휘감았다. 수귀의 외피를 감싸고 있던 피부가 오라에 녹아내렸다.

웬만한 악귀들은 오라에 휩싸이는 것만으로도 소멸이 되었을 텐데, 수귀들은 마지막까지 저항을 하며 좀비처럼 이빨을 딱딱거리고 다시 일어났다.

강 신부가 오라의 항마력을 높이기 위해 기도문을 읊었다.

"성 미카엘 대천사여, 당신의 빛으로 저희를 비추소서…… 성 미카엘 대천사여, 당신의 날개로 저희를 보호하소서…… 성 미카엘 대천사여, 당신의 칼로 저희를 방어하소서!"

강 신부의 기도가 허공에 파동을 만들어 내며 오라의 색이 변하기 시작했다.

처음에는 초록색이던 오라의 색이 황금색으로 변하더니 점점 더 강렬한 붉은색으로 바뀌어 갔다.

수귀의 영체가 붉은 오라에 녹아내리며 소멸됐다.

현준은 반대편에서 부상을 당하고 국도에 쓰러져 있는 또 다른 대원에게 달려드는 수귀의 앞을 막아섰다.

"사하스라라."

주문을 외우자 현준의 정수리에서 배어 나온 보라색의 차크라가 전신을 감싸다가 손끝으로 모여들었다.

"차크라 인줄!"

현준이 주문과 함께 손을 휘젓자 현준의 손끝에서 보라색의 차크라 수십 가닥이 거미줄처럼 변해서 빛처럼 날아가더니 순식간에 수귀를 옭아맸다.

차크라 인줄은 부정한 것의 침투를 막아서 일종의 결계를 만드는 효과를 만들어 내는, 금줄이라는 주술 도구와 같은 효력을 발휘하는 술법이었다.

"사하스라라…… 사하스라라…… 사하스라라……."

현준이 계속해서 집중력을 높이며 주문을 읊자 차크라의 인줄이 점점 수귀의 영체를 조이며 압박해 들어갔다.

키아아아아!

마침내 수귀의 입에서 괴성이 터져 나오더니 차크라의 인줄에 의해 영체가 수십 조각으로 찢어져서 허공으로 흩어졌다.

촤아악!

강 신부와 현준이 수귀들을 상대하는 사이에 오인하는 다리가 절단된 채 국도 위에서 고통스러워하는 대원에게 달려갔다.

"야, 김민형!"

빗물과 핏물이 뒤섞인 도로 위에서 김민형이 오인하의 팔을 움켜잡으며 고통스럽게 울부짖었다.

"팀장님, 너무 아파요. 차라리 저 좀 죽여 주세요."

"무슨 소리야, 조금만 참으면 구급차가 올 거야!"

단순히 절단된 게 아니라 수귀에게 거칠게 다리가 뜯겨진 부상이라서 그 통증은 어떤 것에도 비할 바가 아니었다. 게다가 다리가 귀기에 오염이 되어 순식간에 검은빛으로 변해 가고 있어서 고통이 점점 커지고 있었다.

"으아아아악!"

몸부림치며 울부짖는 부하를 보며 오인하가 눈물인지 빗물인지 모를 물기를 손등으로 씻어 내며 참담하게 고개를 숙였다.

게다가 부상당한 대원은 김민형 한 사람만이 아니었다. 족히 10명에 가까운 대원들이 죽거나 김민형과 마찬가지로 심각한 부상을 당한 채 도로 위에서 몸부림치고 있었다.

나머지 대원들이 달려가서 그들을 돌봤지만 그들이 고통을 줄여 줄 수 있는 방법이 없었다.

고통을 견디지 못한 대원들이 여기저기서 차라리 죽여 달라고 울부짖었다.

오인하는 아직도 방금 전의 끔찍한 시간이 꿈결처럼 느껴졌다. 불과 1분도 안 될 것 같은 짧은 순간에 어떻게 이토록 많은 대원들이 당할 수가 있는지.

수귀들은 그녀의 상상을 초월할 정도로 위협적인 존재들이었다.

오인하가 악을 쓰는 것처럼 나머지 대원들한테 소리쳤다.

"어서 헬기 오라고 무전 쳐!"

태수가 그런 오인하의 명령을 제지하면서 소리쳤다.

"안 됩니다!"

태수가 또 한 마리의 수귀를 소멸시킨 후 숨을 헐떡이며 다가왔다.

"안 됩니다. 헬기가 진입하면 보나마나 이곳까지 오지도 못하고 추락할 겁니다. 이곳은 일반인들도 영혼의 모습을 알아볼 수 있을 정도로 귀기의 밀도가 높은 곳입니다. 차량도 귀기의 방해를 받아서 제대로 기능을 못 해 사고가 일어나는 곳인데 헬기는 어떻겠어요? 아마도 이곳에 진입하자마자 프로펠러가 작동을 멈추고 추락할 거예요. 차라리 구급차를 부르세요."

오인하가 기계적으로 고개를 끄덕이고는 태수의 말을 부하들에게 그대로 전했다. 지금은 다른 생각을 하는 것조차 버거워 보이는 그녀였다.

태수가 고통스러워하는 김민형의 옆으로 가서 살피며 말했다.

"잠깐 비켜 보세요."

오인하가 의아한 표정으로 뒤로 물러나자 태수가 고통스러워하는 김민형의 뜯겨 나간 다리 부위에 손을 대고 생기탐랑의 능을 발동시켰다.

제1성인 탐랑성 생기탐랑의 능이 작동합니다.

화르르르륵.

공기가 흔들리며 태수의 손에 푸르스름한 생기탐랑의 기운이 맺혔고, 그 기운이 대원의 다리로 옮아갔다. 그러자 고통으로 몸부림치던 대원의 비명이 신기하게도 잦아들었다.

들썩이던 몸도 차츰 안정을 찾으며 대원이 편안하게 눈을 감았다.

태수가 오인하를 돌아보고 말했다.

"당분간은 크게 고통을 느끼지 못할 겁니다. 얼굴에 빗물이 쏟아지지 않도록 막아 주세요."

오인하가 자신의 재킷을 벗어서 김민형의 얼굴로 쏟아지는 빗물을 막고는 믿어지지 않는 눈으로 태수를 돌아봤다.

"대체 어떻게 한 거예요?"

"그건 말하기가 좀 곤란해요. 돌봐야 할 다른 대원들이 있어서 전 이만."

태수가 자리에서 일어나 다른 부상자들에게 갔다.

오인하는 그런 태수의 뒷모습을 눈부시게 바라봤다.

방금 태수의 손이 푸르스름하게 변하는 순간 신기하게도 불안하게 쿵쿵거리던 자신의 심장도 진정이 됐고 뭔가 따스한 기운이 전신을 감싸는 것 같은 기분을 느꼈던 것이다.

지금 고통을 잊고 잠이 든 김민형도 바로 그런 느낌을 받지 않았을까.

그동안 태수를 퇴마만 하는 영능력자라고 생각했는데 방

금 눈으로 본 태수의 능력은 자신이 생각할 수 있는 인식의 범위를 넘어선 뭔가가 있는 것 같았다.

태수는 도로 위를 돌아다니며 부상당한 대원들의 고통을 줄여 줬다. 태수가 지나가는 곳마다 비명이 사라졌고 대원들의 얼굴이 평안해졌다.

문제는 사망한 대원들이었다. 일정 시간이 흐르자 사망한 대원들의 영혼이 육신에서 분리되기 시작한 것이다. 대원들의 영혼은 차가운 도로 위에 누워 있는 자신의 차가운 육신을 내려다보며 오열하거나 울부짖었다.

사망한 대원들은 박하진, 김형중, 오세영까지 모두 세 명이었다.

사망한 지 1시간이 지나지 않은 영혼은 악귀들에게 좋은 먹이가 될 수 있고, 귀기에도 쉽게 오염되기 때문에 이곳 귀사리에서는 최대한 빨리 천도를 시키는 게 상책이었다.

하지만 죽음을 맞이한 지 몇 분 지나지도 않은 영혼들에게 가족의 얼굴 한 번 보지 못하고 당장 승천해야 한다는 말을 전하는 게 어디 쉬운 일인가.

그렇다고 회피할 수 있는 일도 아니었다.

태수가 마음을 다잡고 영혼이 된 세 명의 대원들에게 말했다.

"당신들은 이제 육신을 잃고 영혼이 되었습니다. 영혼의 상태로는 이곳에 오래 머물 수가 없습니다. 당장 승천을 하

퇴마하는
톱스타

지 않으면 악귀들에게 잡아먹히거나 귀기에 오염이 돼서 당신들이 악귀가 될 수가 있어요."

박하진이 영체를 부들부들 떨며 흐느꼈다.

－안 되는데…… 이렇게 갈 수는 없는데…… 우리 애가 이제 두 살인데 아빠가 없으면 어떻게 하라는 겁니까? 으흐흐흑.

그 얘기를 듣는 태수는 마음 한편이 무너지는 것처럼 감정이 울컥하고 솟구쳐 올라왔다.

김형중도 눈물을 줄줄 흘리며 말했다.

－저희 어머니는 젊은 시절 이혼하시고 저만 보며 살아오신 분입니다. 지금 어머니가 아프신데 제가 없으면 돌봐 줄 사람이 없는데…….

오세영도 흐느꼈다.

－전 부모님한테 인사라도 드리고 갈 수 있었으면 좋겠어요.

다들 굵은 눈물을 쉼 없이 떨어트렸고, 눈물은 공기와 만나자마자 산화해서 반짝이는 빛으로 변해 빗속으로 사라졌다.

태수가 애써 담담한 목소리로 말했다.

"당연히 인사는 드리고 갈 수 있도록 하겠습니다."

태수는 그들의 영혼을 불러서 오인하에게 데려갔다. 오인하도 방금 전까지 살아 있던 자신의 부하들이 영혼이 되어 나타나자 할 말을 잃은 표정으로 말을 잇지 못했다.

이런 때는 차라리 영혼을 볼 수 없는 편이 더 낫겠다는 생각이 들 정도였다. 어쨌든 모두에게 너무도 가혹한 시간이었다.

"VJ들이 이분들의 모습을 촬영해서 방송으로 내보낼 수 있도록 해 줬으면 좋겠습니다."

태수의 말에 오인하가 울음을 삼키며 VJ들을 호출했다.

지금까지 살아온 생을 이 짧은 시간에 정리해서 마지막 말을 남겨야 한다는 현실이 너무도 기가 막혔지만 달리 방법이 없었다.

대원들의 영혼은 카메라를 보면서 각자 가족에게 전할 당부와 마지막 말을 남겼다.

그렇게 가족에게 마지막 말을 남기면서 생을 마감할 수 있는 것도 현준과 강 신부가 뒤쪽에서 수귀들을 막으며 버텨 준 덕분이었다.

오인하는 세 사람의 남겨진 가족들이 앞으로 어려움 없이 살아갈 수 있도록 끝까지 잘 돌보겠다고 약속을 했다.

EMP 수사대는 창설 당시부터 업무의 위험도가 너무 높아서 각 대원들의 복지라든가 연금 같은 제도들을 일반 경찰들보다 월등히 좋은 조건으로 지급하는 규정이 마련되어 있었다.

태수는 세 사람의 대원들이 가족들에게 남기는 말을 모두 녹화한 후에 업장을 소멸시킨 후 천도를 시키는 의식을 치렀다.

"나말 사르바 타타가타남 옴 비푸라……."

진언을 읊는 태수의 구슬픈 음성이 부슬부슬 비가 내리는 공기 중으로 번져 나갔다. 그 모습을 지켜보던 나머지 동료 대원들도 모두 오열하거나 괴로움을 참지 못하고 울부짖었다.

마지막 순간까지 흐느끼며 오열하던 세 사람의 영혼이 하나씩 스르르 허공으로 사라져 갔다.

오인하가 울음을 참기 위해 입술을 깨물고 돌아서는 모습이 VJ들의 카메라에 잡히자 많은 시청자들이 눈물을 흘렸다.

비록 노이즈로 방해를 받긴 했지만 모든 장면들이 대원들의 가족은 물론 시청자들에게 전달이 되어 마음을 아프게 만들었다.

방송을 본 시청자들은 이제 영적인 전쟁이 단순히 방송에서 일어나는 일이 아니라 현실로 닥쳐온 눈앞의 위험이라는 걸 인정할 수밖에 없었다.

뒤늦게 구급차가 현장으로 들어와서 부상당한 대원들을 후송하기 시작했다.

태수가 오인하에게 다가가서 말했다.

"이번 퇴마행에는 EMP 수사대가 빠지는 게 나을 것 같습니다. 계속 작전을 강행하다가는 대원들의 희생이 너무 클 것 같아요."

오인하도 참담한 표정으로 고개를 끄덕이고는 말했다.

"저희뿐만 아니라 퇴마사분들도 너무 위험할 것 같은데요. 일단 저는 본부에 보고를 하고 그쪽의 결정을 따라야 할 것 같아요."

태수는 그사이에 소멸된 수귀들한테서 흘러나온 귀기를 모두 흡수했다.

악귀나 수귀들이 소멸된 직후 공기 중으로 흘러나온 귀기는 다른 어떤 힘에도 속해 있지 않아서 흡수하는 데 어려움이 없다.

반면 귀사리를 떠도는 귀기는 악귀들의 영향을 받아서 흡수할 수가 없다.

만약 수귀들이 토해 낸 귀기를 태수가 흡수하지 않았다면 귀기는 다시 악귀들의 힘을 키워 주는 자양분이 되고 말았을 것이다.

수귀들을 모두 소멸시킨 강 신부가 다가와서 심각하게 말했다.

"이번 퇴마행은 만만치가 않아. 우리끼리 감당할 수가 있을지 자신이 서지 않는군."

강 신부가 한 번도 이런 소리를 한 적이 없었기에 태수도 덩달아 걱정이 됐다.

노인도 걱정스러운 음성으로 말했다.

-저쪽 하늘을 보게.

하늘을 올려다보던 태수의 입에서 탄식이 흘러나왔다.

검은 하늘에 이전보다 훨씬 큰 구멍이 뚫려서 검은 귀기들이 귀사리로 쏟아지고 있었던 것이다.

－지금 하늘을 보니 세상의 귀기들이 모두 이곳 귀사리로 모여들고 있는 모양이네. 방금 소멸시킨 수귀들의 귀기가 엄청난 양인데 자네가 다 흡수를 했으니 그만큼 이곳 귀기의 밀도가 낮아진 게야. 그러니 온 세상의 귀기들이 이곳으로 한꺼번에 밀려들어 농도가 점점 높아지고 있는 것이네.

노인까지 그런 말을 하자 태수도 고민이 되지 않을 수가 없었다. 정작 퇴마를 해야 할 저수지 터에는 아직 발도 들여놓지 않았는데.

'그럼 어떻게 하죠? 여기서 물러나야만 하는 건가요?'

－그것도 쉽지 않을 것 같네. 지금 귀사리의 귀기 농도가 너무 높아져서, 퇴마를 하지 않는다면 저 귀기들이 귀사리를 넘어서 다른 지역으로 퍼져 나갈 가능성이 높을 것 같아.

이곳의 엄청난 귀기가 귀사리를 넘어서서 다른 지역으로 옮겨 간다는 상상을 하는 것만으로도 태수는 아찔한 현기증이 일어날 것 같았다.

잠시 후 경찰 본부와 통화를 끝낸 오인하가 굳은 표정으로 다가왔다.

"태수 씨, 어떡하죠?"

"왜요, 무슨 일 있나요?"

"잠깐 마이크 끌 수 있어요?"

태수가 와이어리스 마이크를 끄자 오인하도 마이크를 끄고 말했다.

"방금 경찰청장님으로부터 지시를 받았는데, 귀사리 저수지터에 BMP탄, 즉 전자 폭탄을 쏘라는 명령을 받았어요."

태수가 단호한 목소리로 반대 의사를 분명하게 밝혔다.

"전자 폭탄은 절대로 안 돼요."

"지금은 달리 방법이 없잖아요. 저희도 문제지만 퇴마사분들도 위험하다고요. 왜요, 선한 영들이 소멸되고 지박령들이 풀려날 수 있기 때문에 반대하는 건가요?"

태수가 굳은 표정으로 고개를 흔들었다.

"그게 아니라 저기 하늘을 보세요. 지금 세상의 귀기들이 이곳 귀사리로 몰려들고 있는 모습이에요."

오인하가 토네이도가 몰려오는 것 같은 거대한 귀기의 회오리가 휘몰아치는 귀사리의 하늘을 올려다보고는 신음을 토해 냈다.

"세상에, 어떻게 저런 일이……."

태수가 오인하를 똑바로 노려보며 말했다.

"팀장님, 무슨 일이 있어도 전자 폭탄을 사용하는 건 막아야 해요. 지금 전자 폭탄을 쏘게 되면 귀사리 저수지 터에 있는 귀기들은 순간적으로 해체되겠지만 귀기가 사라지는 건 아니에요. 잠시 흩어졌던 귀기는 어디선가 다시 뭉치게 돼요. 근데 해체되는 그 짧은 시간에 밀도의 불균형이 발생해서 전 세계에 있는 귀기들이 한꺼번에 이곳으로 쏟아지게 돼요. 지금 밀려들고 있는 귀기보다 훨씬 많은 귀기들이 말이죠."

오인하의 눈이 휘둥그레졌다.

"전 세계의 귀기가 이곳으로 쏟아진다?"

"제가 이곳에 오기 전에 말씀드렸죠, 귀기는 밀도에 따라 움직인다고. 전자 폭탄은 아무런 도움이 되지 않아요. 그야말로 윗사람들의 전형적인 탁상행정이죠. 전자 폭탄을 쏘면 당장은 귀사리에 악귀들이 모두 사라져서 뭔가 성과를 거둔 것 같지만 실제로는 다른 곳으로 옮겨 가는 것에 불과해요. 게다가 이곳에 있는 수귀와 지박령들까지 모두 전국으로 퍼지게 될 거고."

태수의 설명을 듣는 오인하의 동공이 파르르 떨렸다.

"전자 폭탄이 터졌을 때 고스트 펄스가 퍼지는 반경이 1킬로미터인데도 수귀와 지박령들이 탈출을 할 수가 있다는 건가요?"

"전에도 말씀드렸듯이 1킬로미터가 아니라 100킬로미터라도 소용없어요. 팀장님은 아직도 영적인 존재들이 순간 이동 한다는 개념을 정확하게 모르고 있어요. 팀장님이 경찰청장님을 설득하지 못하겠다면 제가 직접 통화할 수 있게 해주세요."

오인하가 귀사리 하늘을 돌아보다가 넋이 나간 사람처럼 중얼거렸다.

"일단 제가 경찰청장님한테 한 번 더 물어볼게요."

오인하가 무전기를 사용하기 위해 급히 차량으로 돌아갔다. 잠시 후 무전기를 들고 온 오인하가 곤란한 표정으로 말했다.

"아무래도 청장님의 의지가 확고한 것 같아요."

태수가 말했다.

"제가 통화해 볼게요."

태수가 무전기를 넘겨받고는 인사를 했다.

"안녕하세요, 청장님. 저는 장태수라고 합니다."

-방송은 잘 보고 있습니다. 내가 방금 우리 오 팀장한테 지시를 내렸으니까 태수 군은 그 지시에 따라 주면 될 것 같군요.

"청장님, 지금 청장님은 귀사리의 상황을 전혀 모르세요. 전자 폭탄을 터뜨리면 걷잡을 수 없는 일이 벌어지게 됩니다. 그리고……."

치직거리며 무전기에서 잡음이 일어나다가 경찰청장의 소리가 들려왔다.

-장태수 군, 수사대를 도와주는 건 고맙지만 이건 우리 경찰의 작전이오. 태수 군과 퇴마를 하는 일행의 안전을 위해서라도 지금부터는 모든 작전을 우리 경찰에 맡겨 주고 당신들은 지금 즉시 귀사리를 빠져나오길 바랍니다.

퇴마하는
통스타

태수는 경찰청장의 말에 어이가 없어서 잠시 할 말을 잃었다.

퇴마사들의 안전을 위해서 모든 걸 EMP 수사대에 맡기고 작전에서 손을 떼라니. 오히려 그 반대가 되어야 하는 거 아닌가.

경찰청장의 말대로라면 현재 경찰의 수뇌부는 심령 사건의 특성이나 EMP 수사대의 능력은 물론이고 이곳 귀사리에서 무슨 일이 벌어지는지 전혀 감을 잡지 못하고 있다는 얘기다.

문득 영화나 드라마에서 보던 익숙한 장면들이 오버랩되며 떠올랐다.

현장의 사정을 전혀 모르는 윗사람들이 자신의 자리를 보존하거나 안일 무사주의로 다수의 시민들을 위험에 빠트리는 무책임한 결정을 아무 생각 없이 내리는 그런 장면들.

방송을 보는 네티즌들도 태수와 생각이 다르지 않았다.

―경찰청장 뭐임? 지금 반대로 말한 거 아닌가? 안전을 위해서 경찰들이 퇴마사한테 맡기고 빠지고 작전에서 빠져야지.

―경찰청장이 아무 생각이 없네. 방송 못 봤나? EMP 수사대는 수귀의 상대도 되지 않는데.

―미친, 지금까지 수귀 다 없앤 게 누군데.

VJ 두 명이 태수의 바로 곁에서 촬영하고 있는 모습이 보였다. 자신의 애기는 물론이고 무전기를 통해 들려오는 경찰청장의 애기까지 고스란히 카메라에 녹화가 되고 있었다.

태수는 작정하고 마음속 애기들을 쏟아부었다. 지금 하는 애기들을 전국의 시청자들이 함께 본다는 사실이 태수에겐 가장 큰 힘이었다.

"청장님은 EMP 수사대가 대단한 능력을 가진 줄 아시는 모양인데, 현장 상황을 전혀 모르고 하시는 말씀인 것 같습니다. 솔직히 EMP 수사대는 저희 퇴마사들의 엄호가 없으면 전자 폭탄을 쏘러 저수지까지 접근하기도 어렵습니다."

태수의 말에 옆에서 지켜보던 오인하의 표정이 허옇게 변했고 방송 스태프들도 당황하는 기색이 느껴졌다. 경찰청장도 당황했는지 위압적인 목소리로 말했다.

―내가 장태수 군하고 입씨름할 시간이 없어요. 지금 당장 우리 오인하 팀장 바꿔요. 다시 말하지만 이건 경찰의 작전이고 태수 군은 지금 경찰의 업무를 방해하고 있는 겁니다.

태수가 말했다.

"잘못 알고 있는 건 제가 아니라 청장님입니다. 지금 이곳은 〈영혼을 찾아서〉라는 방송 프로그램을 촬영하는 현장이지 경찰의 작전 지역이 아닙니다. 그리고 방송을 이끌어 가는 사람은 진행자인 저 장태수고요. 어디까지나 경찰은 저희에게 협조를 구해서 방송에 참여하고 있는 것뿐이죠. 오히려 방송을 방해하고 있는 사람은 제가 아니라 청장님이세요."

태수가 더 이상 얘기를 나눌 필요도 없다는 듯 무전기를 오인하에게 넘긴 후 VJ들에게 잠시 카메라를 치워 달라고 양해를 구했다.

태수는 스태프 무전기를 들고 스튜디오의 한재성 피디와 비밀 통화를 했다. 살짝 긴장한 한재성 피디의 목소리가 들려왔다.

–말해요, 태수 군.

"피디님, 조금 전에 수귀들이 EMP 수사대를 습격한 영상 바로 편집 가능한가요?"

–단순 커트 편집은 몇 분 안 걸려요.

"저와 강 신부님 그리고 현준이가 수귀를 퇴마한 영상들도 확보가 되어 있나요?"

–상태가 좋진 않지만 어떤 상황인지 알아볼 정도는 돼요. 영상이 흐릿해도 이번에는 수귀들의 모습까지 처음으로 화면에 잡혀서 시청자들이 무척 놀란 모양이에요.

"그럼 그 장면들 편집해서 다시 방송으로 내보내 주세요. 조금 전에 들으신 것처럼 경찰청장이 현장 상황에 대해 전혀 모르고 있는 것 같아요. 아니, 경찰청장뿐만 아니라 높은 분들이 현재 벌어지는 심령 사건들에 대해 이해를 못 하는 것 같아서 현실을 제대로 보여 줘야 할 것 같아요. 무슨 얘긴지 아시겠죠?"

태수는 일단 귀사리 저수지 터로 진입할 계획을 중지하고 한 피디, 김영아와 통화를 하며 새롭게 구성을 짰다.

한 피디와 통화를 끝냈을 때 오인하도 경찰청장과 통화를 끝내고 다가왔다.

오인하가 심각한 표정으로 말했다.

"태수 씨, 미안해요. 어쩔 수가 없네요. 아무래도 귀사리 저수지 터에 전자 폭탄을 쏴야 할 것 같아요. 이건 청장님뿐만 아니라 더 윗분들의 생각도 같아요. 대원들이 무기력하게 희생되는 장면이 방송으로 나가는 걸 아무도 원치 않으니까."

"이곳의 엄청난 귀기가 전국으로 퍼져 나가고 수귀와 지박령들이 전국으로 퍼져 나가도 당장 자신들의 책임만 면하겠다는 소리잖아요."

오인하가 참담한 표정으로 한숨을 내쉬고는 말했다.

"저수지까지 엄호해 줄 수 있어요?"

"제 대답은 굳이 듣지 않으셔도 알겠죠? 무모하게 대원들 희생시키지 마세요."

오인하가 카메라를 피해서 태수의 귀에 대고 낮게 속삭였다.

"이미 수귀들은 모두 소멸됐잖아요."

"아뇨. 이곳에 얼마나 많은 수귀들이 있는지 아는 사람은 아무도 없습니다."

"지금 EMP 수사대장인 강일훈 치안감님을 비롯해서 수사대원 30명이 새롭게 충원돼서 이곳으로 오고 있어요. 제가 어떻게 할 수 있는 상황이 아니에요. 미안해요."

태수도 물러서지 않고 말했다.

"그렇다면 더더욱 그냥 넘어가면 안 되겠네요. 저도 제 방식대로 이곳에서 일어나는 일을 시청자들에게 알릴 겁니다. 만약 무슨 일이 일어나면 책임질 사람이 누구인지 확실히 가려낼 겁니다."

그때 한재성 피디한테 연락이 왔다.

―태수 씨, 준비됐어요.

"네, 영상 내보내세요."

오인하가 무슨 일인지 몰라 어리둥절한 표정을 짓자 VJ 카메라들이 일제히 태수를 비췄다.

태수가 카메라를 보며 멘트를 했다.

"화면 상태가 고르지 못해서 조금 전의 상황이 여러분들에게 얼마나 잘 전달이 될지는 모르지만, 지금 영상을 보시면 무슨 일이 벌어졌는지는 짐작을 하실 수 있으실 겁니다. 네, 안타깝게도 수귀들이 EMP 수사대원들을 덮쳐서 불과 1, 2분 사이에 10명에 가까운 사상자들이 발생했습니다."

순간 오인하의 미간이 좁혀졌다. 당장 확인해 보지 않아도 지금 방송에 어떤 장면이 나가고 있을지 충분히 짐작이 됐기 때문이다.

그때 경찰의 추가 병력이 도착했고 선두 차량에서 수사대장 강일훈 치안감이 내렸다. 오인하가 강일훈에게 경례를 붙였다.

강일훈은 경례를 본체만체하고 흥분한 얼굴로 소리를 질렀다.

"지금 뭐 하는 거야? 당장 카메라 끄고 장태수 인터뷰 중지시켜!"

오인하가 VJ들에게 소리쳤다.

"당장 인터뷰 중지하고 철수해!"

모두가 EMP 수사대원들로 구성된 VJ들이라서 수사대장과 오인하의 말 한마디에 즉각 인터뷰가 중지됐다.

오인하가 태수를 바라보고는 말했다.

"미안해요, 태수 씨. 나도 어쩔 수가 없네요."

태수가 쓴웃음을 지으며 말했다.

"이렇게 되면 앞으로 서로의 신뢰는 깨지는 겁니다. 경찰 쪽 VJ를 쓴 건 그쪽 요청으로 이루어진 건데, 원하는 대로 방송이 나가지 않는다고 이렇게 일방적으로……. 아무튼 앞으로 저는 더 이상 EMP 수사대의 요청이나 협조를 받아들이지 않을 겁니다."

무전기에서 한 피디의 목소리가 들려왔다.

-태수 씨, 갑자기 영상이 끊어졌는데 어떻게 된 거예요?

"예. 곧 인터뷰 다시 진행할 겁니다."

태수가 도로 위에 서 있는 방송 스태프 차량 앞으로 갔다.

태수가 강일훈 대장을 돌아보며 차량에 설치된 카메라를 가리킨 후에 말했다.

"이 카메라는 방송국 소유니까 건드릴 생각하지 마세요. 그땐 제가 가만있지 않을 겁니다."

그런 태수의 뒤쪽으로 강 신부와 현준이 다가와서 시위하듯 강일훈을 노려봤다.

강일훈의 입꼬리가 올라갔고 태수는 차량에 설치된 카메라를 보며 멘트를 이어 나갔다.

"조금 전 이곳에서 10여 마리의 수귀들이 수사대를 습격했습니다. 하지만 수사대는 단 한 마리의 수귀도 잡지 못했습니다. 10여 마리의 수귀들은 저를 비롯해서 강 신부님과 현준이가 소멸을 시켰습니다. 다급해진 경찰은 귀사리에 전자 폭탄을 사용하려고 하고 있습니다. 하지만 이곳에 전자 폭탄을 쏘게 되면……."

태수는 귀사리에 전자 폭탄을 쏘면 어떤 일이 벌어지는지 시청자들에게 자세하게 전했다.

방송 채팅 창은 물론이고 온라인과 SNS에 경찰을 비난하고 경찰청장을 즉각 해임시키라는 댓글이 폭발적으로 쏟아졌다.

당시 〈흉가탐방〉의 실시간 시청률이 42%였기에 온라인은 마치 경찰 수뇌부를 비난하는 성토장이 된 것 같은 분위기였다.

그럼에도 불구하고 경찰 수뇌부의 명령을 받은 강일훈은 작전을 밀어붙였다.

　오인하는 맨 앞 선두 차량에 탑승해서 새롭게 충원된 EMP 수사대원들과 발전기, 전자 폭탄 등이 장착된 특수 차량을 앞세우고 안개가 자욱한 귀사리 저수지로 전진했다.

　강 신부가 그런 오인하와 경찰대원들을 걱정스럽게 바라보며 물었다.

　"괜찮을까?"

　태수도 착잡한 표정으로 대답했다.

　"모른 척할 수는 없죠. 하지만 정부의 높은 사람들한테 경고를 주지 않으면 앞으로도 이런 어처구니없는 일이 반복될 거예요."

　오인하는 전자 폭탄을 장착한 맨 앞 선두 차량에 탑승했고, 좌우와 뒤쪽으로 엄호하는 차량들이 뒤를 따랐다.

　EMP 수사대의 절반에 가까운 50여 명의 대원들이 테이저 건을 장착한 채 여러 대의 차량에 나눠 타고 안개 속으로 진입했다.

　오인하가 안개가 자욱한 국도를 살피면서 중얼거렸다.

　"거의 다 온 것 같은데?"

　뒤쪽 강일훈 대장의 목소리가 무전기에서 들려왔다.

　—도대체 저수지 터가 어디야?

퇴마하는
톱스타

"안개가 너무 짙어서 어디가 어딘지 잘 모르겠습니다."

바로 다음 순간 안개 속으로 전진하던 차량이 갑자기 추락하는 것처럼 중심이 앞으로 급격하게 기울어졌다. 분명 도로가 있었는데 바닥이 사라진 것이다.

"으악!"

대원들이 비명을 질렀고 미처 손을 쓸 틈도 없이 차량이 앞으로 꼬꾸라졌다. 더욱 놀라운 건 추락하는 차량의 눈앞으로 시커먼 물이 출렁이며 다가오고 있다는 사실이었다.

풍덩!

차량이 물속으로 빠지며 적지 않은 충격이 전해졌다. 사라진 저수지가 눈앞에 다시 되살아나다니.

차량이 검은 물속으로 빠르게 가라앉았고 오인하는 지금의 현실이 믿어지지가 않았다.

며칠 전 이곳에 왔을 때 이 지역은 분명 숲이었다. 비록 그날 비가 오지는 않았지만 아무리 많은 비가 와도 그사이에 숲이 이렇게 시커먼 물이 가득한 저수지로 바뀐다는 건 말이 되지 않았다.

하지만 지금 자신과 부하들이 타고 있는 차량이 뿌연 저수지 물속으로 가라앉고 있다는 것 또한 부인할 수 없는 사실이었다.

뒤이어 따라오던 차량들도 연이어 저수지로 떨어졌다.

안개가 너무 짙어서 앞차가 사라지는 걸 보지 못한 이유도 있지만, 분명 도로가 있어서 나아갔는데 갑자기 땅이 사라지며 차량들이 물속으로 떨어졌던 것이다.

강일훈 치안감이 탄 차량도 물속으로 떨어졌다. 차량 안은 그야말로 혼돈의 도가니였다.

강일훈이 소리쳤다.

"창문을 열어, 어서!"

"버튼이 아무것도 작동을 하지 않습니다."

"그게 말이 돼? 그럼 차 문이라도 열어야지!"

강일훈이 달려들어서 직접 차 문을 열려고 했지만 물의 압력으로 차 문은 꼼짝도 하지 않았다.

바닥으로 물이 스며들어오기 시작했고 시야가 점점 시커먼 물로 가로막히면서 대원들은 숨조차 쉴 수 없는 공포에 빠져들었다.

강일훈이 침착성을 잃고 미친 듯이 소리를 질렀다.

"어떻게 좀 해 보라고, 뭐든 해 봐!"

대원 한 명이 거의 울먹이며 말했다.

"할 수 있는 게 아무것도 없습니다."

그때 또 다른 대원이 비명을 질렀다.

"으악! 저게 뭐야?"

다들 대원이 소리친 곳을 돌아보니 차창 밖 검은 물속에서 흐느적거리며 헤엄치는 허연 피부의 존재들이 뿌연 라이트 불빛에 하나둘 모습을 드러내고 있었다.

수귀들이었다.

순식간에 수십 마리의 수귀들이 모여들어 차량을 에워쌌다.

수귀들이 물에 퉁퉁 불은 하얀 손을 차량 창문에 바짝 붙이고 차량 안을 들여다봤다.

반질거리는 해골에 달라붙은 수귀들의 검은 머리카락이 저수지 물에 출렁이고 있었다.

입맛을 다시는 것처럼 검은 눈을 반짝이며 차 안을 들여다보는 수귀와 눈이 마주친 대원은 죽을 때까지 잊히지 않을 공포를 느꼈다.

대원이 흐느끼며 중얼거렸다.

"대장님, 이제 저희는 어떡하면 됩니까?"

대원들이 물었지만 강일훈은 물과 수귀에 대한 공포로 머릿속이 하얗게 변해 대답할 여력조차 없었다.

많은 수귀들이 마치 사랑하는 연인을 바라보는 것 같은 표정으로 차창에 하얀 손을 붙인 채 강일훈을 바라보고 있었기 때문이다.

그사이에 물은 허리춤까지 차올랐고 수귀들을 직접 만나야 할 시간이 점점 다가오고 있었다. 공포에 사로잡힌 대원들이 울부짖는 순간 무전기가 치직거렸다.

무전기에서 뜻밖에도 태수의 목소리가 들려왔다.

─다들 당황하지 말고 바깥을 향해 테이저건을 쏘세요. 수귀들이 접근

하지 못하도록. 치지지직…… 어차피 테이저건으로 수귀를 잡을 수는 없기 때문에…… 접근하지 못하게 한다는 마음으로 테이저건을 사용하세요…… 치지지직…… 지금 여러분이 빠져 있는 저수지의 물은 진짜가 아닌 환술로 만들어진 환영입니다…… 치지지직.

공포에 사로잡혀 패닉 상태에 빠져들던 대원들이 들떠서 소리쳤다.

"장태수다, 장태수 목소리야!"

태수의 음성에 절망적이던 차 안의 분위기가 바뀌었다.

대원들은 물이 진짜가 아닌 환술이라는 태수의 소리에 믿기지 않는다는 표정으로 허리까지 차오른 차가운 물을 만져 보기까지 했다.

하지만 아무리 봐도 물은 진짜였다.

"말도 안 돼, 이게 가짜라니."

"장태수가 하는 말이니까 믿어야 해."

"맞아, 난 무조건 믿어. 지금 그 말이라도 믿지 않으면 미쳐 버릴 것 같다고."

강일훈이 무전기를 낚아채서는 물었다.

"장태수 군, 방금 뭐라고 했나? 지금 이 물이 진짜가 아니라 수귀들이 만든 환영이라고 했나?"

─치지지직…… 네, 그곳은 현재가 아닌 1996년 과거의 시공간이고 지금 차가 잠겨 있는 물도 환영이에요…… 치지직…… 그러니까 수귀들이 차량 근처로 접근하지 못하게…… 치지지직…….

"이런 미친! 뭔 소리 하는 거야?"

강일훈이 말도 안 된다는 표정으로 고개를 돌려 차창 밖을 바라봤다. 차창 밖은 여전히 차를 집어삼킨 시커먼 물이 출렁이고 있었고 수귀들이 유유히 헤엄치고 있었다.

게다가 지금 허리 높이까지 차오른 차가운 물은 절대로 가짜일 수가 없었다.

강일훈이 무전기에 대고 으르렁거렸다.

"헛소리하지 마, 여긴 틀림없는 물속이라고. 내가 환영과 현실도 구별 못 할 사람 같아? 그리고 뭐? 여기가 1996년이라고? 그런 헛소리 떠들 시간에 경찰에 지원 요청이나 빨리해!"

–치안감님, 지금은 제 말을 들으셔야 합니다. 잘못된 명령으로 대원들이 목숨을 모두 잃을 수도 있습니다.

강일훈이 분을 참지 못하고 무전기를 집어 던지며 소리쳤다.

"어린놈이 뭘 안다고!"

강일훈이 다른 대원한테 소리쳤다.

"야, 네가 무전기 들고 빨리 경찰에 지원 요청하라고 해. 만약 말 안 들으면 바로 깜빵에 보내겠다는 얘기도 전해."

대원이 무전기를 들고 강일훈의 얘기를 전하려는 찰나 다른 차량에 있던 오인하가 무전기로 말하는 소리가 들려왔다.

–장태수 씨, 그럼 우리가 뭘 어떻게 하면 되죠?

치직거리는 소리가 들린 후에 태수가 대답했다.

─절대로…… 차 문을 열고 밖으로 나오면 안 됩니다…… 차 안에서 저희가 갈 때까지 기다리세요.

오인하가 떨리는 목소리로 말했다.

─장태수 씨…… 지금 문제는 차 안에 계속 물이 들어차고 있다는 거예요. 언제까지나 기다릴 수가 없다고요.

태수가 뭐라고 말하는 소리가 들려왔지만 잡음이 너무 심해서 무슨 소리인지 알아들을 수가 없었다.

오인하가 막막한 심정으로 주위를 둘러봤다. 물의 수위가 올라올수록 대원들의 공포심도 점점 커져 가고 있었다.

대원 한 명이 울먹이며 물었다.

"이렇게 차 안에서 죽게 되면 제 영혼은 저기 밖에 있는 수귀들한테 잡아먹히는 게 아닐까요? 영혼이 하늘에 승천하지도 못하고 수귀한테 잡아먹힌다면 전…… 흐흐흑…….”

모든 대원들이 다들 비슷한 공포를 가지고 있었다. 단순히 죽음이 두려운 게 아니라 죽음 이후의 시간까지도 두려운 것이다.

오인하가 애써 담담하게 말했다.

"이건 물이 아니고 환영이야. 다들 알아들었어? 장태수 말이 맞아. 분명 내가 며칠 전에 왔을 때 이곳은 숲이었어. 근데 며칠 사이에 이런 엄청난 저수지가 생긴다는 게 말이 돼?”

그때 무전기에서 치직거리며 태수의 목소리가 띄엄띄엄

들려왔다.

　―치지지직······ 옴 마니 반메 훔······ 치지지직.······ 그 진언을······ 외우세요······ 옴 마니 반메 훔·······.

　오인하가 조심스럽게 진언을 따라 했다.

　"옴 마니 반메······ 훔······ 옴 마니 반메 훔·······."

　진언을 읊조린 오인하가 말했다.

　"기분 탓인지는 모르겠지만 진언을 외우니까 마음이 조금 편안해지는 것 같아. 너희들 어떡할래? 내 생각엔 이 진언을 외면 공포도 많이 줄어드는 것 같아."

　그러자 나머지 대원들도 가운데로 모여 앉아 하나둘 진언을 따라 하기 시작했다.

　"옴 마니 반메 훔·······."

　곧 차 안의 모든 대원들이 한마음으로 진언을 암송하기 시작했다.

　"옴 마니 반메 훔······ 옴 마니 반메 훔······ 옴 마니 반메 훔·······."

　시간이 흐를수록 진언을 암송하는 대원들의 목소리가 점점 더 절박하게 변해 갔다.

　그사이 저수지의 검은 물이 가슴 높이까지 빠르게 차올랐지만 함께 진언을 외운 후로는 더 이상 물이 불어나지 않는 것 같은 느낌이었다.

　대원들도 그걸 느낀 듯 더욱 목소리를 높였다.

모든 대원들이 집중해서 진언을 암송하고 있을 때 무전기가 치직거리며 강일훈의 목소리가 들려왔다.

―다들 테이저건에 방수포를 씌워라. 차 안에 물이 가득 차면 차 문을 열고 밖으로 나간다. 아무것도 하지 않고 차 안에서 기다리면 전부 몰살당할 테지만 한꺼번에 밖으로 나가면서 테이저건을 쏘면 최소한 절반 이상은 살 수가 있다!

오인하가 진언을 멈추고 무전기를 집어 들었다. 아무리 상관의 명령이라도 이번만큼은 거역할 작정이었다.

애초부터 태수는 EMP탄을 반대했다, 폭탄을 쏘기도 전에 사고를 당할 거라며. 근데 지금 그 말대로 됐고 태수의 진언을 따라 한 이후로 차 안에는 더 이상 물이 불어나지 않았다.

"대장님, 밖으로 나가서 징계를 받는 한이 있더라도 이번만큼은 장태수의 말을 듣겠습니다."

다시 으르렁거리는 강일훈의 목소리가 들려왔다.

―너 지금 나한테 반항하는 거야?

"대장님, 장태수는 이 분야의 전문가입니다. 수귀들이 에워싸고 있는 밖으로 나간다면 결과는 정해져 있어요. 절반은 커녕 단 한 명도 살아나가지 못할 거예요. 그리고 이건 제 착각일 수도 있지만 진언을 외운 이후로 차 안에 물이 불어나지 않고 있어요."

―개소리하지 마. 우리 차는 지금 물이 목까지 차올랐다고!

"대장님, 진언을 외우세요, 당장!"

오인하가 무전기를 들고 눈짓을 하자 한민석을 비롯한 나머지 대원들이 무전기에 대고 진언을 외기 시작했다.

전자 폭탄인 EMP탄을 쏘기 위해 경찰 차량들이 귀사리 저수지로 출발하자 태수와 일행도 뒤늦게 경찰들의 뒤를 쫓아갔다.

저수지 터로 다가갈수록 안개의 색깔이 점점 붉은색으로 변하며 귀기의 농도가 치솟아 올라가기 시작했다.

태수가 차를 멈추고 붉은 안개를 바라보며 중얼거렸다.

"붉은 안개는 보통 악귀들이 환술을 펼칠 때 일어나는 현상인데."

앞쪽의 붉은 안개 속으로 뻗은 도로를 뚫어지게 바라보던 현준이 말했다.

"앞쪽에 도로가 두 개로 겹쳐서 보여요."

태수는 물론 강 신부 역시 환술로 인해 도로가 두 개로 겹쳐 있다는 걸 알아봤지만 일반인들은 그 사실을 알 수가 없었다.

저수지 터로 달려가 아래를 내려다보던 세 사람의 입에서 탄식이 흘러나왔다. 저수지 터 아래쪽에 울창한 숲과 함께 저수지의 물이 가득 들어차서 출렁이고 있었기 때문이다.

물론 저수지의 물은 진짜가 아닌 환영이었다. 아니, 단지 환영이라고 단정하기엔 너무도 생생한 느낌이었다.

그러니 일반인인 경찰들에겐 진짜인 숲은 보이지 않고 출렁이는 물만 보였을 것이다.

강 신부가 믿어지지 않는 듯 중얼거렸다.

"이렇게 넓은 시공간을 어떻게 이토록 완벽한 환영으로 뒤덮일 수가 있는지 이해가 되지 않네."

태수가 말했다.

"이건 단순한 환영이 아닌 것 같아요. 아무리 귀기가 넘쳐 흘러도 귀기만으로는 이렇게 넓은 지역을 이렇게 만들어 낼 수가 없어요. 제 생각에 이건 단순한 환영이 아니라 과거의 시간을 불러낸 것 같아요."

강 신부가 놀란 표정으로 태수를 돌아봤다.

"과거의 시간을 불러내다니?"

사실 태수는 지금까지도 중간에 라디오에서 들려오던 김광석의 사망 소식이 몹시 꺼림칙했는데 이제야 어렴풋이 그 라디오의 의미를 알 것 같았다.

"저희가 이곳으로 올 때 가수 김광석의 사망 소식이 라디오에서 흘러나왔잖아요. 김광석이 사망한 년도가 1996년이고 귀사리의 마을이 매몰된 시기도 1996년이거든요. 제 생각에 지금 저희가 서 있는 이곳은 2018년인 현재와 1996년이라는 과거의 시간이 겹쳐 있는 시공간인 것 같아요."

"두 개의 시간 차원이 겹쳐졌다?"

미간을 좁히며 중얼거리던 강 신부가 비로소 생각난 것처럼 말했다.

"그렇게 생각하니 이곳 저수지 터에 추락한 차량의 운전자들 폐 속에 물이 차 있었다는 얘기가 납득이 되는군. 만약 환술이라면 절대 그런 일은 일어날 수가 없을 테니까."

"네, 맞아요. 아마 이곳에 추락한 운전자들은 우리처럼 환술을 볼 수 있는 눈이 없었기 때문에 1996년 이곳이 저수지로 수몰되던 그 시간의 환영으로 빠져 들어갔을 테고, 실제로 1996년의 저수지 물에 빠져서 익사한 것처럼 사망을 한 거예요."

가만히 귀를 기울여서 듣던 현준이 걱정스럽게 물었다.

"그럼 경찰들은 어떻게 되는 거예요?"

"아마도 경찰들 역시 과거의 환영 속으로 들어갔을 거야. 주위에 흔적이 남아 있을 텐데."

태수가 그제야 주변을 살펴보며 경찰들의 흔적을 찾았다.

"저기 있어요."

현준이 가리킨 곳으로 달려가자 경찰 차량들이 저수지 터로 내려가는 내리막을 미끄러져 내려간 바퀴의 흔적들이 어지럽게 남아 있었다.

그렇게 미끄러져 내려간 바큇자국들은 모두 울창한 숲의 안쪽으로 이어져 있었다.

현재 방송은 경찰 VJ들이 철수했기 때문에 세 사람의 이마에 달려 있는 고프로 카메라를 통해서만 영상이 전송되고 있었다. 물론 대부분의 영상은 노이즈와 왜곡 현상으로 극히 짧은 부분만 정상적으로 전송이 되겠지만.

태수가 들고 온 무전기를 켜서 경찰들과 통신을 시도했다.

"팀장님, 오인하 팀장님 제 얘기 들리세요?"

─치지지지직…….

"팀장님, 제 얘기 들리시면 대답하세요."

─치지지지직…….

계속해서 잡음만 들려왔고 상대방의 목소리가 들려오지 않았다.

현준이 불안한 목소리로 말했다.

"너무 먼 과거라서 전파가 닿질 않나 봐요."

태수가 말했다.

"시간상으로는 아득한 과거지만 거리상으로는 아주 가까워. 과거의 차원으로 통하는 길만 찾는다면 쉽게 다가갈 수가 있거든."

태수가 다시 무전기를 켜고 말했다.

"만약 대답을 할 수가 없으면 듣기만 하세요."

─치지지지직……

"이곳은 현재가 아닌 1996년 과거의 시공간이고 지금 차가 잠겨 있는 물도 환영이에요. 그러니까 수귀들이 차량 근처로 접근하지 못하게 해야 해요…….."

대답이 없던 무전기에서 강일훈의 목소리가 들려왔다.

—치지지직······ 장태수 군. 방금 뭐라고 했나? 지금 이 물이 진짜가 아니라 수귀들이 만든 환영이라고 했나?

태수가 강 신부와 현준을 돌아보고 주먹을 불끈 쥐었다. 만약 무전이 연결되지 않았다면 저수지의 환영에 빠져 있을 경찰들에게 남아 있는 시간은 많지가 않았을 것이다.

하지만 이젠 태수가 알려 주는 진언만 외고 있어도 환영을 이겨 내며 버틸 수가 있었다. 물론 경찰들이 태수의 말을 전적으로 믿고 따라 해야 한다는 전제가 있지만.

태수는 강일훈에게 현재의 상황을 열심히 설명했다.

하지만 불길한 예상처럼 강일훈은 태수의 말을 전혀 믿지를 않았다.

태수가 강 신부를 돌아보고 안타깝게 말했다.

"이 사람하고는 얘기를 해 봤자 소용이 없을 것 같아요. 그나마 오인하 팀장하고 통화를 해야만 얘기가 통할 것 같은데."

그때 마침 오인하의 목소리가 들려왔다.

태수는 통신이 끊기기 전에 나쁜 세계를 떨쳐 내고 지혜의 눈으로 세상을 보게 해 준다고 알려진 관세음보살 육자대명왕 진언을 알려 줬다.

관세음보살 육자대명왕 진언을 진심으로 읊으면 결계를 만드는 것 같은 힘을 발휘해서 환영으로부터 보호를 받을 수가 있기 때문이다.

태수가 결계를 알려 주고 다른 얘기를 이어 가려고 했지만 통신이 끊어졌다. 이제 태수의 말대로 따를지 말지는 경찰들의 선택에 달려 있었다.

태수가 강 신부와 현준을 돌아보고 말했다.

"진언만 외우면 충분히 버티면서 시간을 끌 수 있겠지만, 그게 아니라면 아마도 경찰들한테 남아 있는 시간이 별로 없을 거예요."

강 신부가 고개를 끄덕이고는 붉은 안개가 넘실거리는 숲을 바라보며 비장한 목소리로 말했다.

"우리가 저 강력한 힘을 막을 수 있을지 모르겠지만 우리는 우리의 최선을 다하는 수밖에."

태수가 저수지 터로 내려가기 전에 현준을 돌아보고 말했다.

"현준아, 넌 꼭 같이 가지 않아도 돼."

사실 이곳의 엄청난 귀기를 확인한 이후로 계속 현준이 신경 쓰였다. 이제 중학교 3학년에 불과한 현준을 너무 위험한 곳으로 끌어들이는 건 아닌지.

하지만 현준은 조금의 망설임도 없이 단호하게 말했다.

"태수 형, 앞으로는 그런 말 하지 말아요. 저는 형하고 신부님을 가족처럼 생각하는데 그런 말 들으면 갑자기 저만 따로 떨어지는 것처럼 외로워진단 말예요. 저는 형하고 신부님이 가는 곳이라면 그곳이 지옥이라도 함께 갈 거예요."

태수가 현준의 머리를 엉클어트리면서 말했다.

"같이 가지 않아도 넌 우리 가족이야."

세 사람의 퇴마사들이 붉은 안개로 넘실거리는 숲으로 미끄러져 내려갔다.

셋은 숲에 남아 있는 경찰 차량의 바퀴 흔적을 따라 붉은 안개가 자욱한 안쪽으로 들어갔다. 안으로 들어갈수록 귀기의 밀도가 점점 높아졌다.

그리고 세 사람 모두 약속이나 한 것처럼 그 자리에 멈춰서서 탄식을 뱉어 냈다.

놀랍게도 검은 저수지의 물이 마치 거대한 장막처럼 앞을 가로막으며 출렁이고 있었던 것이다. 모르는 사람이 봤다면 태수네와 저수지 물 사이에 거대한 투명한 유리가 가로막고 있는 것 같은 착각이 들 정도로 기이한 광경이었다.

게다가 더욱 암담한 건 검은 저수지 물의 안쪽에서 헤아릴 수 없이 많은 수귀들이 물속을 유영하며 헤엄치고 있는 모습이 보인다는 것이다.

강 신부가 눈앞에 펼쳐진 물의 장막을 보며 중얼거렸다.

"우리가 저 안으로 들어가서 저 많은 수귀들을 상대로 싸울 수도 없고. 뭔가 다른 방법이 있지 않을까?"

태수가 말했다.

"귀사리의 전설에 대해 들은 얘기가 있어요. 예전에 귀사리에 악귀들이 많이 나타나서 도력이 높은 스님이 결계를 쳐서 막았다고 해요. 귀사리에 수귀들이 다시 나타난 건 귀사리가 물에 잠기면서 그 결계가 무너졌기 때문이고. 만약 그 말이 사실이고 그 결계를 다시 칠 수만 있다면 수귀들이 세상으로 나오지 못하도록 가둘 수가 있을 거예요."

강 신부가 의아한 표정으로 말했다.

"결계를 다시 친다? 결계를 다시 치려면 처음에 결계를 친 사람이 있어야 하는데……."

말을 이어 가던 강 신부가 문득 말을 끊고는 태수를 바라봤다.

"혹시 과거의 환영으로 들어갈 생각을 하는 거냐?"

태수가 고개를 끄덕였다.

"이곳의 넘쳐 나는 귀기들과 잔류사념을 이용하면 충분히 가능할 것 같아요. 악귀들은 저 엄청난 저수지의 물까지 환영으로 끌어왔잖아요."

"우리가 다 같이 그 사념 속으로 들어가자는 말이구나."

"맞아요. 과거의 사념 속으로 들어가서 결계를 친 고승을 만날 수만 있다면 결계를 다시 칠 수도 있을 거예요."

강 신부가 고개를 끄덕이고는 말했다.

"충분히 일리가 있는 말이네."

잔류사념이란 그곳에 남아 있는 강렬한 기억의 흔적이다.

기억을 연다는 건 기억과 연결된 통로를 찾는다는 말과도 같다.

그 원리는 다른 사람의 꿈속으로 들어가는 것과 거의 같다고 할 수 있다.

이곳 귀사리처럼 귀기가 넘쳐 나는 곳에서는 사념으로 들어가는 통로도 훨씬 넓어져서 영능력을 갖춘 강 신부와 현준 정도라면 충분히 함께 들어갈 수 있을 것이다.

태수가 즉시 바닥에 손을 대고 주문을 읊었다.

'사이코메트리.'

화르르르륵.

공기가 흔들리며 이곳에서 죽거나 머물다 간 수많은 영혼들의 기억이 수없이 떠올랐다가 사라져 갔다.

잔류사념을 통해 시간이 숨 가쁘게 과거로 거슬러 올라가다가 마침내 고승이 결계를 치는 시간의 사념을 찾아냈다.

세 사람의 유체가 육신에서 이탈하며 사념의 기억 속으로 빨려 들어갔다.

눈을 감고 있던 강 신부와 현준이 주위를 둘러보며 탄성을 흘렸다.

칠흑 같은 어둠에 잠겨 있는 숲속.

현실과 조금도 다르지 않은 시공간이 눈앞에 펼쳐졌던 것이다.

"이곳에 결계를 친 스님이 살고 있다는 얘긴가?"

현준이 숲 안쪽을 가리키며 말했다.

"저기 불빛이 있어요."

현준의 말처럼 숲의 안쪽 어둠 속에 작은 암자가 보였고, 그곳에서 불빛이 흘러나오고 있었다. 불빛은 어둠 속에서 한 줄기 희망처럼 위태롭게 흔들렸다.

세 사람이 다가가자 암자의 안쪽에서 경계하는 목소리가 들려왔다.

"거기 누구요? 사람이오, 귀신이오?"

"저희는 스님을 뵈러 먼 곳에서 온 사람들입니다. 잠시 시간을 내 주실 수 있을까요?"

작은 암자의 문이 열리며 나무젓가락처럼 깡마른 노승이 밖으로 모습을 드러냈다. 얼굴엔 쪼글쪼글한 주름이 가득했지만 눈동자는 별빛처럼 영롱하게 반짝이고 있었다.

노승이 일행을 훑어보더니 놀란 표정으로 말했다.

"대체 어디서 오신 분들이오? 당신들이 몰고 온 기운은 이 세상 것이 아닌 듯한데."

강 신부가 나서서 말했다.

"예, 저희는 미래에서 왔습니다. 노승께서 이곳 귀사리에 펼친 결계에 문제가 생겨서 미래가 혼란에 빠졌습니다."

노승의 동공에서 반짝하고 빛이 났다.

"결계에 문제가 생겼다? 내가 이곳 귀사리에 결계를 친 걸 알고 있단 말이오?"

태수는 미래에 귀사리가 수몰되어 저수지로 변하고, 그로 인해 노승이 쳐 놓은 결계가 무너져 수귀들이 세상을 위협하게 된다는 얘기를 들려줬다.

얘기를 모두 들은 노인이 탄식하며 말했다.

이곳은 귀기가 워낙 강한 지역이라서 이매망량이 출몰하는데, 그들이 물을 만나서 수귀가 된 것 같다면서.

태수가 물었다.

"이매망량요? 저는 처음 들어 보는데 그게 무슨 말인가요?"

노인의 말에 따르면 이매는 산속의 요괴를 말하고 망량은 물속의 괴물을 말하는 것인데, 정도전이 쓴 유명한 사리매문이라는 글에 처음으로 이매망량에 대한 얘기가 나온다고 했다. 이매망량은 사람도 아니고 귀신도 아니며 흐릿한 것도 아니고 또렷한 것도 아니라고 했다.

노승의 설명만 듣고는 이매망량이 어떤 존재인지 정확하게 알기는 어려웠지만, 더 이상 한가하게 얘기만 듣고 있을 시간이 없었다.

노승이 물었다.

"그럼 내가 뭘 어떻게 해야 하겠소?"

태수가 말했다.

"귀사리가 물속에 수몰되더라도 그 악귀들이 결계를 벗어날 수 없도록 결계를 다시 펼쳐 주실 수 있으신지요?"

노승의 표정이 어두워졌다.

"그건 어려운 일이오."

"어렵다니요?"

"그런 결계를 치려면 참수골 전체를 둘러싸야만 하는데, 현재 내 힘으로는 그곳의 악귀들을 감당할 수가 없소."

"참수골요?"

태수의 물음에 노승이 말했다.

"참수골은 중죄를 지은 죄인들을 처형해서 그 시신을 묻어 놓은 골짜기요."

강 신부가 무거운 목소리로 중얼거렸다.

"그럼 귀사리의 수귀들이 참수골에 묻혀 있던 죄인들이란 말인가."

태수가 초조하게 말했다.

"저희가 그 악귀들을 퇴마할 테니 그동안 스님께서 결계를 쳐 주실 수 있으신가요?"

악귀를 퇴마한다는 소리에 노인이 놀란 눈으로 세 사람을 보다가 말했다.

"다들 풍겨 나오는 기운이 보통이 아니라서 퇴마를 하는 분들이라 짐작은 했지만…… 참수골의 악귀와 이매망량들은 그 수도 워낙 많고 악독하기도 해서 쉽진 않을 거요. 하지만 미래에 그런 일이 생긴다니 나도 모른 척할 수는 없겠소."

노인이 뭔가를 살피는 듯 밤하늘의 별들을 가만히 올려다 보다가 마침내 결심이 선 얼굴로 암자로 들어갔다. 암자에서

걸어 나오는 노인의 손에는 뭔가가 가득 들어 있는 보자기가
들려 있었다.

노인이 횃불을 들고 앞장을 섰고 일행이 그 뒤를 따랐다.

칠흑 같은 숲길을 5분여 걸었을 때 앞쪽에 언덕 아래로 깊
게 파인 지형이 나타났다.

노인이 지형을 가리키며 말했다.

"저곳이 참수골이오."

참수골을 보는 순간 태수는 물론이고 강 신부와 현준의 입
에서도 탄식이 흘러나왔다.

골짜기에서 솟구쳐 올라오는 귀기의 양도 엄청났지만 참
수골의 지형이 귀사리 저수지의 형태와 완벽하게 똑같았던
것이다.

그 말은 곧 현재 귀사리의 저수지가 바로 이 참수골이었다
는 얘기가 되는 것이다.

강 신부가 탄식처럼 중얼거렸다.

"불행의 시작이 이곳 참수골이었구나. 여긴 절대로 저수
지로 만들면 안 되는 곳인데."

노승이 참수골을 내려다보며 말했다.

"저 지형은 음기를 빨아들이는 형태라서 그렇잖아도 악귀
들이 몰려드는 형상인데, 저곳에 죄인들을 처형해서 묻었으
니 그 귀기가 두고두고 얼마나 강해졌겠소?"

강 신부가 초조하게 말했다.

"태수 군, 서둘러야만 할 것 같네. 우리한테 주어진 시간이 얼마 남지 않은 것 같아. 저쪽 멀리 있는 하늘의 모습이 벌써 흐릿해지고 있어."

이곳에서의 시간이 현실에서는 불과 1, 2분에 불과하기에 사념이 빠르게 사라지고 있었다.

노승이 보따리에서 나무로 된 물건들을 꺼내기 시작했다.

장방형의 형태를 가진 각각의 나무패에는 사바교주 석가모니불, 서방교주 아미타불, 청정법신 비로자나불, 천백억화신 석가모니불, 원만보신 노사나불 같은 부처님의 명호들이 적혀 있었다.

노인이 말했다.

"이건 불명패라는 것이요."

불명패는 절의 법당 안 불상의 좌우 측면에 나란히 배치되는 목패다. 결계를 치기 위해서는 결계를 만드는 주술적 상징물이 필요하다.

주술적 상징물로는 보통 부적이나 돌, 나무 같은 자연물을 이용하는 경우가 일반적이지만 수준 높은 결계를 치기 위해서는 불명패와 같은 법력이 깃든 상징물을 사용한다.

반대로 결계를 깨트리려면 주술적 상징물을 찾아서 파괴시켜야만 하는데, 귀사리의 경우 마을이 물에 잠기며 이 불명패가 유실되면서 저절로 결계가 깨진 것이다.

노승이 사방을 둘러보며 말했다.

"참수골의 악귀와 이매망량들을 가두는 결계를 치려면 모두 열두 곳에 이 불명패를 심어야만 합니다. 참수골이 저수지로 변한다니 불명패를 둔덕 위에 심어야만 유실이 되지 않겠군요."

노승이 불명패를 하나 들고 수인을 맺은 후 주문을 읊자 나무패에 항마의 노란 기운이 스며들었다. 노승은 항마의 기운이 스며든 불명패를 단번에 땅속에 꽂아 넣었다.

불명패는 끄트머리만 살짝 밖으로 보일 정도로 땅속 깊숙하게 파묻혔다.

첫 번째 불명패를 심은 후 일행은 다시 자리를 옮겨 갔다. 참수골 골짜기를 포위하듯이 불명패 12개를 빙 두르며 심을 작정이었다.

두 번째, 세 번째 불명패를 심을 때까지도 참수골의 악귀들은 별다른 움직임을 보이지 않았다.

골짜기의 절반을 에워싼 후 모두 12개의 불명패 중에서 일곱 번째 불명패를 심었을 때 변화가 생겼다.

참수골의 밤하늘을 떠다니던 검붉은 귀기들이 꿈틀거리며 움직이기 시작한 것이다.

갑자기 어디선가 강한 바람이 불어오더니 주변의 나뭇잎들이 흔들렸고 땅속에서 뭔가가 꿈틀거리는 소리가 들려왔다.

노승이 눈을 가늘게 뜨며 중얼거렸다.

"서둘러야겠소. 놈들이 움직이기 시작했소."

일곱 번째 불명패를 심은 일행이 다음 장소로 이동할 때 숲의 앞쪽에 검은 기운이 뭉치는 모습이 보였다.

노승이 긴장한 목소리로 말했다.

"마침내 이매망량들이 나타났군."

강 신부가 소리쳤다.

"태수 군, 시간이 없네! 이곳은 나와 현준이가 맡을 테니 자네는 노승을 모시고 다음 장소로 서둘러 이동하게."

"알겠습니다."

태수와 노승이 옆길로 돌아서 걸음을 재촉했고 강 신부는 은십자가를 꺼내서 성호를 그은 후 기도력을 끌어 올렸다.

"하늘의 숭고한 여왕이시며 천사들의 여주인이신 마리아 님, 당신께서는 하느님으로부터 사탄의 머리를 밟아 부으뜨 릴 능력과 위탁을 받으셨나이다……."

앞쪽의 검은 안개처럼 뭉쳐 있던 귀기가 살아서 꿈틀거리 더니 서서히 악귀의 모습으로 변해 갔다.

하나, 둘, 셋, 넷…… 족히 열 마리는 될 것 같은 악귀들이 생전의 모습을 그대로 유지한 채 강 신부와 현준을 에워쌌다.

다들 생전에 사용했던 것으로 보이는 칼과 낫 같은 무시무 시한 무기를 들고 있었다.

영체에서는 강한 귀기가 뿜어졌고 눈빛에선 살기가 이글 거렸다. 온전히 영적인 힘만 가진 게 아니라 물리적인 위력 도 지닌 것처럼 보였다.

바로 노승이 말하던 이매망량들인 모양이었다.

크르르르르.

현준이 악귀들의 끔찍한 형상에 위축된 듯 중얼거렸다.

"귀기도 강하고…… 숫자도…… 너무 많아요…… 그리고 이들이 전부가 아니에요."

강 신부가 물었다.

"그게 무슨 소리냐? 이들이 전부가 아니라니."

"땅속에도 뭔가가 있는 것 같아요."

강 신부의 미간이 좁혀졌다. 그러고 보니 정말로 발밑에서도 강한 귀기가 느껴졌다.

"그렇구나. 아마도 노승이 말하던 이매망량들이 발밑에도 있는 모양이다. 난 저 앞쪽의 놈들을 맡을 테니 넌 발밑의 놈들을 맡아라. 할 수 있겠니?"

현준이 눈을 빛내며 고개를 끄덕였다.

"네, 할 수 있어요."

현준의 눈빛이 살짝 파란빛을 띠며 등에서 여러 갈래의 황금빛 차크라가 펼쳐졌다.

화르르륵.

현준이 소리쳤다.

"피하세요, 신부님!"

현준의 외침과 함께 강 신부가 몸을 날렸고 현준도 재빨리 뒤로 물러섰다. 두 사람의 다리를 잡으려고 땅속에서 수십 개의 시커먼 손들이 튀어 올라왔다.

그러곤 주위의 땅들이 들썩거렸고 흙들이 파헤쳐지며 좀비 영화에서 보던 것과 비슷한 모습을 한 이매망량들이 모습을 드러냈다.

사람도 아니고 귀신도 아니며 흐릿한 것도 아니고 또렷한 것도 아니라던 노인의 말 그대로의 모습이었다.

강 신부의 기도 소리가 높아지며 은십자가에서 더욱 강한 기도력이 눈부신 빛을 발하며 눈앞으로 다가오는 이매망량들을 향해 쏟아졌다.

이매망량들의 영체가 기도력에 녹아내렸다.

하지만 눈앞으로 다가오는 이매망량들은 일부에 불과했다. 어두운 숲속 사방에서 이매망량들이 그르렁거리며 떼를 지어 몰려들고 있었다.

자칫하다가는 걷잡을 수 없는 상황으로 몰릴 수도 있을 것 같았다.

강 신부가 더욱 절실한 음성으로 기도력을 모았다.

"그리스도를 통하여, 그리스도와 함께, 그리스도 안에서, 성령으로 하나 되어 전능하신 천주성부여, 모든 영예와 영광을 영원히 받으소서. 하느님의 권능으로 그들을 지옥으로 추방하소서."

은십자가에 성령의 빛이 눈부시게 출렁이는 순간 주문을 읊었다.

"홀리 그레이스!"

화르르르륵.

강 신부를 중심으로 눈이 멀 것 같은 환한 빛이 이매망량들을 에워싸며 원의 형태로 바닥에서 솟구쳐 올라왔다.

달려들던 이매망량들의 영체가 그 빛에 갇혀 아우성을 치며 녹아내렸다.

"사하스라라."

현준이 주문을 외우자 현준의 정수리에서 배어 나온 보라색의 차크라가 전신을 휘감더니 손끝으로 모여들었다.

"차크라의 인줄!"

현준이 팔을 휘젓자 손끝에서 보라색의 차크라 수십 가닥이 거미줄처럼 변해서 빛처럼 날아갔다. 땅속에서 튀어나온 이매망량들을 수십 가닥의 인줄이 옭아맸다.

이매망량들이 인줄을 끊으려고 버둥거렸지만 차크라의 힘을 이겨 내지 못했다.

"사하스라라…… 사하스라라…… 사하스라라……."

현준이 집중력을 높이며 주문을 반복했고 차크라의 인줄이 수십 마리의 이매망량들의 영체를 점점 압박하면서 조여들어갔다.

마침내 견디지 못한 이매망량들이 괴성을 지르며 영체가 조각조각 찢어지며 허공으로 흩어졌다.

키아아아아!

태수는 노승이 불명패를 심는 동안 역시 주변으로 달려드는 이매망량들을 주술로 퇴치했다. 강력한 항마력을 뿜어내는 태수의 주술에는 노승조차도 깜짝 놀랄 정도였다.

태수는 사방에서 몰려드는 이매망량들을 향해 평소엔 가능한 한 사용을 자제하던 강력한 주술을 소환했다.

"화멸부!"

화르르르륵.

수십 장의 화멸부들이 허공에 떠올랐고 태수의 손짓에 다가오는 이매망량들을 향해 날아갔다. 화멸부가 이매망량들에게 날아가 각각 달라붙었고 노란 부적이 붉은색으로 변했을 때 태수가 일갈했다.

"불태워라!"

화아아아악.

부적에서 노란색과 파란색이 뒤섞인 불꽃이 일어나며 순식간에 화염으로 변해 이매망량들을 휘감았다.

워낙 많은 이매망량들이 불길에 녹아내리며 몸부림을 치자 주변의 숲이 환하게 밝아질 정도였다.

노승이 마지막 열두 번째 불명패를 땅속에 파묻었을 때는 남은 시간이 거의 없어서 주변의 많은 풍경들이 시야에서 사라지고 있었다. 이제 떠나야 할 시간이었다.

열두 번째 불명패를 심은 노승이 그 자리에 가부좌를 틀고 앉아서 오종결계법의 주문을 하나씩 외워 나갔다. 적지 않은 시간이 걸리겠지만 이미 결계가 상당 부분 완성이 되어 악귀들이 달려들 가능성은 없었다.

태수는 노승이 결계를 완성하는 모습을 보지 못한 채 허공이 흔들리며 쏟아지는 하얀빛을 맞이해야만 했다. 거슬러 올라갔던 기억의 시간을 다시 되돌리듯 많은 영상이 떠올랐다가 사라졌다.

"헉!"

눈을 뜬 태수가 어리둥절한 표정으로 주위를 두리번거렸다. 놀랍게도 지금 태수가 앉아 있는 곳은 다름 아닌 자신의 집 거실 소파였다.

"이게 어떻게 된 거지?"

태수가 어리둥절한 표정으로 생각에 잠기는데 카톡이 울렸다.

송현주한테서 온 카톡이었다.

그렇잖아도 대표님이 와서 열애 기사 나가지 않게 조심하라고 하더라고요. 저하고 오빠 친한 거 대표님도 알거든요.

기시감처럼 익숙한 내용의 카톡이었다. 그런 현주의 카톡 위에는 자신이 보낸 카톡의 내용이 보였다.

현주 너 괜찮아? 사람들이 우리 사이 의심하기 시작하는 것 같은데.

송현주하고 이런 카톡을 언제 주고받았는지 이제야 기억이 났다. 〈내일은 맑음〉 카메오로 출연한 후에 한 매체에서 태수와 송현주의 사이를 의심하는 기사를 내보냈고, 네티즌 사이에서 둘의 사이를 의심하는 댓글들이 달리면서 주고받은 카톡이었다.

태수가 대답이 없자 다시 현주의 카톡이 왔다.

더 조심해서 만나면 되죠^^

현주의 카톡을 보니 마지막에 자신이 뭐라고 답장을 보냈는지 기억이 났다.

그래. 더 조심해서^^

카톡을 끝내자마자 이번에는 휴대폰이 울렸다.
강형진 신부였다.
"신부님, 어디세요?"
─어디긴 복지원이지. 무사히 돌아온 걸 보니 그 노승이 결계를 완성한 모양이군.

"근데 왜 저희가 귀사리 저수지가 아니고 각자의 집으로 돌아가 있는 거죠?"

─만약 노인이 결계를 완성하지 못했다면 우린 태수 군이 잔류사념을 읽었던 바로 그 귀사리 저수지 터로 되돌아갔겠지. 하지만 노인이 결계를 완성하면서 귀사리의 사건 자체가 일어나지 않은 거야. 따라서 우리가 귀사리에 갈 일이 처음부터 일어나지 않은 것이지.

잠시 생각을 정리하던 태수가 비로소 강 신부의 말을 이해했다.

"이제 무슨 얘기인지 알겠어요. 현준이도 무사히 돌아왔나요?"

휴대폰에서 밝은 현준의 목소리가 들려왔다.

─네, 저도 무사히 돌아왔어요. 저 내일 학교에서 중간고사 시험 보는데 똑같은 시험을 두 번 봐야 할 것 같아요.

"하하, 그게 그렇게 되는 건가? 그럼 이번 기회에 전교 1등 해 버려."

─어차피 지난번에도 전교 1등이었어요, 헤헤.

"와, 진짜?"

태수는 강 신부와 좀 더 얘기를 나눈 후 휴대폰을 끊고 안도의 한숨을 내쉬었다.

처음부터 귀사리에서는 아무런 사건도 일어나지 않은 것이다.

그 말은 곧 귀사리에서 다치고 죽은 EMP 수사대원들도 무사하다는 얘기였다. 시신에서 영혼이 분리되어 눈물을 흘리던 세 명의 대원들 얼굴이 떠올라 태수는 저도 모르게 빙긋 웃었다.

"다행이야. 정말 다행이야."

경대

드라마 〈내일은 맑음〉의 이성희 작가 작업실.

이성희 작가와 보조 작가인 김지혜, 윤선영이 대본 아이디어 회의를 위해 머리를 맞대고 있었다. 하지만 아무리 머리를 맞대고 생각을 짜내도 현재의 정체된 시청률을 반등시킬 좋은 아이디어는 떠오르지 않았다.

지난번 태수가 잠깐 카메오로 출연하면서 8%이던 시청률이 16%라는 믿기지 않는 수치로 치솟더니 불과 2회 만에 다시 10% 제자리로 돌아오고 말았다.

거기에 설상가상으로 왜 장태수가 다시 드라마에 출연하지 않느냐는 시청자들의 항의가 게시판에 빗발치면서 이러지도 저러지도 못하는 진퇴양난에 빠졌다.

이성희가 푹푹거리며 한숨을 내쉬는 빈도가 늘어난다는 건 폭발할 시간이 점점 다가오고 있다는 신호였다.

보조 작가 둘이 눈치를 보고 있는데 역시나 짜증 섞인 이성희의 목소리가 작업실을 쩌렁쩌렁 울렸다.

"야, 니들은 아이디어 없어? 멀뚱거리며 내 얼굴만 쳐다보지 말고 머리 굴려서 뭔가 좀 그럴싸한 것 좀 내 보라고!"

그런 아이디어가 있다면 메인 작가를 하지 왜 보조 작가를 하겠는가.

지난번에 태수가 카메오로 출연하면서 다음에도 카메오로 1, 2회 더 출연해 주겠다는 약속을 했지만, 정작 태수와 송현주를 이어 줄 적절한 연결 고리가 떠오르지 않았다.

카메오 출연만으로는 재미있는 상황을 만들기가 쉽지가 않았기 때문이다.

이번 카메오 장면이 들어간 이유는 김승기와 고아란이 사귀는 사이인데, 그들을 질투하는 송현주가 얼마나 질투와 집착이 강한지 보여 주기 위해서였다.

그런 송현주의 성격은 드라마의 후반에서 긴장감을 높이는 데 중요한 역할을 하게 된다.

근데 한치우가 태수로 바뀌면서 상황이 미묘하게 변했다.

태수가 먼저 송현주의 어깨를 끌어안고 사진을 찍고 지나가는 것도 모자라서 귓속말을 하는 것 같은 장면이 방송을 타면서 드라마의 팬들은 둘 사이에 썸이 생기는 스토리를 기대하게 된 것이다.

물론 촬영장에서 그런 태수의 행동은 누가 봐도 편집을 예상하고 장난을 친 것인데 한 감독이 무리하게 방송에 넣으면서 일을 저지른 것이다.

덕분에 시청률은 폭발적으로 올라갔지만 시청자들은 태수가 계속 출연할 것이란 기대를 하게 된 것이다. 어쨌든 태수가 왜 그런 행동을 했는지는 설명해야만 하니까.

이성희가 부스스한 파마머리를 손으로 마구 헝클면서 원망스럽게 중얼거렸다.

"이게 다 한 감독 때문이야."

보조 작가 윤선영이 물었다.

"장태수 소속사에 얘기해서, 분량을 좀 늘려서 출연해 주면 안 되냐고 부탁을 해 보면 안 될까요?"

이성희가 말도 안 되는 소리 하지 말라는 듯 고개를 흔들었다.

"지금 장태수는 톱 중에서도 톱이야. 드라마 제작사는 물론이고 영화사까지 장태수 잡으려고 돈 보따리 들고 줄을 서 있어도 전부 거절당했다고. 근데 우리 같은 드라마에 계약도 하지 않고…… 나 참, 말이 되는 소리를 해라."

이번에는 김지혜가 조심스럽게 말했다.

"근데 장태수하고 송현주하고 정말로 가까운 사이래요."

이성희의 눈에서 잠깐 빛이 반짝였다.

"디스팩트 기자가 저하고 친한데 물어보니까 장태수와 송현주 관련해서 아직 터뜨리지 않은 내용들이 많대요. 그 기자는 둘을 거의 연인 관계로 알던데요?"

"그게 정말이야?"

이번엔 김지혜도 거들었다.

"저도 그런 얘기 들었어요. 그날도 촬영장에 장태수가 나타난 게 송현주 응원하러 왔다고 했잖아요. 게다가 장태수 같은 슈퍼스타가 카메오를 자청하고 그런 애드리브까지 한다는 게 좀 이상하지 않아요?"

이성희가 들고 있던 볼펜을 입에 물었고 눈이 점점 더 가늘어졌다.

김지혜가 한 번 더 옆구리를 찔렀다.

"제 생각에는 송현주한테 부탁하면 어쩌면…….."

곰곰이 생각에 잠겨 있던 이성희가 주위를 두리번거리며 말했다.

"내 휴대폰 어딨어?"

김지혜가 대본 아래 파묻혀 있던 휴대폰을 찾아서 얼른 건넸다.

이성희가 곧장 송현주한테 전화를 걸었다.

송현주가 이성희의 전화를 받은 건 막 샤워를 하고 나오던 중이었다. 이번 드라마에서 비록 주연이긴 하지만 서브라서 작가는 송현주에게 아직도 부담스럽고 무서운 존재였다.

촬영장에서도 그렇고 대본 리딩 때도 그렇고. 이성희 작가는 김승기나 고아란한테 대할 때와 달리 송현주한테는 늘 엄격한 편이었다.

그런 이성희 작가가 이런 늦은 시간에 자신에게 전화를 하다니.

우선은 덜컥 겁부터 났다. 혹시라도 다음 화에 무슨 사고로 죽어서 하차를 하게 됐다거나 연기가 마음에 안 든다거나 그런 전화일 것 같아서.

송현주는 그런 마음을 숨기고 최대한 반가운 목소리로 전화를 받았다.

"네, 작가님. 이런 시간에 어쩐 일이세요?"

의외로 이성희 작가의 목소리가 밝았다.

ㅡ응, 현주 씨. 내가 너무 늦은 시간에 전화한 거 아냐?

"아니에요. 작가님 전화는 항상 반갑죠."

이성희가 잠시 머뭇거리다가 물었다.

ㅡ혹시 장태수 배우하고 어때요?

갑자기 태수 얘기가 나와서 현주는 당황스러웠다.

"네? 어떻……다니요?"

ㅡ그러니까 둘이 친해요? 요즘 보니까 둘이 사귀는 사이다. 뭐 그런 기사들이 눈에 띄던데.

당황한 송현주는 손까지 내저으며 대답했다.

"아니에요, 그런 거. 태수 오빠하고는 그냥 친한 오빠 동생 사이예요."

다소 실망한 것 같은 이성희의 목소리가 들려왔다.

─아…… 그래요? 혹시…… 부탁 하나만 해도 될까…….

송현주는 이성희와 통화를 마치고 고민에 휩싸였다.

이성희가 전화한 목적은 태수가 귓속말을 한 애드리브 때문에 시청자들이 태수의 등장을 기대하고 있는데, 스토리를 이어 가기 위해 출연 분량을 늘려 줄 수 있는지 물어봐 달라는 것이다.

사실 송현주는 물론이고 태수도 당연히 편집될 줄 알았던 장면이 방송을 타서 깜짝 놀랐다.

송현주는 이성희 작가한테 그런 부탁을 받자 솔직히 기분이 으쓱해진 게 사실이었다. 자존심 강하고 콧대 높기로 소문난 이성희 작가가 일부러 자신에게 전화를 해서 그런 도움을 청했다는 것만으로도 놀라운 일이었다.

기분 탓인지는 모르지만 태수가 카메오로 출연한 후로 작가와 감독은 물론이고 김승기와 고아란까지도 이전과 달리 친근하게 자신을 대해 준다는 느낌이 들어서 기분이 좋았다.

사실 송현주의 마음도 이성희와 다르지 않았다.

태수가 드라마에 좀 더 많이 나와서 둘이 함께 연기를 하고 싶은 마음.

송현주는 열애설이 나는 것도 전혀 싫지 않았다. 사실 마음 같아서는 자신이 나서서 몰래 열애설을 퍼뜨리고 싶을 정도였다.

신비주의에 감싸인 장태수의 열애 상대로 지목된 이후 송현주라는 이름은 요 며칠 계속해서 실시간 검색어를 오르내리고 있었고 이전과는 확연히 다른 사람들의 관심을 느끼고 있었으니까.

다만 자신 때문에 태수가 부담을 가지거나 곤란한 상황에 처하는 건 원치 않았다.

송현주가 고민 끝에 태수에게 카톡을 보냈다.

태수는 집에서 창호와 함께 다음 주에 있을 커피 광고 촬영을 위한 콘티를 살펴보던 중이었다.

광고의 내용은 이렇다.

태수가 근사한 스포츠카를 타고 가는데 길거리에 멋진 여자가 서 있으면 창문을 열고 캔 커피를 건넨다.

여자가 커피를 받으면 주위에 있던 사람들이 깜짝 놀란다.

여자가 다른 사람들 눈에는 보이지 않는 귀신이라서 캔 커피만 허공에 둥둥 떠 있었기 때문이다.

멀어지는 스포츠카를 바라보던 여자가 휙 몸을 날려서 사라지면서 순간 이동으로 태수의 옆좌석에 앉는다.

태수가 그럴 줄 알았다는 듯 씨익 웃으면서 멘트를 한다.

-귀신도 홀리는 커피, 투유~

콘티를 살펴보던 창호가 말했다.

"광고에서 영혼을 너무 자주 써먹네. 어떻게 너만 나오면 영혼이 강제 출연이냐?"

그때 송현주로부터 카톡이 왔다.

송현주는 카톡으로 이성희 작가가 했던 얘기들을 태수에게 그대로 전했다.

나도 그 장면 방송 나간 거 보고 깜짝 놀랐어. 당연히 편집될 줄 알았는데.

송현주는 그 장면 때문에 시청자들은 당연히 태수가 드라마에 계속 나오는 줄 알고 있고 작가도 빨리 태수를 등장시키라는 압박을 받고 힘들어한다고 말했다.

어떡해요? 작가님은 오빠가 좀 더 출연을 해 줬으면 하는 눈치인데. 괜히 그때 그런 장난을 쳐서는.

태수가 고민 끝에 답을 했다.

잠깐만. 창호 형하고 상의해 보고 다시 연락 줄게.

태수는 창호에게 송현주와 나눈 얘기를 있는 그대로 전했다.

창호가 지금까지와 다르게 자못 진지한 표정으로 말했다.

"사실 나도 그 장면 보고 깜짝 놀랐어. 그렇잖아도 넌 지금 모든 사람들의 관심을 한 몸에 받고 있는 스타 중에 스타라고. 그 장면 때문에 송현주하고 열애설까지 불거진 거잖아."

"죄송해요, 형. 저도 그 장면 방송으로 나오는 거 보면서 반성 많이 했어요."

창호가 한숨을 내쉬고는 물었다.

"그래, 넌 어떻게 하고 싶은데?"

"네?"

"드라마에 출연하고 싶냐고."

"음…… 저야 뭐 연기하는 것도 좋아하니까……."

창호가 고개를 흔들고는 좀 더 진지한 표정으로 물었다.

"그 얘기 말고, 솔직하게. 나한테는 솔직하게 말을 해야 해. 그 드라마에 출연하면 분명히 송현주하고 계속 엮이게 될 테고 지금 나온 열애설도 더욱 확산될 텐데 감당할 자신이 있는 거야?"

감당할 자신.

태수는 창호가 말한 그 말의 의미가 뭔지 당연히 잘 알고 있었다.

창호가 좀 더 직접적인 질문을 던졌다.

"너 송현주 좋아하니? 지금 솔직한 네 감정이 뭐야? 물론 사생활이긴 하지만 나도 어느 정도는 알고 있어야지."

태수도 그 부분에 대해 분명하게 대답하지 못하는 게 고민이었다.

"솔직히 잘 모르겠어요, 형. 송현주하고 있으면 마음이 편하고 안 보면 보고 싶긴 한데. 그렇다고 미칠 것처럼 보고 싶고 사랑한다는 감정은 아니라서."

창호가 고개를 끄덕이고는 말했다.

"그게 연예인의 힘든 부분이지, 원래 네 나이 정도면 여러 사람을 만나 보는 게 필요한데. 그럼 이렇게 하자. 내가 알기로 드라마가 이제 3화 정도밖에 남지 않았으니까 최소한만 출연하는 걸로. 대신 현주하고는 더 이상 소문나지 않게 조심하고 당분간은 만나는 것도 자제할 것."

"알았어요, 형."

태수가 활짝 웃으며 송현주에게 카톡을 보냈다.

작가님한테 이야기 재미있게 써 달라고 해. 너무 분량 많지 않게.

어제까지만 해도 칙칙하던 〈내일은 맑음〉 드라마 촬영 현장에 그 어느 때보다 활기가 돌았다.

이성희 작가는 고민 끝에 태수가 송현주에게 귓속말을 하는 장면을 송현주의 환상이었다는 식으로 스토리를 만들었다. 즉 태수는 송현주에게 귓속말을 한 적도 없고 어깨를 끌어안고 사진을 찍은 적도 없는데 송현주 혼자만의 망상이었다는 식의 스토리를 짠 것이다.

그때부터 드라마는 공포 스릴러로 바뀌며 송현주가 태수에게 스토킹을 시작했고 급기야는 무시무시한 사이코패스로 변해 갔다.

태수는 처음에 송현주가 사이코 연기를 제대로 할 수 있을지 걱정이 됐지만, 막상 연기가 시작되자 생각이 달라졌다.

송현주는 진짜 사이코패스 같은 신들린 연기로 태수마저도 소름이 돋게 만들었다. 덕분에 태수는 송현주의 얼굴만 봐도 깜짝깜짝 놀랄 정도였으니 시청자들은 오죽했을까.

송현주는 태수를 공포로 몰아넣는 사이코 연기로 드라마 후반부에 확실한 존재감을 보이며 국민 악역 캐릭터로 등극했고 드라마의 시청률도 치솟았다.

송현주가 얼마나 연기를 잘했는지 태수와의 열애설마저 쏙 들어갔을 정도였다.

꧂

자정이 조금 넘은 시각. 세연네 식구는 모두 깨어 있었다.

내년에 고3이 되는 세연은 방에서 공부를 하고 있었고 엄마와 정연은 밖에서 텔레비전 드라마를 보고 있었다. 작게 들려오는 텔레비전 소리만 들어도 무슨 드라마인지 알 것 같았다.

요즘 학교 친구들한테 최고의 인기를 누리는 장태수가 나오는 〈내일은 맑음〉이었다.

세연도 제일 좋아하는 연예인이 태수라서 당장 나가서 보고 싶었지만 수능이 얼마 남지 않은 상황이라 가까스로 마음을 다스리는 중이었다.

근데 세연이 공부에 집중하지 못하도록 방해하는 일이 한 가지 더 있었다.

아직까지 집에 들어오지 않은 아빠였다.

세연은 다시 시간을 확인한 후 방문을 열고 엄마에게 물었다.

"엄마, 아빠한테 아직도 연락 없어?"

텔레비전을 보던 엄마가 의아한 표정으로 돌아보고 말했다.

"쟤가 오늘따라 왜 저럴까? 공부에는 집중 안 하고. 아빠가 어린애니? 어련히 때 되면 들어오실까 봐."

"엄마는 걱정도 안 돼? 낮부터 계속 핸드폰도 안 됐잖아."

세연은 괜히 서운한 얼굴이 되어 방문을 '쾅' 소리가 나게 닫았다.

이상했다. 낮에 잠깐 잠이 들었는데 몹시 기분 나쁜 꿈을

꾼 뒤로 아빠에 대한 걱정이 고개를 들기 시작하더니 저녁
내내 머리를 떠나지 않은 것이다.

정확하게 기억나진 않지만 아빠가 등에 귀신을 업고 집에
들어오는 그런 꿈이었다.

긴 머리로 얼굴을 덮은 귀신은 아빠의 등 너머에서 살짝
고개만 내밀었는데, 머리카락 사이로 번뜩이는 눈이 세연을
노려보고 있었다.

잠시 후 초인종이 울렸을 때 세연이 거실에 있던 엄마나
정연보다 먼저 현관으로 달려 나간 것도 그런 이유 때문이었
다. 등 뒤에서 엄마가 투덜거리는 소리가 들려왔다.

"오늘따라 쟤가 정말 이상하네?"

평소 같으면 뭐라고 항변이라도 할 텐데 오늘은 아무래도
상관없었다. 아빠만 무사하다면. 꿈에서처럼 무서운 귀신을
등에 업고 들어오지만 않는다면.

문을 열었을 때 아빠는 술 냄새와 함께 불그레하게 달아오
른 얼굴로 안으로 들어섰다. 아빠는 기분이 좋은지 세연의
볼을 두드리며 말했다.

"아이고, 오늘은 웬일로 우리 큰딸이 맞아 주냐?"

세연은 아빠의 등에 귀신이 붙어 있지 않다는 걸 확인하고
는 저도 모르게 안도의 한숨을 내쉬었다.

아빠의 손에는 커다란 보자기가 들려 있었다. 또 어디서
새로운 골동품을 구한 모양이었다.

등 뒤에서 엄마가 잔소리를 했다.

"말도 말아요! 무슨 바람인지 오늘은 세연이가 하루 종일 당신을 얼마나 애타게 찾는지. 대체 지금까지 어디서 뭘 하다 온 거예요? 핸드폰도 안 되고."

"우리 딸이 그랬어?"

아빠는 기분이 좋은지 연신 싱글벙글 웃으며 식구들을 거실 가운데로 모았다. 아빠가 들고 온 보자기를 거실 바닥에 내려놓은 다음 자못 흥분한 음성으로 말했다.

"자, 오늘 아빠가 얼마나 근사한 놈을 가져왔는지 봐라!"

세연과 식구들은 또 무슨 신기한 물건을 가져왔나 싶어 주위로 모여 앉았다.

아빠는 골동품 수집가다. 그렇다고 값비싸거나 거창한 물건을 모으는 게 아니다. 아빠가 모으는 골동품은 주로 생활 골동품이라 불리는 것들이다.

오래된 전축이나 옛날 사진기, 트랜지스터 라디오, 구식 전화기 같은 물건들이 주종을 이룬다.

물론 개중에는 꽤나 값이 나가는 물건도 있다. 덕분에 집 안엔 늘 오래된 물건의 케케묵은 냄새가 배어 있다.

오늘은 유독 아빠의 표정이 들떠 있어 식구들의 호기심도 덩달아 커졌다.

아빠가 보자기를 풀자 엄마가 탄성을 터트렸다.

"어머나! 경대네?"

옆에서 지켜보던 정연이 물었다.

"와, 예쁘다. 근데 엄마, 경대가 뭐야?"

엄마의 말처럼 보자기에서 나온 물건은 텔레비전 사극에서 가끔 본 적이 있는 옛날 화장대였다.

오래전 누군가의 정성스러운 손때가 묻은 듯 붉은빛의 경대는 반질반질 윤이 났다.

아빠가 그런 경대를 다시 헝겊으로 닦으며 말했다.

"세연아, 경대는 옛날 여자들이 쓰던 화장대야."

아래로 서랍이 두 개 달렸고 윗면은 거울이 붙어 있었다.

아빠가 얼굴을 볼 수 있도록 눕혀 있던 거울을 비스듬히 세웠다.

거울을 세우자 세연은 경대 앞에서 비녀를 꽂은 여자가 곱게 머리를 빗던 텔레비전 사극의 한 장면이 떠올랐다.

중학교 2학년인 동생 정연은 감탄사를 연발했다.

"와아~ 진짜 예쁘다. 난 이런 거 처음 보는데."

아빠가 서랍을 열자 그 속에 비단처럼 고운 천에 싸인 빗이 나왔다. 흔히 참빗이라 부르는 붉은 기가 도는 빗인데 손잡이에는 예쁜 무늬까지 새겨져 있었다.

아빠가 말했다.

"솔직히 난 경대보다 왠지 이 빗이 더 마음에 들어. 아득한 옛날 어느 여인이 이 빗으로 머리를 빗었다는 생각을 하면 기분이 묘해지거든."

엄마가 입을 삐죽거리며 말했다.

"왜요, 어떤 여잔지 한 번 상봉이라도 하고 싶어요?"

"뭐야, 유치하게 당신 죽은 사람도 질투하는 거야?"

아빠가 키득거리며 묻자 엄마가 항변하듯 말했다.

"질투는 무슨? 당신 말대로 옛날에 죽은 사람인데. 솔직히 이 빗이 경대의 주인이 쓰던 빗이란 증거가 어디 있어요? 아무 빗이나 집어넣었을 수도 있는 거지."

"무슨 소리야? 여길 봐 봐!"

그러면서 아빠가 가리킨 건 빗의 손잡이에 곱게 새겨진 무늬였다.

"이 꽃무늬 보이지?"

아빠가 이번에는 경대를 가리켰다.

"그리고 여기!"

그러고 보니 경대에도 빗 손잡이에 있던 것과 같은 무늬가 있었다. 빗과 경대에는 꽤 고급스러운 자개 문양의 꽃이 같은 모양으로 붙어 있었다.

"정말 그러네?"

"이 둘은 같은 주인 것이 맞아. 꼭 무늬를 보지 않더라도 만져 보면 느낌이 온다니까."

"피이~ 말도 안 돼!"

"한번 만져 보라니까. 아니, 그걸로 거울 보면서 머리를 한번 빗어 봐. 그냥 느낌 탓인지 모르겠지만 기분이 아주 묘

퇴마하는
톱스타

해. 그리고 당신은 여자니까 느낌이 나보다 훨씬 강할 수도 있을 거 아냐."

갑자기 엄마가 목소리를 높였다.

"그럼, 당신 경대 보면서 이걸로 머리를 빗어 봤다는 거예요?"

"아니, 그게 아니라…… 그냥 호기심에…… 헤헤."

"이젠 정말 별짓을 다 하네? 행여 남들이 봤으면 뭐라 그랬겠어요."

아빠가 쑥스러운 얼굴로 잔기침을 했고, 엄마는 그런 아빠를 어이없다는 듯 쳐다보다가 경대에 달린 거울을 보며 참빗으로 머리를 빗기 시작했다.

하지만 세연은 왠지 모르게 경대가 마음에 들지 않았다. 더 나아가 엄마가 그 빗으로 머리를 빗지 않았으면 좋겠다는 생각도 들었다.

경대를 보는 순간 영문을 알 수 없는 불길한 예감이 전신을 휘감으며 섬뜩한 기분마저 들었던 것이다. 그건 꿈속에서 아빠 등에 업혀 온 그 귀신하고 눈이 마주쳤을 때와 거의 비슷한 느낌이었다.

얼마의 시간이 흘렀을까.

세연이 생각에 빠져 있다 정신을 차렸을 때 눈앞에는 기이한 장면이 연출되고 있었다.

머리를 빗는 엄마는 물론 그 모습을 쳐다보는 아빠와 정연까지도 다들 경대의 거울에 넋을 빼앗긴 것 같은 멍한 표정을 짓고 있었던 것이다.

세연은 그 기묘한 분위기에 오싹하고 소름이 끼쳤고 자기도 모르게 소리쳤다.

"엄마! 무슨 머리를 그렇게 오래 빗어?"

하지만 정연의 외침에도 엄마는 듣지 못한 사람처럼 빗질을 멈추지 않았으며 아빠와 정연도 마찬가지였다.

게다가 거울에 비친 엄마의 표정도 몹시 낯설었다. 조금 전 투덜거리고 잔소리하던 모습은 온데간데없고 이전에는 한 번도 본 적이 없는 묘한 웃음을 짓고 있었다. 그건 마치 남자 앞에서 교태를 부리는 여인의 눈웃음 같았다.

"엄마아~!"

세연이 소리를 지르며 어깨를 붙잡고 세차게 흔들었을 때에야 비로소 엄마는 깜짝 놀란 얼굴로 돌아봤고 아빠와 정연도 무슨 일이냐는 듯 세연을 쳐다봤다.

아빠가 의아한 표정으로 물었다.

"너 왜 갑자기 소리를 질러?"

아빠뿐만이 아니었다. 엄마도 어리둥절한 표정으로 물었다.

"너 오늘 왜 그래 진짜? 괜찮아?"

세연이 어이없어하며 말했다.

"엄마야말로 왜 그래? 방금 뭐 한 거야?"

엄마가 정색을 하고 말했다.

"뭐 하긴, 거울 보면서 머리 빗었잖아. 너야말로 꼭 넋 나간 사람처럼 왜 그래?"

"그게 아니라 거울 보면서 이상한 표정 지었잖아. 꼭 엄마 아닌 것처럼."

"내가 무슨 이상한 표정을 지었다고 그래? 여보, 얘가 지금 무슨 소리 하는 거예요?"

엄마의 말에 아빠도 동조했다.

"엄마가 무슨 표정을 지었다는 거야? 엄만 그냥 머리 빗은 건데."

"아니, 그게 아니라 아빠하고 정연이도……."

세연은 무슨 말인가를 하려다가 오히려 이상한 얼굴로 쳐다보는 식구들의 표정을 보곤 그냥 입을 다물었다. 어쩌면 식구들이 이상한 게 아니라 자신이 너무 예민해져 뭔가 착각을 한 것일 수도 있다는 생각이 들었던 것이다.

"아무것도 아냐. 그냥 넘어가!"

"참나, 얘도. 싱겁긴."

방금 전 거울 속에서 전혀 낯선 사람 같은 표정을 짓고 있던 엄마는 어느새 이전의 모습으로 돌아가 퉁명스럽게 물었다.

"이 경대는 또 어디서 구한 거예요? 얼마 줬어요?"

아빠가 은근한 음성으로 말했다.

"아마 말해도 당신 안 믿을걸."

갑자기 엄마의 눈꼬리가 치켜 올라갔다.

"엄청 비싸게 샀구나?"

아빠가 그런 엄마를 보곤 히죽 웃더니 속삭이듯 작은 소리로 말했다.

"그 반대! 공짜로 얻었지."

"정말? 말도 안 돼!"

"거봐, 안 믿을 거라고 했잖아."

"아니, 누가 이런 걸 공짜로 줘요? 아무것도 모르는 노인네가 쓸모없다고 길거리에 버리기라도 했나?"

이번에는 아빠가 펄쩍 뛰었다.

"이런 귀한 물건을 누가 길바닥에 버려?"

"그럼 어디서 났는데요?"

아빠는 여전히 누가 몰래 듣기라도 하는 것처럼 소리를 죽여 속삭였다.

"인사동 송 사장 알지?"

"당신이 매일 들르던 그 골동품 가게 사장?"

"그래! 내가 집엔 매일 안 들어와도 거긴 꼭 들르잖아. 근데 원래가 골동품 모으는 사람들은 나처럼 눈이 번들번들하면서 욕심이 많은 법이거든."

"아니까 다행이네요."

"송 사장도 욕심이 보통 아닌 사람인데, 무슨 일인지는 모르지만 어느 날부터 갑자기 사람이 변한 거야. 기운도 없고 멍한 게 꼭 정신 나간 사람 같더라고. 아무튼 정확히 설명할 수는 없지만 최근 그 사람 행동이 이전에 내가 알던 송 사장 같지가 않았어. 장사에도 관심 없고, 뭘 물어도 대답도 잘 안 하고, 어쩌다 하더라도 동문서답이고. 근데 오늘 가게에 갔더니 대뜸 이걸 주지 뭐야? 얼마냐고 했더니 그냥 가지라면서."

엄마가 못 믿겠다는 표정으로 중얼거렸다.

"단골이라고 싼 물건으로 생색 좀 낸 모양이지."

"무슨 소리! 얼마 전에 이 경대를 보여 주면서 나한테 얼마나 자랑했는지 알아? 일제 강점기 물건인 데다 보존 상태가 워낙 좋고 아주 고급스런 물건이라고. 가격으로 따져도 최소 몇천은 될걸."

"말도 안 돼! 그런 물건을 공짜로 줄 리가 있어요?"

"그러니까. 그래서 내가 받을 수 없다고 하니까 막무가내로 가지라는 거야. 자기는 이제 골동품 안 할 거라면서."

"아무리 그래도 그렇지……."

"주는데 받아야지 어떡해? 내가 안 받으면 다른 사람 줘 버릴 텐데?"

아빠가 정연을 보며 환하게 웃고 말했다.

"앞으로는 우리 집에 좋은 일만 생기려고 이런 복덩이가 굴러들어 왔나 보다."

정연은 두 달 전 몸이 좋지 않아 엄마와 병원에 들렀다가 급성 골수성 백혈병이란 진단을 받았다. 이제 겨우 중학교 2학년인데 그런 무서운 병에 걸렸다니, 한동안 가족들은 감당할 수 없는 충격과 절망 속에서 허우적거렸다.

　하지만 정밀 검사 후 의사가 항암 치료를 비롯한 약물치료로도 병이 나을 수 있다는 희망적인 얘기를 전해 준 덕분에 가족들은 다시 기운을 차렸다.

　항암 치료의 고통은 열네 살의 여학생이 감당하기엔 가혹했지만, 희망이 있고 지극정성으로 돌봐 주는 가족들이 있었기에 함께 견뎌 낼 수가 있었다.

　용기를 얻은 아빠는 앞으로는 집에 좋은 일만 생길 것이라 공언했으며, 경대도 그런 좋은 징조의 하나라고 생각하는 것 같았다.

　하지만 세연은 반대로 좋은 일이 생겼으니 이번에는 안 좋은 일이 생길 것 같다는 불길한 예감이 드는 것이다. 그리고 경대를 보는 순간 그런 생각은 더욱 강해졌다.

　아빠가 경대를 소중히 가슴에 안고는 2층 계단을 올랐다. 2층엔 골동품들만 모아 놓은 아빠만의 방이 있었던 것이다.

　태수가 네오픽쳐스 영화사를 만든 이유는 넷플릭트 드라마를 제작하려는 이유도 있었지만 영화를 기획, 제작하고 싶은 욕심도 있었기 때문이다.

자신이 직접 연출을 하면 좋겠지만 워낙 바쁘다 보니 시나리오를 써서 다른 감독이 연출할 수 있도록 지원을 해 주는 것도 꽤 재미있고 흥미로운 일이 될 것 같았던 것이다.

그런 와중에 얼마 전 신호철이 태수에게 자신이 직접 쓴 시나리오를 보여 주며 말했다.

"네가 한 번만 봐 줬으면 해서. 뭐 영 아니다 싶으면 그냥 버리면 되고."

말은 그렇게 했지만 긴장한 표정으로 봐서 얼마나 공을 들여 쓴 시나리오인지 느낌이 전해졌다. 하긴, 입봉을 꿈꾸는 감독의 마음은 다들 똑같을 것이다.

장편 상업 영화 시나리오였고 〈안개의 집〉이라는 제목이었다.

그동안 태수가 감독으로서 입지를 다지는 데 미스터리클럽 동생들의 도움은 절대적이었다. 그중에서도 신호철이 없었으면 여러모로 힘들었을 것이다.

호철이 캐스팅부터 장소 섭외는 물론이고 현장이 원활하게 돌아가도록 세심하게 신경을 써 준 덕분에 저예산으로 무리 없이 영화를 연출할 수가 있었다.

호철에 대해서는 당연히 고마움과 미안한 마음이 있었고 감독으로 입봉할 수 있도록 도와주겠다는 약속도 했기에 가능한 한 이번에 기회를 주고 싶었다.

시나리오 초고는 나름 나쁘지 않았다.

태수를 만나기 이전에 호철이 썼던 시나리오들은 쓸데없이 군더더기가 많았다. 뭔가 있어 보여야만 한다는 강박관념 때문에 억지로 주제 의식을 넣으려다 보니 이야기가 무겁고 늘어진 것이다.

반면 〈안개의 집〉은 신호철이 쓴 게 맞나 싶을 정도로 장르에 충실했고 군더더기도 거의 보이지 않았다. 태수와 계속 작업을 하면서 저절로 성향이 비슷해진 것이다.

한 가지 아쉬운 점이라면 결정적인 한 방이 없다는 것.

아무리 짜임새가 있는 시나리오라고 해도 상업 영화로서 투자를 받으려면 누가 봐도 혹 하고 당기는 포인트가 있어야만 하는데, 시나리오에는 그런 게 보이지 않았다.

물론 그런 한 방이 절대로 쉽게 나오는 건 아니다.

태수도 어떻게든 도움을 주려고 신호철의 〈안개의 집〉을 들고 며칠 동안 고민했지만 문제점을 수정할 수 있는 아이디어는 떠오르지 않았다.

수정된 시나리오를 기다리던 호철이 보름쯤 지나서 태수에게 조심스럽게 물었다.

"내가 아는 배우들한테 시나리오를 한번 돌려 볼까? 그냥 한번 리뷰나 받아 보려고."

원래 시나리오는 완벽하기 전에는 배우나 투자자들한테 돌리는 게 아니다.

흔히 하는 말로 '손이 탄다'고 하는데, 처음에 완벽하지 않은 시나리오를 돌렸다가 반응이 좋지 않으면 수정을 해서 돌려도 좋은 결과를 얻기 어렵기 때문이다.

하지만 감독이나 작가는 자신의 작품을 객관적으로 보기 어렵기 때문에 단점보다는 장점만 보려고 하는 경향이 있다. 왠지 배우나 투자사에선 좋게 봐 줄 것 같은 묘한 기대감.

덕분에 주위에서 문제점을 얘기해 줘도 그대로 받아들이는 게 쉽지가 않은 것이다.

호철도 분명 그런 마음이 있을 것이다. 말은 그저 리뷰만 받아 보겠다고 하지만 속으로는 배우들에게 '와, 이 시나리오 재밌네.'라는 말을 듣고 싶은 것이다.

태수는 제작사 대표이자 감독이고 작가이기에 그런 호철의 마음을 너무도 잘 알고 있었다. 이런 경우 아무리 얘기를 해 봐야 마음속에 미련만 남기에 그렇게 하라고 허락을 해 줬다.

결국 호철은 몇몇 배우들에게 시나리오를 돌렸다.

만약 좋은 배우가 시나리오를 재미있게 읽어서 하겠다고 하면 의외로 쉽게 투자를 받을 수 있을 것이란 희망에 부풀어서.

하지만 돌아오는 배우들의 반응은 약속이나 한 것처럼 똑같았다.

시나리오가 나쁘진 않은데, 결정적인 한 방이 없어서 스토리에 긴장감이 부족하고 뭔가 아쉽다는 것.

사실 영화판에선 짧게는 3~4년. 길게는 10년 가까이 이 제작사에서 저 제작사로 돌아다니는 시나리오들이 수도 없이 많다. 그런 시나리오의 특징이 버리기엔 아깝고 영화로 들어가기엔 뭔가 한 방이 부족하다는 말을 듣는 작품들이다.

시나리오에 그 한 방을 만들어 줄 수 있는 아이디어나 설정을 찾는 게 얼마나 어려운 일인지, 그런 작품들을 보면 알수가 있다. 수많은 제작사를 돌아다니면 이런저런 아이디어를 내서 수정을 수도 없이 하는데도 구제가 되지 않기에 그렇게 영화판을 계속 돌아다니는 것이다.

신호철의 시나리오도 딱 그런 운명에 처할 작품이라고 할수가 있었다.

게다가 오리지널 시나리오를 쓰는 것보다 남의 작품을 수정하는 게 훨씬 힘든 법이다.

태수도 거의 보름 가까이 풀지 못한 숙제를 받아 든 기분으로 머릿속에 넣고 다녔지만 딱히 좋은 아이디어가 떠오르지 않았다.

호철의 시나리오 〈안개의 집〉은 전형적인 공포 영화의 구성을 가지고 있었다.

정욱의 가족은 전원주택을 구입해서 이사를 갈 예정이다.

이사하기 전날, 가장인 정욱은 추운 날씨 때문에 비어 있는 전원주택의 수도가 얼면 내일 이사 들어가서 힘드니까 가서 확인을 해 달라는 아내 지영의 부탁을 받는다.

퇴마하는
톱스타

다른 작가들과 술자리를 가지던 정욱은 차를 몰고 한밤중에 전원주택을 보러 간다. 마침 안개가 자욱하게 낀 날씨 때문에 시야가 좁은 국도에서 정욱은 사람을 친다.

차에 치여 사망한 사람은 40대 중반의 여자다.

자신이 음주 운전을 했고 여자가 이미 사망했다는 사실 때문에 정욱은 신고를 하지 않고 죽은 여자를 차에 태워 전원주택으로 간다.

정욱은 자신들이 이사 와서 살게 될 전원주택 텃밭에 땅을 파고 여자를 묻는다. 문제는 그 여자가 바로 앞집에 있는 또다른 전원주택에 사는 사람이라는 것.

다음 날 정욱의 가족은 그토록 소원하던 전원주택으로 이사를 들어가지만, 이후 가족에게 원혼의 복수가 시작되면서 미스터리한 사건들이 일어난다는 줄거리다.

무엇보다 자신이 죽인 여자가 알고 보니 바로 앞집에 사는 여자였다는 소재가 재미가 있었고, 사건이 주로 전원주택에서 벌어지기 때문에 제작비도 많이 들지 않아서 여러모로 장점이 많은 시나리오였다.

하지만 역시 문제는 아무리 앞집에 사는 여자이고 그 과정에서 미스터리가 발생한다고 해도, 단지 교통사고를 당해서 죽었다는 이유로 모든 가족에게 복수를 한다는 근본적인 동기가 약하다는 게 단점이었다.

특히 공포 영화는 모든 비밀이 밝혀지는 엔딩이 중요하다.

마지막에 밝혀지는 비밀이 임팩트가 있든지, 아니면 전혀 생각지도 못한 반전이 있든지, 엔딩 크레딧이 올라가기 직전까지 숨이 막힐 것 같은 서스펜스가 이어지든지.

최소한 위의 세 가지 중 한 가지는 있어야 하는데 〈안개의 집〉에는 그게 없었다.

태수가 며칠 동안 고민한 끝에 마침내 약점을 해결할 수 있는 아이디어를 찾아냈다.

태수는 아이디어가 떠오르자마자 즉시 시나리오 수정 작업에 착수했다.

영화의 전체 톤을 달라지게 만드는 아이디어이기에, 어떤 한 부분만 수정한다고 되는 게 아니라 캐릭터는 물론이고 다른 영역들까지 세심하게 수정을 해야만 한다.

마침내 수정 작업이 끝난 시나리오를 호철과 동생들한테 메일로 보내 준 후 내일 영화사 사무실에서 회의를 하기로 했다.

네오픽쳐스 사무실.

태수가 안으로 들어서자 사무실에 모처럼 활기가 도는 게 느껴졌다. 그동안 호철의 시나리오가 잘 풀리지 않아서 다들 의기소침해 있었던 것이다.

영화 하는 사람들은 영화를 만들 때 가장 행복하고 영화가 풀리지 않을 때 가장 답답한 법이다.

회의가 시작되기도 전에 태수를 본 동생들이 너도나도 감탄사를 쏟아 냈다. 시나리오에서 설정 하나가 바뀌었을 뿐인데 영화가 완전히 다른 영화처럼 변했다며 다들 놀라워했다.

가장 먼저 호철이 감상을 말했다.

"정말 이번 시나리오 읽으면서 난 아직 멀었구나 싶더라고. 다들 내 초고 시나리오 읽고 문제점을 얘기할 때도 솔직히 난 내 시나리오가 잘못됐다는 생각을 못 했어. 근데 태수가 수정한 시나리오 읽고 나니까 뭐가 잘못됐는지 비로소 눈에 보이는 거야."

용만도 의견을 말했다.

"이전 호철이 형 버전은 뭐랄까. 이야기를 힘겹게 끌고 가는 느낌이 들어서 전체적으로 흐름이 느슨하던 영화가, 수정 버전에선 팽팽한 긴장감이 느껴진달까?"

소영이 가장 세밀하고 분석적으로 수정된 시나리오의 장점에 대해 말했다. 배우에 대한 부분이었는데, 사실 그런 점은 정확하게 짚어내기가 쉽지 않은 부분이었다.

"저도 다른 사람하고 같은 의견이에요. 하지만 가장 크게 달라졌다고 느낀 부분은 배우들의 캐릭터였어요. 이야기가 느슨하면 배우들한테 억지로 역할을 줘야 해서 캐릭터가 잘 붙지 않는 느낌인데, 수정 버전은 사건 안에서 저절로 할 일이 생기니까 훨씬 자연스럽고 생동감 있는 느낌이랄까?"

정우와 민지 커플도 캐릭터의 변화를 가장 크게 얘기했다.

"저희도 이전보다 캐릭터가 생생하게 살아나서 배우들이 욕심을 낼 것 같아요. 이 정도면 투자사하고 배우들한테 동시에 돌려도 될 것 같은데요?"

사실 태수도 자신의 시나리오를 객관적으로 보기는 어렵기 때문에 의도가 잘 전달이 됐는지 동생들의 반응이 무척 궁금했다.

다행히 수정 버전이 잘된 것 같아서 동생들 말대로 배우들과 투자사에 돌려도 될 것 같았다. 만약 진행이 잘 된다면 네오픽쳐스의 첫 번째 영화이자 태수 자신이 제작사 대표로 제작하는 첫 번째 영화가 되는 셈이었다.

⋙⋙⋘

중학교 2학년인 정연은 백혈병 진단을 받은 후 항암 치료를 시작하면서 벌써 넉 달이 넘게 학교를 가지 못했다. 덕분에 고3인 언니 세연이 학교에 가고 아빠가 출근을 하면 집에는 정연과 엄마 단둘만 남는다.

항암 치료를 받을 때면 입맛도 없고 몸이 너무 아파 울기도 하고 짜증도 많이 부린다. 덕분에 그런 정연 못지않게 힘든 사람이 바로 엄마다.

엄마는 24시간 정연의 곁에서 짜증을 받아 주고 병간호를 하느라 최근 갑자기 나이가 들어 버린 것 같았다. 얼굴에서 웃음기가 사라졌으며 흰머리도 부쩍 늘었다.

정연은 그런 엄마의 얼굴을 보면 미안함과 동시에 마음이 너무 아팠다.

오전 9시를 조금 넘은 시각.

정연은 방에 햇살이 스며들자 커튼을 닫았다. 어젯밤 통증 때문에 통 잠을 못 이룬 탓에 밝은 빛이 비치자 짜증이 났던 것이다.

정연은 침대에 누운 채 아침마다 듣는 인터넷 라디오 방송을 틀어 놓고 세상 사람들의 이런저런 사연과 DJ가 들려주는 음악을 청취했다.

한참을 그렇게 멍하니 있던 정연이 고개를 갸웃한 건 방송이 끝날 즈음이었다. 평소 같으면 방송이 끝나기 전에 아침 먹으라는 엄마의 목소리가 들려왔어야 했기 때문이다.

엄마는 정연에게 고른 영양 섭취가 중요하다며 식사에 대단히 신경을 썼다. 식사 시간도 엄격하게 지켰다.

그런데 오늘 아침은 한참 늦은 데다 바깥이 너무 조용했다. 평상시라면 식사 준비를 하면서 부엌에서 엄마가 내는 이런저런 소음들이 진작부터 들려왔어야 했다.

정연은 밖을 향해 소리를 질렀다.

"엄마! 아침 안 먹어?"

지금 정도의 목소리면 엄마가 집 안 어디에 있든 들릴 텐데 아무런 대꾸도 없다. 혹시 잠깐 어디 외출이라도 했나 싶어 방을 나섰다. 집 안이 이상할 정도로 적막했다.

"엄마! 엄마, 어딨어?"

정연이 부엌과 안방, 화장실을 모두 살펴봤지만 엄마의 모습은 보이지 않았다.

그때 문득 집 안의 공기가 평소와 다르다는 느낌이 들었다. 마치 장마철의 그것처럼 후텁지근하면서도 축축한 공기가 목덜미를 훑고 지나갔던 것이다.

정연은 기이한 기분에 사로잡혀 2층을 올려다보았다. 2층에서 무슨 소리가 들린 것 같았던 것이다. 2층엔 골동품을 모아 두는 방이 있었는데 그 방은 늘 아빠가 열쇠로 잠가 놓았기 때문에 아빠를 제외하면 아무도 올라가지 않는 공간이었다.

정연은 무엇에 이끌리듯 2층 계단을 올라갔고, 소리는 오르는 동안 조금씩 커졌다.

그렇다고 아주 큰 소리도 아니었다. 꼭 옆집에서 들려오는 것처럼 가늘게 새어 나오는 소리는 누군가의 울음소리 같기도 하고 비명 소리 같기도 했다.

2층에 올라서자 언니인 세연과 '옛날방'이라고 이름 붙인 방이 똑바로 시야에 들어왔다. 뜻밖에도 그 방의 문이 반쯤 열려 있었다.

'왜 문이 열려 있을까? 아빠가 방문 잠그는 걸 깜빡한 건가?'

정연은 묘한 긴장감에 휩싸여 그 방으로 다가갔다. 방으로 다가갈수록 덥고 후텁지근한 느낌은 점점 심해졌다. 바깥에서 빗소리라도 들린다면 영락없는 장마철 날씨다.

정연은 두근거리는 자신의 심장 소리를 뒤로하고 열린 문틈으로 조심스레 안을 들여다보았다.

놀랍게도 방 안에는 누군가 등을 보이고 앉아 있었다.

엄마였다. 뒷모습만 보고도 엄마라는 걸 금방 알 수 있었다.

엄마가 왜 저 방에 들어가 저러고 앉아 있을까? 또 지금 들리는 이 기분 나쁜 소리는 어디서 나는 것일까?

정연은 '엄마?' 하고 부르려다 흠칫하며 입을 다물었다. 왠지 엄마의 뒷모습이 낯설게 느껴졌던 것이다.

정연은 불안한 마음을 억누르며 엄마의 등 뒤로 다가갔다. 엄마는 정연이 다가오는 것도 모른 채 뭔가에 열중하고 있었다.

부지런히 손을 놀리며 거울을 들여다보는 엄마의 얼굴을 확인한 순간 정연은 자기도 모르게 손으로 입을 틀어막았다.

정연은 엄마가 저렇게 진한 화장을 한 모습을 단 한 번도 본 적이 없다. 엄마 앞에는 간밤에 아빠가 가져온 그 경대가 놓여 있었다.

엄마는 경대에 들어 있던 참빗으로 경대 거울을 보며 정성스레 빗질을 하는 중이었다.

엄마에게 말을 거는 게 이토록 무섭기는 처음이었다.

"어, 엄마. 거기서 뭐 해?"

빗질을 하던 엄마가 손을 멈췄다. 엄마는 잠시 몸이 굳은 사람처럼 움직이지 않았다.

그 짧은 시간이 왜 그렇게 길게 느껴질까.

정연은 자기도 모르게 마른침을 꼴깍 삼켰다.

화장한 엄마의 얼굴이 정연을 향해 천천히 돌아왔다.

엄마가 틀림없었다. 하지만 너무나 낯설었다. 염색을 한 것도 아닌데 엄마의 흰머리가 전혀 보이지 않았고, 피부나 분위기가 20년은 더 젊어지고 예뻐진 것 같았다.

엄마는 정연을 보며 뭔가 말을 하려는 듯 입을 달싹거렸지만 헐떡이는 것 같은 바람 소리와 신음 소리 외에는 들리지 않았다. 말을 하고 싶은데 소리가 나오지 않는 모양이었다.

"어, 엄마! 왜 그러는데?"

엄마가 말을 하려고 꺽꺽거리며 고통스럽게 얼굴을 찡그렸다. 동공이 팽창하기 시작했다.

"엄마, 대체 왜 그래?"

정연의 심장도 덩달아 쿵쿵거렸다. 엄마는 손으로 가슴을 움켜잡고 바닥에 쓰러져 몸을 웅크리더니 바닥에 누워 몸을 뒤틀며 발버둥치기 시작했다.

정연은 그런 엄마를 붙잡고 울먹이며 소리쳤다.

"엄마, 왜 그러는데? 엄마!"

그때였다. 갑자기 엄마가 고개를 번쩍 들더니 정연의 팔을 거칠게 잡았다. 얼마나 세게 잡았는지 정연이 비명을 지를 정도였다.

"엄마, 하지 마! 아프단 말야!"

갑자기 소리가 터진 것처럼 엄마가 정연을 노려보며 말했다.

"아빠가…… 아빠가 우릴 죽일 거야!"

"뭐? 뭐라고?"

정연은 엄마의 표정이 너무 무섭고 놀라워서 입이 떡 벌어졌다. 화장한 엄마의 얼굴이 일그러지며 입에서 음산한 흐느낌이 흘러나왔다.

"으흐흑, 이제 곧 너희 아빠가 우릴 죽일 거라고!"

엄마는 갑자기 주위를 두리번거리며 사시나무처럼 몸을 떨었다. 엄마의 입에서 흘러나오는 신음과 흐느낌은 듣는 것만으로도 소름이 끼칠 정도였다.

"엄마, 왜 그래? 대체 무슨 소리 하는 거야?"

정연은 엄마의 손에서 벗어나려고 버둥거렸다. 하지만 엄마는 아예 두 손으로 정연의 어깨를 꽉 움켜잡아 꼼짝도 못하게 만들었다.

엄마의 어디에서 그런 힘이 나오는지 정연은 너무 아파 비명을 질렀다.

평소의 엄마라면 절대 있을 수 없는 일이었다. 지금 정연의 몸이 얼마나 허약해져 있는지 엄마는 누구보다 잘 알고 있었기 때문이다.

눈물과 화장이 뒤섞인 엄마가 낮게 속삭였다.

"사랑하는 내 딸, 지숙아! 모든 게 그 여자 때문이야. 아빠는…… 아빠는 결국 우릴 모두 죽일 거야! 죽일 거라고!"

정연은 엄마의 손을 있는 힘껏 뿌리치고 뒤로 물러났다. 그렇잖아도 낯선 엄마의 입에서 '내 딸 지숙'이라는 말이 튀어나오자 머리가 싸해지면서 기이한 상상이 파고들었다.

지숙이라니! 대체 지숙이 누구란 말인가.

엄마는 갑자기 바닥에 엎드려 흐느끼기 시작했다. 더욱 놀라운 일은 다음 순간 일어났다.

분명 눈앞에 엄마가 있는데 경대 거울 속에서 또 한 명의 엄마가 정연을 빤히 쳐다보고 있는 것이 아닌가!

정연은 눈앞의 엄마와 거울 속 엄마를 번갈아 보았다. 흰 머리와 적당한 주름이 있는 피부.

정연의 눈에는 아무리 봐도 경대 속 엄마가 진짜 엄마처럼 느껴졌다.

거울 속 엄마는 눈앞의 무서운 엄마와 달리 안타깝고 슬픈 표정으로 정연을 쳐다보고 있었다. 그것은 늘 엄마가 정연을 바라보던 익숙한 눈길이기도 했다.

정연은 자기도 모르게 거울 속 엄마를 보며 울먹였다.

"엄마."

순간 엎드려 있던 엄마가 벌떡 일어나더니 정연을 노려보며 앙칼지게 소리쳤다.

"지숙아! 그년은 쳐다보지 마! 속으면 안 돼! 어서 이 집에서 도망가야 돼! 아빠가 오기 전에!"

눈앞의 엄마, 아니 낯선 여자가 몸을 부들부들 떨며 정연에게 손을 뻗어 왔다.

비명을 지르고 싶었지만 소리가 새어 나오지 않았다. 마치 현실이 아닌 악몽 속에 갇혀 있는 것만 같았다. 정연은 뒷걸음질 치다 재빠르게 몸을 돌려 방으로 뛰어 들어갔다.

"지숙아!"

문을 잠그자마자 거칠게 방문 손잡이가 움직였다.

정연은 펄쩍 뛰듯이 뒤로 물러났다. 여자가 방으로 들어오려고 손잡이를 이리저리 뒤틀었다. 겁에 질린 정연은 이불 속으로 들어가 얼굴만 내밀었다. 눈물이 쉴 새 없이 흐르고 심장은 터질 것만 같았다.

문밖에서 색색거리는 누군가의 숨결이 사악한 기운처럼 안으로 밀려 들어왔다.

"정연아…… 정연아?"

방금 전까지 자신을 지숙이라고 부르던 문밖의 여자는 지금은 엄마처럼 친근하게 정연이라고 자신의 이름을 불러 댔다.

방금 전 그토록 무시무시한 얼굴을 하고 있던 사람의 목소리라고는 믿기지 않을 만큼 차분하고 부드러웠다. 믿고 싶지 않았지만 지금 들려오는 목소리는 엄마의 목소리가 확실했다.

목소리는 정연의 내부에 있는 뭔가를 건드려 문을 열고 싶은 충동이 일게 만들었다.

정연은 입술을 깨물었다. 소리는 잠시 잠잠한가 싶더니 이내 다시 들려왔다.

"정연아…… 제발 이러지마…… 난 네 엄마야."

정연은 흐느끼면서 몸을 떨었다. 밖에 있는 여자는 정말로 진짜 엄마가 아닌 것 같았다. 병으로 면역력이 떨어진 탓에 온몸이 쑤셨고 현기증이 일었다.

갑자기 밖에 있는 여자가 무서운 목소리로 소리 지르며 발작처럼 마구 방문을 두드렸다.

"지숙아! 우리 다 죽는단 말야! 어서 나와! 어서!"

정연은 부들부들 떨리는 몸으로 이불 속으로 파고 들어가 언니 세연에게 전화를 걸었다.

세연은 학교에 있어도 정연의 전화는 반드시 받는데, 지금은 아무리 신호음이 울려도 전화를 받지 않았다. 아빠 핸드폰도 마찬가지였다.

정연은 갑자기 세상에 혼자 고립된 것 같은 끔찍한 공포에 몸을 떨었다.

퇴마하는 톱스타

세연이 학원 공부까지 모두 마치고 집으로 돌아왔을 때는 밤이 늦은 시각이었다. 세연은 열쇠로 문을 열고 들어서며 귀가를 알렸다.

"다녀왔습니다!"

평소 같으면 텔레비전 소리와 함께 엄마와 정연의 반가운 음성이 그녀를 맞았을 텐데 오늘은 그렇지 못했다.

집은 이상할 정도로 적요했고 속이 뒤집힐 정도의 역한 냄새가 후텁지근한 공기를 타고 폐로 스며들었다.

세연은 코를 틀어막고 중얼거렸다.

"대체 이게 무슨 냄새지? 집은 또 왜 이렇게 더워?"

이상했다. 밖은 쌀쌀한 초겨울 날씬데 집 안은 한여름이었다. 그렇다고 실내 난방 온도를 많이 올려놓은 것도 아니었다. 집 안 공기와 달리 거실 바닥은 싸늘하게 식어 있었던 것이다.

무엇보다 악취가 너무 심해 속이 메스꺼워 견딜 수가 없었다.

세연은 신경질적으로 소리를 질렀다.

"엄마! 정연아! 어디 있는 거야?"

참다못한 세연이 환기를 시키기 위해 창문을 열려는 찰나였다. 2층에서 무슨 소리가 들린 것 같았다. 세연은 걸음을 옮겨 2층으로 올라가는 계단 앞에서 소리를 질렀다.

"엄마하고 2층에 있어? 정연이 거기 있니?"

엄마와 정연이 자신한테 아무런 말도 남기지 않고 이 시간에 외출했을 리는 없다. 그랬다면 핸드폰이라도 했겠지.

세연은 눈살을 찌푸리고 2층을 올려다보다가 계단을 오르기 시작했다. 2층으로 올라갈수록 악취가 점점 심해졌고 이상하게 심장이 격렬하게 뛰기 시작했다.

2층에 올라서자 '옛날방'의 문이 한 뼘쯤 열려 있는 모습이 눈에 들어왔다.

까닭 없이 머리끝이 쭈뼛거리고 등골엔 진땀이 흘렀다. 뭔지 모르지만 봐선 안 될 사악한 뭔가가 그 안에 있을 것 같은 불길한 예감이 의식을 쿵쿵 두드렸다.

강렬한 악취에 정신이 다 혼미해질 지경이었고, 본능은 이대로 돌아서서 달아나라는 이상한 경고음을 내며 속삭이고 있었다.

하지만 세연은 그럴 수가 없었다. 이곳은 그녀의 집이었으며 엄마와 세연의 행방을 모르는 상태로 무턱대고 달아날 수는 없는 것이다.

세연은 축축하고 끈적거리는 늪에 빨려 들어가는 기분으로 방문 앞에 다가가 문을 열었고 그와 동시에 그 자리에 주저앉았다.

소리를 지르고 싶었지만 불가능했다. 머릿속에선 뭔가가

계속 악을 써 댔지만 정작 입으론 공기가 빠지는 듯한 색색거리는 소리만 흘러나왔다.

세연은 꺽꺽거리며 숨을 헐떡였다. 방 한가운데에는 아빠가 가져온 경대가 놓여 있었다.

경대는 방금 전까지 누가 보고 있던 것처럼 거울이 세워진 상태였으며, 경대 뒤쪽 구석에 정연이 넋이 나간 사람처럼 앉아 있었고, 그 앞에 아빠가 쓰러져서 꿈틀대고 있었다.

아빠의 어깻죽지에 뭔가가 박혀 있었다.

그 뭔가는 휴일마다 아빠가 등산할 때 가지고 다니는 작은 손도끼였다.

방 안은 그야말로 피투성이였다.

벽에는 급박했을 상황을 짐작게 하는 어지러운 핏빛의 손자국과 여러 흔적들이 역시 핏빛으로 찍혀 있었고, 바닥엔 웅덩이를 연상시키는 피가 넓게 퍼져서 고여 있었다.

세연은 눈앞의 충격적인 광경과 영혼까지 적셔 버릴 것 같은 피비린내로 숨을 쉴 수가 없었다. 그녀는 꺽꺽거리며 바닥을 기었다.

세연은 간신히 난간을 붙잡고 자리에서 일어났다. 다리에 힘이 풀려 난간에 체중을 거의 의지하다시피 막 첫 번째 계단을 내려섰을 때였다.

등 뒤에서 속삭이는 것처럼 나른한 소리가 들려왔다.

"세연아……."

세연이 전기에 감전된 것처럼 그 자리에 얼어붙어 천천히 뒤를 돌아본 순간 목구멍에 걸려 있던 비명이 터져 나왔다.

아빠가 비틀거리며 방에서 나오고 있었던 것이다. 어깻죽지엔 여전히 손도끼가 꽂힌 상태였고 줄줄 흘러내린 피가 발끝에 웅덩이를 만들고 있었다.

세연은 어깨에 도끼를 꽂은 채 비틀거리며 다가오는 아빠를 보며 울먹였다.

"아, 아빠……."

아빠가 힘겹게 말했다.

"세연아…… 빨리 도망가!"

간신히 말을 마친 아빠가 쓰러졌고 그런 아빠의 뒤에 엄마가 서 있었다.

엄마는 아빠의 어깻죽지에서 도끼를 뽑아내고는 세연을 돌아보며 말했다.

"모든 게 너 때문이야."

엄마가 도끼를 들고 다가왔고, 세연은 후들거리는 다리로 간신히 계단을 내려와 밖으로 뛰쳐나갔다.

~~~

태수는 수정한 〈안개의 집〉 시나리오를 맨 먼저 배우 차승훈에게 보냈다. 연출을 맡을 신호철이 주인공 정욱을 맡을 배우 1순위로 차승훈을 원한다고 했기 때문이다.

차승훈은 특A급까지는 아니라도 장편 상업 영화의 주연을 맡을 정도로 중량감이 있는 배우였다. 비록 지난 두 편의 영화 성적이 썩 좋지 않은 건 약점이지만 성실하고 연기력도 뛰어나서 태수가 보기에도 정욱 역할에 잘 어울릴 것 같았다.

다만 한 가지 변수는 지난번 호철이 수정하지 않은 시나리오를 보냈다가 퇴짜를 맞아서 과연 이번에 수정 원고를 제대로 검토해 줄지 확신이 서지 않는다는 점이었다.

차승훈 정도의 배우면 영화든 드라마든 대본들이 꽤 많이 들어오는 편이고 늘 스케줄에 쫓기기 때문에 이미 한 번 검토한 시나리오는 잘 읽지 않거나 후순위로 밀리기 때문이다.

호철도 뒤늦게 당시 태수의 말을 듣지 않고 부족한 시나리오를 보낸 걸 후회하고 있었다.

사실 그런 것도 자신이 직접 겪어 봐야만 다시는 같은 실수를 하지 않는 법이다.

네오픽쳐스 사무실에서 동생들과 〈안개의 집〉에 대한 회의를 하고 있을 때 호철의 전화가 울렸다. 상대방을 확인한 호철의 표정과 목소리에 설렘이 느껴졌다.

호철이 말했다.

"차승훈 선배님이야."

보통은 매니저가 연락을 해서 일단 약속을 잡는 편인데 차

승훈이 호철한테 직접 연락을 한 것을 보면 긍정적인 신호라
고 볼 수가 있기 때문이다. 비록 시나리오는 태수가 수정했
지만 감독은 호철이기에 호철한테 연락을 한 것이다.

"예, 선배님."

─와, 시나리오가 완전 다른 영화처럼 바뀌었네요? 밤에 읽다가 무서
워서 화장실도 못 갔어요, 하하.

차승훈의 너스레에 호철은 긍정적인 신호라는 걸 직감하
고 살짝 들뜬 목소리로 말했다.

"저희 장태수 대표님이 직접 수정을 했거든요."

─아, 그랬구나. 장태수 대표님이 정말 이것저것 재주가 많으시네요.
전 일단 스케줄만 맞으면 같이 작품 해 보고 싶네요.

"그게 정말이세요? 감사합니다, 선배님."

호철이 흥분해서 휴대폰을 들고 폴더 인사를 했다.

지금까지 호철이 스승이라고 생각하며 영화를 배웠던 감
독들은, 대부분 젊은 시절 한두 편 개봉한 영화의 필모를 앞
세워서 평생을 우려먹거나, 처음부터 이상한 B급 영화를 연
출한 이들이 대부분이었다.

그러니 차승훈 같은 진짜 배우들하고 작업할 수 있는 기회
가 많이 없었던 것이다.

차승훈이 차분하게 말했다.

─아직 고맙다는 인사는 이르고, 일단 투자부터 받으세요.

"아, 예, 당연히 그래야죠. 그럼 내일 저녁에 뵙고 싶은데

시간 어떠세요?"

─예, 좋아요.

"그럼 제가 약속 시간하고 장소 확정되면 문자드리겠습니다."

전화를 끊은 호철이 믿기지 않는 표정으로 태수를 돌아보고 말했다.

"와, 차승훈 선배가 하겠대. 내가 처음 차승훈 선배 봤을 때가 7년 전에 연출부 세컨드 할 때였거든. 그때도 정말 대스타처럼 보였는데, 차승훈 선배님한테 내가 디렉션을 줄 수도 있다니."

호철은 아직도 흥분이 가시지 않은 듯 어쩔 줄을 몰라 했다. 호철의 모습을 보며 그동안 제대로 된 장편 상업 영화를 연출하고 싶은 열망이 얼마나 컸는지 짐작할 수가 있었다.

하지만 이제 시작일 뿐이었다. 가장 힘들고 중요한 난관이 남아 있었다.

태수가 호철을 진정시키며 말했다.

"형, 아직 샴페인 터뜨릴 때가 아니야. 물론 차승훈 선배가 붙었다고 하면 투자 심사에 분명히 큰 도움이 되겠지만, 아직 투자가 확정된 건 아니잖아. 위브라더스에서 오늘까지 결정해서 연락 준다고 했으니까 기다려 보죠."

호철이 한껏 들뜬 표정으로 말했다.

"당연히 그래야지. 근데 난 차승훈 같은 선배가 내 시나리오, 아니 네가 수정을 해 줬지만…… 아무튼 시나리오를 인정해 줬다는 게 너무 신기해서 그래. 와, 나 왜 이렇게 긴장이 되지? 지난번에 퇴짜 맞았을 때는 오히려 덤덤했는데 뭔가 되려고 하니까 더 떨리는 거 있지?"

제작사 대표가 하는 일이 수없이 많지만 그중에서 가장 중요한 일은 영화의 투자를 받는 일이다.

태수는 며칠 전에 〈모텔 파라다이스〉를 투자했던 위브라더스 투자 3팀의 황태식 팀장에게 〈안개의 집〉 시나리오를 건넸다.

처음에 황태식은 태수가 연출하는 줄 알고 급관심을 보였다가 호철이 감독이라고 하니까 실망한 기색을 드러냈다.

"신호철? 웬만한 신인 감독은 다 아는데 신호철은 처음 들어 보는 이름인데요? 연출한 단편이나 독립 영화가 뭐가 있나요?"

호철의 가장 큰 약점이 지금까지 크게 주목받을 만한 단편이나 장편 독립 영화가 없다는 것이다.

"아직 눈에 띄는 연출작은 없지만 제가 꽤 신뢰하는 감독이에요. 일단 시나리오 읽고 판단해 주세요."

사실 시나리오를 읽으면 감독의 연출력도 어느 정도 보인다.

마침내 기다리던 연락이 와서 태수는 위브라더스로 들어갔다. 직원의 안내를 받아서 투자 팀 회의실로 들어가자 황태식 팀장과 본부장인 마틴 김이 기다리고 있었다.

마틴 김이 태수와 악수를 나누며 말했다.

"저희는 대표님이 연출을 해 줬으면 했는데, 이제 아예 제작 쪽으로 돌아선 거예요?"

"아뇨, 넷플릭트하고 드라마 계약한 것도 있고."

"아참, 그렇지. 넷플릭트 드라마 연출하신다고 했지?"

황태식이 말했다.

"지난번에 제가 말씀드린 〈아내의 남자〉가 장 대표님이 연출한 드라마예요. 현재 넷플릭트 드라마 인기 순위에서 상위권이라고 하더라고요."

그 얘긴 태수도 처음 듣는 얘기였다.

마틴 김이 아쉽다는 듯 말했다.

"우리하고 먼저 작품을 하셨어야죠."

"넷플릭트하고 계약한 이유가 스케줄이 자유롭더라고요. 제가 오지랖이 넓어서 이것저것 하는 게 많다 보니까 6~7개월씩 묶여서 영화하는 게 부담스러워서…… 차라리 좋은 스토리가 있으면 제작을 해 보자는 쪽으로 마음을 바꿨습니다."

마틴 김이 고개를 끄덕이며 말했다.

"제작도 재밌죠. 아무튼 시나리오는 잘 봤습니다."

태수는 이어질 소식이 긍정적일지, 부정적일지 긴장된 심정으로 다음 얘기를 기다렸다. 차라리 자신의 영화라면 이렇게 긴장되지는 않았을 것이다.

신호철의 감독 데뷔가 걸린 데다 태수가 늘 꿈꾸던 한국의 제임스 완, 즉 공포 영화 전문 제작사로서 첫발을 떼는 프로젝트이기에 더욱 초조한 마음이 들었다.

황태식이 말을 이어 갔다.

"일단 시나리오에 대한 평가는 잘 나왔습니다. 저희 투자 최종 심사까지 올라가서 합격점을 받았고요. 대표님이 수정을 해서 그런지 시나리오가 군더더기도 없고 속도감이 있더라고요. 가족이 위험에 처하는 구조도 〈모텔 파라다이스〉하고 비슷한 면이 있고, 특히 마지막 한 방이 있어서 영화가 확실하게 마무리되는 느낌이 좋았어요."

이번엔 마틴 김 차례. 마틴 김은 부정적인 쪽의 이야기를 주로 했다.

"시나리오는 괜찮은데 신호철 감독이 이전에 연출한 작품들이 그다지 좋은 평가를 받지 못해서 좀 걱정이 되네요. 혹시 캐스팅 진행된 부분이 있나요?"

태수는 그 말을 듣는 순간 차승훈한테 시나리오를 돌리길 정말 잘했다는 생각이 들었다.

"차승훈 선배님이 출연을 하겠다는 의사를 밝히셨습니다."

시큰둥하던 두 사람의 표정이 변했다.

흥행하고는 인연이 없어도 차승훈이 출연한 영화들은 평론가들이나 영화 꽤나 본다는 사람들한테 늘 좋은 평가를 받앉기 때문이다.

차승훈은 시나리오를 볼 줄 아는 배우였고 그가 선택한 시나리오라면 어느 정도 완성도를 보장한다는 말이었다. 게다가 다른 장르도 아니고 공포 영화라면 더더욱 경쟁력이 생길수가 있다.

태수가 좀 더 확실하게 미끼를 던졌다.

"차승훈 선배가 이번엔 흥행하는 영화를 해 보려고 〈안개의 집〉을 선택했다고 하시던데요."

마틴 김이 먼저 반응을 보였다.

"승훈 씨가 정말로 공포 영화를 한대요?"

"네. 처음엔 거절하셨는데 수정본 보시고는 시나리오 재미있다고, 스케줄 맞으면 하고 싶다고 하시던데요?"

황태식이 기획안과 예산안 서류를 살펴보며 물었다.

"순제작비 7억이라고 되어 있는데, 이 정도면 됩니까?"

"충분히 가능합니다. 장소 이동도 많지 않고 출연진도 적어서요."

황태식이 마틴 김을 돌아보고 말했다.

"P&A 비용이 어느 정도 들지는 모르겠지만, 차승훈 주연에 손익분기점으로 대략 70만 정도의 저예산 영화로 가면 충분히 승산이 있을 것 같습니다."

이미 태수의 시나리오인 〈모텔 파라다이스〉로 중박을 터뜨린 좋은 기억이 있는 위브라더스다. 〈안개의 집〉 역시 태수가 수정한 시나리오인 데다 한국 공포 영화의 고질병이라고 할 수 있는 초중반에 늘어지는 드라마가 없다는 건 확실한 장점이었다.

게다가 순제작비 7억에 주연이 차승훈이면 충분히 괜찮은 조합이다.

마틴 김이 말했다.

"사실 투자 심사는 통과한 시나리오였어요. 차승훈 배우님이 한다고 했다면 저희도 하겠습니다."

태수가 희열을 억누르며 애써 담담하게 말했다.

"감사합니다."

태수는 위브라더스를 나서자마자 목이 빠지게 기다리고 있을 신호철에게 바로 전화했다. 호철에게도 좋은 일이지만 태수한테도 그 못지않게 기쁜 일이었다.

마침내 공포 영화 전문 제작사의 첫 프로젝트가 투자를 받았으니까. 애써 억누르고 있던 흥분이 목소리에 그대로 묻어났다.

"형, 감독 데뷔 축하해요. 투자 결정 났어요!"

태수의 말에 호철이 한동안 말을 잇지 못하고 흐느끼다가 간신히 말했다.

-고맙다. 태수야. 정말 고마워.

"고마우면 작품으로 보답해요. 〈안개의 집〉이 네오픽쳐스 필모 첫 번째 영화라는 거 잊지 말고 잘 만들어야 해요."

−당연하지. 정말 최선을 다해서 만들게.

우리가 보통 거장이라고 부르는 감독들은 시나리오도 잘 쓰고 연출도 잘하는 감독이다. 하지만 모든 감독들이 거장이 될 수는 없다.

어떤 감독은 시나리오는 잘 쓰는데 연출력이 부족하고 또 어떤 감독은 연출력은 있지만 시나리오 쓰는 능력이 부족하다.

호철은 후자에 속하는 감독이다. 좋은 시나리오가 있으니 좋은 영화를 기대해도 좋을 것 같았다.

호철과 통화를 마치고 돌아서는데 EMP 수사대 오인하 팀장한테 연락이 왔다.

지난번 귀사리에서 엄청난 사건을 해결했지만 태수와 현준, 강 신부를 제외하고는 아무도 그런 사건이 있었다는 사실조차 기억하지 못했다.

"네, 팀장님."

−태수 씨, 지금 어디예요?

태수는 급박한 오인하의 목소리를 듣자마자 무슨 일이 벌어졌다는 걸 알았다.

태수는 오인하가 알려 준 서울의 주택가로 달려갔다.

굳이 자세한 주소를 몰라도 사건이 벌어진 장소를 알 것 같았다. 어두컴컴한 밤하늘에 귀사리에서 봤던 것 같은 귀기의 회오리가 휘몰아치고 있었기 때문이다.

귀기의 회오리는 주택가 중심에 있는 어느 2층 주택과 연결이 되어 있었다.

순간 태수는 일전에 귀사리의 수귀들과 귀기를 결계로 봉인시킨 일과 이번 사건이 관련이 있는 건 아닌지 불길한 마음을 지울 길이 없었다.

아무리 과거로 가서 미래를 바꿨다고 하지만 귀사리 사건이 처음부터 벌어지기로 예정되어 있던 운명이라면 다른 장소, 다른 시간에 같은 규모의 사건이 벌어질 수도 있으니까.

태수가 차를 몰고 현장으로 달려가자 경찰의 넓은 접근 통제선이 보였다. 아마도 사건이 벌어진 집 인근의 주민들을 모두 대피시킨 모양이었다.

주민으로 보이는 사람들이 언제까지 이렇게 밖에서 대기해야 하느냐면서 곳곳에서 경찰들과 실랑이를 벌이고 있었다.

태수가 차를 세워 놓고 통제선으로 다가갔다.

다른 주민과 실랑이를 벌이던 경찰이 태수를 보지도 않고 제지하며 말했다.

"안쪽으로 들어오시면 안 됩니다. 별도의 안내가 있을 때까지⋯⋯."

주위에서 태수를 알아본 주민들이 웅성거리는 소리에 경찰도 뒤늦게 돌아보고는 눈이 휘둥그레졌다.

"어? 장태수 씨?"

퇴마하는
톱스타

"네. 오인하 팀장님 호출받고 왔습니다."

"잠시만요."

경찰이 무전기에 대고 말했다.

"오인하 팀장님, 장태수 씨 오셨습니다."

반대편에서 오인하의 목소리가 들려왔다.

−치지직…… 어서 안으로 모셔.

"절 따라오십시오."

경찰이 안내를 해서 뒤를 따라갔다.

급박한 분위기와 치직거리는 무전 소리를 들으니까 자꾸만 귀사리가 떠올라서 기분이 왠지 좋지가 않았다.

사건 현장은 그야말로 긴박하게 돌아가고 있었다. 경찰 관계자들을 비롯해서 수많은 EMP 수사대원들이 작전을 상의하고 있었고 옆으로는 구급차와 크레인, 소방차까지 대기하고 있었다.

대원들 중에는 지난번 귀사리에서 죽음을 맞았던 대원의 모습도 보였다.

분주하게 뛰어다니는 대원의 이름이 박하진.

애가 두 살인데 아빠가 없으면 안 된다고 흐느끼던 영혼의 모습이 아직도 눈에 선했다.

그 옆으로는 김형중 대원이 보였다.

어머니가 젊은 시절 이혼하고 자신만 보며 살아왔고 지금은 어머니가 아파서 자신이 없으면 돌봐 줄 사람이 없다면서 흐느끼던 대원이었다.

그리고 다른 한 명의 대원은 어디로 갔나. 이름이 오세영이었던 것 같은데.

그때 오인하가 병력 사이에서 모습을 드러냈다.

"장태수 씨."

"안녕하세요. 대체 무슨 일인데 그렇게 급하게?"

태수는 오인하가 현장으로 무조건 달려오라는 얘기만 듣고 오느라 정작 무슨 일이 벌어졌는지 알 수가 없었다.

오인하가 심각한 표정으로 말했다.

"집 안에 인질들이 있어서요."

"인질요?"

오인하가 참담한 표정으로 말했다.

"네, 악귀한테 가족들이 인질로 잡혀 있어요. 이쪽으로 오세요."

오인하는 태수를 구급차가 있는 쪽으로 데려갔다. 구급차 안에는 창백한 얼굴에 넋이 나간 것처럼 멍한 눈빛의 여고생이 앉아 있었다.

가까스로 집 밖으로 탈출해서 목숨을 구한 세연이었다.

오인하가 조심스럽게 물었다.

"지금 기분은 어떠니?"

세연이 흐느끼면서 말했다.

"저는 괜찮으니까 어서 저희 가족 좀 구해 주세요."

퇴마하는 톱스타

오인하가 태수를 가리키며 말했다.

"장태수 씨 알지?"

세연의 얼굴에 반가운 표정이 떠올랐고 이내 태수한테 매달리듯 말했다.

"오빠, 저희 가족 좀 구해 주세요. 제발요."

"일단 무슨 일이 있었는지 나한테 차근차근 설명을 해 줄 수 있니?"

세연은 아직도 부들부들 떨리는 마음을 부여잡고 최대한 차분한 목소리로 자신이 겪은 일들을 설명했다.

태수는 세연의 얘기 중에서 경대에 대한 얘기가 마음에 걸렸다.

보통 오래된 물건에는 영이 깃든 경우가 많이 있고, 예부터 거울은 차원과 차원을 서로 연결하는 통로 역할로 많이 사용이 되기 때문이다. 그 안에는 엄청난 것들이 깃들어 있는 경우가 많이 있기 때문이다.

만약 그 경대에 어떤 기운이 깃들어 있다면 지금 세연의 지붕 위쪽 하늘에서 휘몰아치는 귀기의 회오리도 어느 정도 설명이 된다.

거울은 아무리 많은 귀기라도 흡수하거나 뱉어 낼 수가 있기 때문이다.

세연의 얘기를 들은 태수가 오인하를 돌아봤다.

"집 안으로 진입은 시도해 보셨어요?"

오인하가 고개를 끄덕이며 말했다.

"30분 전에 집 안으로 진입을 시도했는데 무슨 일인지 안에 들어갔던 대원들이 모두 밖으로 나오질 못했어요."

태수의 눈이 커졌다.

"그게 무슨 소리예요?"

오인하도 영문을 모르겠다는 표정으로 고개를 흔들었다.

"나도 집 안에서 무슨 일이 벌어졌는지 몰라요. 30분 전에 대원들 아홉 명이 집 안으로 진입을 했는데 갑자기 비명 소리가 들린 후 통신이 끊어지고 아직까지 한 명도 밖으로 나오질 못했어요. 그래서 지금 2차 진입을 준비 중이에요."

오인하가 가리키는 곳을 바라보니 한 분대 정도 되는 대원들이 장비를 점검하며 진입을 준비하는 모습이 보였다.

그때 등 뒤에서 앳된 여자의 목소리가 들려왔다.

"들어가면 안 돼요."

오인하와 태수가 돌아보니 얼굴이 백지장처럼 창백한, 교복을 입은 여학생이 서 있었다.

오인하가 여학생을 보고는 말했다.

"참, 태수 씨, 인사해요. 여기는 이설아 학생. 제가 일전에 애기했죠? 현재 국내에 영능력자가 네 명이 있다고. 여기 설아가 바로 그 네 번째 영능력자예요. 지금은 고3이고."

태수가 흥미로운 눈으로 설아를 바라봤다.

'이 친구는 어떤 영능력을 가지고 있는 것일까?'

그러자 놀라운 일이 일어났다.

태수의 머릿속에서 설아의 목소리가 들려온 것이다.

─안녕하세요, 태수 오빠. 진즉 만나 보고 싶었어요. 너무 영광이에요.

"어? 너……."

태수가 태연하게 웃고 있는 설아를 보며 말을 하려는데 머릿속에서 다시 목소리가 울렸다.

─말로 하지 말고 생각으로 저한테 말을 걸어 보세요. 텔레파시를 보낸다는 기분으로.

태수가 설아의 말처럼 생각으로 말을 걸었다.

'텔레파시? 너 텔레파시 능력이 있는 거야?'

─네. 저는 독심술과 텔레파시 그리고 영능력과 예지력을 가지고 있어요.

독심술과 텔레파시도 모자라서 영능력과 예지력까지 가지고 있다니, 여학생의 능력이 어느 정도인지 짐작조차 하기가 힘들었다.

설아는 텔레파시로 자신에 대한 소개를 했다.

이설아의 집안 조상들 중에는 영능력을 가지고 태어난 분들이 몇몇 있었고, 그중에는 퇴마사로 살아간 분들도 있었다.

이설아의 아버지도 그런 영능력을 가지고 있었고 평생 동안 악귀들을 퇴마하며 살았다.

이설아가 여섯 살 때 아버지는 악귀에게 빙의된 범인에게 살해당했다. 이설아는 그때 자신에게 있는 힘으로 악귀와 싸웠지만 그 충격으로 시력을 거의 잃었다.

지금은 흐릿하게 사물의 형체 정도만 알아볼 수가 있고 분명하게 사물을 보려면 영능력을 사용해야만 한다. 시력을 위해 영능력을 사용하면 다른 때 영능력을 사용할 수가 없어서 이설아는 대부분의 시간을 시각장애인처럼 지내 왔다.

설아는 그 이후로 자신의 능력을 숨기고 살아왔다.

어쩌다가 자신의 영능력을 알게 된 사람들은 하나같이 개인적인 욕심으로 설아를 이용하려고 달려들어서 마음의 상처도 여러 번 받았다고 했다.

덕분에 이설아는 사람을 믿지 않았다.

EMP 수사대가 이설아의 존재를 알게 된 건 작년에 일어난 심령 사건을 설아가 예지력으로 미리 보고 제보를 했기 때문이다.

하지만 이후 EMP 수사대가 도움을 청해도 설아는 응하지 않았다.

그들이 아직 심령 사건을 다룰 만한 자세가 되지 않았고 그런 사건에 끼어들기가 무서웠기 때문이다. 괜히 그들과 함께 심령 사건에 휘말렸다가 감당도 되지 않고 아버지처럼 죽임을 당할지도 모른다는 공포가 그녀를 괴롭혔다.

그러다가 올 초부터 방영된 〈영혼을 찾아서〉에 출연하는 태수를 보고 마음이 바뀌었다. 처음으로 자신을 알리고 연락을 해 보고 싶은 사람이 생긴 것이다.

태수뿐만 아니라 강형진 신부와 현준이도 낯선 사람들 같지가 않고 오래전부터 알고 지내던 가족 같은 친근함이 느껴졌다. 설아는 그들을 어서 만나 보고 싶은 설렘을 느꼈다.

다만 그들을 만나게 되면 평범한 삶을 살고 싶은 자신의 소원을 이룰 수가 없을 것 같아서 지금까지 망설였던 것이다. 방송 같은 것에 출연할 마음도 없었고.

그런 설아가 이번에 스스로 세상에 나온 건, 세상에 귀기가 점점 강해져서 자신이 숨어서 산다고 해도 결국은 평범한 삶을 살기 어렵게 될 것이란 걸 깨달았기 때문이다.

세상이 멸망하는데 자기 혼자만 평범한 삶을 산다는 건 불가능한 일이었다.

설아가 이번에 자신을 세상에 드러낸 이유를 들은 태수가 물었다.

"그게 무슨 말이야? 세상이 멸망한다니."

설아가 오인하의 눈치를 살피며 얼른 텔레파시를 보냈다.

─말로 하지 말고 생각으로 하세요. 전 다른 사람들이 제 얘기를 듣는 게 싫거든요. 제가 말한 예지나 저를 또 어떻게 이용할지 몰라서.

태수는 금방 설아의 마음을 이해했다.

지금까지 얼마나 많은 사람들한테 이용을 당하고 배신을

당했으면 저런 강박이 생겼을까.

오인하가 의아한 표정으로 두 사람을 번갈아 바라봤다.

태수가 생각으로 물었다.

'세상이 멸망한다는 건 무슨 의미야?'

—전 예지력이 있다고 했잖아요. 제가 보는 예지력은 전부 영적 전쟁과 관련된 무서운 것들이에요. 남들은 보지 못하는 끔찍하고 무서운 미래를 혼자서 봐야만 하고 그것들로 인해 사람들이 앞으로 받을 고통을 제가 미리 대리 체험 하거든요. 근데 최근에는 사람들이 앞으로 겪게 될 고통의 크기가 점점 커지는 거예요. 그냥 두면 결국 세상이 귀기로 뒤덮여서 이승이 저승으로 변하는 미래를 봤어요. 그래서 그 일이 일어나기 전에 미리 막아야만 한다는 생각이 들었어요.

지금 현재의 상태로 계속 시간이 흐르면 미래는 이승이 저승으로 바뀐다는 건 태수도 어렴풋이 느끼고 있는 일이라서 그리 놀랍지 않았지만, 다른 사람의 고통을 미리 대리 체험한다는 설아의 얘기는 충격이었다.

만약 그렇다면 설아가 지닌 능력은 능력이 아니라 저주에 가까웠다.

저렇게 연약하고 예쁜 여학생의 몸으로 그런 가혹한 시련을 겪어야만 한다니, 그저 얘기를 듣는 것만으로도 마음이 아프고 연민의 감정이 들었다.

설아가 그런 태수의 마음을 읽고 텔레파시를 보냈다.

－너무 불쌍하게 보지 마세요, 이젠 익숙해서 견딜 만하니까.

문제는 제가 느끼는 고통을 해결하지 않으면 앞으로 수많은 사람들이 그 끔찍한 고통을 겪게 된다는 거예요.

대충 무슨 얘기인지 알 것 같았다.

가만히 설아와 태수를 지켜보던 오인하가 수상한 표정으로 말했다. 사실 텔레파시로 주고받는 말들은 많았지만 실제로 현실에서의 시간은 짧아서 둘이 그렇게 이상하게 보이진 않았다.

"내가 보기에는 왜 둘이서 마주 보며 생각 같은 걸 주고받는 것 같은 느낌이 들지?"

오인하는 아직 설아의 능력에 대해 10분의 1도 알지 못했다.

태수가 별일 아니라는 듯 말했다.

"처음 만나는데 예전부터 알고 있는 사람처럼 낯이 익어서요."

설아도 웃으면서 맞장구를 쳤다.

"저도 그랬어요."

설아가 자신의 목소리로 말을 하니까 오히려 낯선 기분이 들었다.

오인하가 설아에게 물었다.

"조금 전에 2차로 대원들이 집 안에 진입하면 안 된다고 했던 이유가 뭐니?"

"지금 집 안에는 환술이 펼쳐지고 있기 때문이에요."

"환술이라고?"

오인하가 인상을 찌푸렸고 설아의 입에서 환술이라는 말이 나오는 순간 태수는 귀사리에서의 일들을 떠올렸다.

설아의 텔레파시가 들려왔다.

─역시…… 그랬군요.

'역시? 그게 무슨 소리야?'

태수가 귀사리의 일을 떠올리는 순간 설아는 태수의 마음을 읽으며 귀사리에서 일어난 일들을 알게 된 것이다.

─실은 얼마 전에 엄청나게 많은 사람들이 고통 속에 죽어 가는 예지를 봤어요. EMP 대원들이 어딘가에 갇혀 있는데 물이 계속 차올라서 많은 대원들이 익사를 했어요. 그리고 그곳에 귀기들이 세상으로 퍼져서 악귀들이 사람들을 잡아먹는 끔찍한 예지였어요.

설아는 아직도 당시의 고통이 떠오르는지 몸을 떨었다.

─근데 일어나야만 하는 사건이 일어나지 않는 거예요. 게다가 어느 날 갑자기 제 고통도 사라졌어요. 이제 보니 오빠가 그 사건을 아예 일어나지 못하도록 막은 거네요. 마치 처음부터 그런 사건이 없었던 것처럼.

태수는 새삼 설아의 능력에 감탄할 수밖에 없었다. 앞으로 영적인 전쟁을 치르는 데 있어 설아는 퇴마사들에게 빠져 있는 퍼즐을 맞춰 주는 주요 인물이라는 걸 알 수가 있었다.

앞으로는 심각한 사건이 벌어지기 전에 설아가 예지를 보고 미리 알려 준다면 그만큼 대처도 빠르고 쉬울 수 있는 것이다.

태수가 물었다.

'오늘도 예지를 봤니?'

—네. 하지만 분명하지는 않았어요. 대신 대원들의 고통은 생생하게 느꼈어요. 집 안으로 진입한 EMP 대원들은 지금 각자의 환영에 갇혀서 고통받고 있어요.

설아가 마치 투시라도 하는 것처럼 불이 꺼져서 캄캄한 세연의 집을 뚫어지게 바라보며 말했다.

—지금 아홉 명의 대원들이 모두 1층 작은 방 안에 있어요.

태수가 놀라서 물었다.

'지금 그게 보여?'

—다른 때는 못 봐요. 지금처럼 귀기의 밀도가 높을 때만 투시를 할 수가 있어요.

귀사리 때 태수가 잔류사념 속으로 들어갈 수가 있었던 것처럼 설아도 높은 밀도의 귀기 덕분에 투시를 하는 모양이었다.

설아가 손으로 미간을 찌푸리며 자신의 목소리로 말했다.

"어떡해요? 대원들이 벽 앞에 일렬로 서서 머리를 계속 박고 있어요. 다들 얼굴이 피투성이인데도 계속해서 머리를 박고 있어요."

설아의 능력을 잘 모르는 오인하가 표정이 허옇게 변해서 물었다.

"그게 사실이니? 그런 것도 보여?"

설아가 고개를 끄덕이며 말했다.

"네. 대원들 얼굴이 다들 피투성이예요."

태수가 오인하를 돌아보고 소리쳤다.

"시간이 없어요! 제가 지금 바로 들어가 볼게요."

"혼자서 어떻게 하려고 그래요?"

오인하가 말리자 설아가 뭔가를 본 것처럼 확신에 찬 목소리로 대답했다.

"아니에요, 태수 오빠 혼자 들어가는 게 나아요. 저 안은 지금 환술로 가득해서, 아무리 많은 사람이 들어가도 악귀가 펼쳐 놓은 환영에 홀려서 앞서 들어간 대원들과 같은 신세가 될 거예요."

그때 뒤쪽에서 커다란 소리가 들려왔다.

"오인하 어딨어? 오인하!"

오인하가 목소리를 듣자마자 군기가 바싹 들어서 소리쳤다.

"네, 대장님. 오인하 여기 있습니다!"

태수도 목소리를 듣자마자 오인하를 부른 사람이 누군지 알 것 같았다.

귀사리에서 말도 안 되는 명령을 내려서 수많은 대원들을 위험에 빠트린 장본인인 강일훈 치안감이었다.

설아가 텔레파시를 보냈다.

-저 사람 막아야만 해요. EMP탄을 쏘려는 거예요. 전 두 가지 예지 영상을 봤어요. 오빠가 이 상황을 막는 데 성공하는 영상과 실패하는 영상. 저 사람이 EMP탄을 쏘게 되면 오빠도 밖으로 나오지 못하게 돼요.

태수가 오인하를 돌아보고 재빠르게 말했다.

"팀장님, 분명히 강일훈 치안감이 EMP탄을 쏘려고 할 거예요. 어떻게든 시간을 끌거나 막아 주세요. EMP탄은 절대로 쏘면 안 돼요."

오인하가 고개를 갸웃했다. 오인하는 귀사리에서 무슨 일이 있었는지 모르기 때문이었다.

"태수 씨가 우리 대장님을 어떻게 알아요?"

태수가 당시의 답답함이 떠올라서 한숨을 내쉬고는 말했다.

"저분을 왜 몰라요, 너무 잘 알죠. 아무튼 제 얘기 잊지 마세요."

얼떨떨한 표정의 오인하를 두고 태수는 정연의 집 안으로 뛰어 들어갔다.

집 안으로 들어간 태수의 입에서 침음이 흘러나왔다.

분명히 밖에서 봤을 때는 집이 캄캄한 어둠에 잠겨 있었는데 안으로 들어오니 거실이 환하게 밝혀져 있었던 것이다.

심지어는 여느 가정집의 평온함이 느껴지는 아늑한 분위기까지 감돌았다.

하지만 피부가 따가울 정도로 밀도가 높은 귀기가 집 안에 가득 들어차 있는 게 느껴졌다. 집 안의 밝은 불빛이 악귀가 펼쳐 놓은 환술이라는 걸 알 수가 있었다.

태수는 앞서 들어온 대원들이 어떤 일을 겪었는지 알아보기 위해 바닥에 손바닥을 대고 잔류사념을 읽었다.

'사이코메트리.'

화르르르륵.

공기가 흔들리며 허공에 환영이 떠올랐다.

EMP 대원들이 테이저건을 앞세우고 집 안으로 들어서고 있었다.

1층 안쪽 거실 바닥에 검은 머리카락이 길게 늘어져 있는 모습이 보였다. 족히 2~3미터는 될 것 같은 엄청나게 긴 머리카락이었다.

대원들이 테이저건을 겨눈 채 다가가자 머리카락이 마치 대원들을 유인하는 것처럼 거실 안쪽 작은 방 안으로 스윽 사라졌다.

잔류사념은 거기서 끝이 났다.

태수가 고개를 들어 대원들이 사라진 거실 안쪽을 바라봤다. 언제 나타났는지 대원들이 봤던 것과 똑같은 머리카락이 마치 태수를 유혹하는 것처럼 바닥에 드리워져 있었다.

태수가 머리카락을 향해 다가가자 머릿속에서 설아의 목소리가 울렸다.

-조심하세요. 오빠.

'나도 알고 있어, 이곳에 환술이 펼쳐지고 있다는 걸.'

머리카락이 꿈틀거리며 작은 방 안으로 스윽 하고 사라졌다.

태수가 작은 방 앞으로 다가갔다.

텅 빈 방을 보며 태수가 중얼거렸다.

'이것 때문이구나.'

-왜 그래요?

'방의 맞은편에 벽이 없고 긴 복도가 이어져 있어.'

-그 방에 대원들 보여요?

태수가 천천히 방 안을 둘러보며 텔레파시를 보냈다.

'아니, 안 보여. 하지만 이 방 안에 있는 것 같아.'

-어떻게 알아요?

'소리가 들리니까.'

아무도 없는 방 안 어딘가에서 규칙적으로 소리가 들려오고 있었던 것이다.

쿵…… 쿵…… 쿵…… 쿵…….

태수가 수인을 맺은 후 영력을 끌어모아 주문을 읊었다.

'야명주.'

화르르르륵.

공기가 흔들리며 반딧불 같은 푸른빛의 미세한 입자들이 허공에 무수히 나타났다.

입자들은 이내 한 지점으로 모여들어 서로 뭉치더니 둥근 구의 형태를 만들어 냈다.

완벽하게 구의 형태를 갖춘 야명주가 푸른 빛을 발산하자 환영이 걷히며 밝은 것처럼 보이던 실내가 칠흑 같은 어둠으로 변했다.

야명주는 귀기와 환술을 걷어 내고 앞을 밝혀 주는 주술의 힘을 지니고 있었다.

지금 보이는 칠흑 같은 어둠이 진짜 현실이었던 것이다.

태수는 야명주로 칠흑 같은 어둠으로 변한 방 안 구석구석을 비췄다.

'세상에.'

환영이 걷히자 벽과 이어져 있던 복도가 사라지고 설아의 말처럼 그 앞에 EMP 수사대원들이 일렬로 서서 벽에 머리를 박고 있었던 것이다.

텅 빈 방에서 들려오던 소리는 대원들이 벽에 머리를 박는 소리였다.

쿵…… 쿵…… 쿵…… 쿵…….

대원들은 환영으로 보이는 복도가 진짜라고 생각하고 계

속 앞으로 가려고 하지만 벽이 막혀서 머리를 찧고 있는 것이다.

안타깝게도 대원들의 얼굴이 피로 물들어 있었다.

태수가 생기탐랑의 능을 발동시켜서 귀기에 오염된 대원들의 육신과 정신을 치유하려다가 그만뒀다. 길고 검은 머리카락들이 벽을 뚫고 방 안으로 기어 들어오고 있었던 것이다.

딱 봐도 태수를 잡으러 오는 머리카락이었다.

스스스스스.

머리카락들이 방 한가운데 서 있는 태수를 잡기 위해 뱀처럼 꿈틀거리며 기어오고 있었다.

강 신부도 없고 현준도 없는데 밀도 높은 귀기가 가득한 시공간에서 악귀와 맞서 싸우는 건 무모한 짓이었다.

일단은 경대를 찾아서 악귀가 가지고 있는 원한을 알아내는 게 급선무였다. 아무래도 악귀의 원한은 그 경대와 관련이 있을 테니까.

설아의 목소리가 들려왔다.

ㅡ경대는 2층에 있어요.

태수는 악귀로부터 모습을 감추기 위해 은형법의 주문을

읊었다.

"자봉승천거 자난강지도 자생남녀귀 축생남녀귀……."

화르르르륵.

태수의 몸이 흔들리며 허공에 파묻히는 것처럼 흐릿해졌다. 은형법은 사람한테는 효과가 없고 영적인 존재들에게만 통하는 주술이다.

태수를 향해 기어오던 검은 머리카락들이 갑자기 목표를 잃고 이리저리 방황하기 시작했다. 태수는 야명주를 앞세운 채 그 머리카락들 사이를 걸어서 거실로 나갔다.

거실 역시 칠흑 같은 어둠에 잠겨 있었고 야명주가 환영을 걷어 내며 앞을 비췄다. 거실에도 곳곳에 검은 머리카락이 담쟁이 넝쿨처럼 벽 곳곳에 들러붙어서 꿈틀거리고 있었다.

태수가 조심스럽게 2층 계단을 올라갔다.

앞쪽에 세연이 말한 '옛날방'이라는 표시가 붙은 방문이 보였다. 살짝 열린 방문 틈으로 검은 귀기가 쉼 없이 흘러나오고 있는 모습이 보였다.

태수는 하늘 위로 솟구치고 있는 엄청난 귀기들이 바로 옛날방에서 흘러나오고 있다는 걸 알 수가 있었다. 일단 야명주를 먼저 들여보내고는 조심스럽게 방문을 열었다.

머릿속에서 설아의 목소리가 들려왔다.

─지금 어디예요? 오빠 주위에서 너무 강한 귀기가 느껴져요.

'난 지금 옛날방에 들어왔어. 방의 한가운데 경대가 보여.'

설아가 말했다.

—아…… 경대…… 제가 예지를 했을 때 영상이 흐릿해서 잘 보이지 않던 부분이 있었는데, 바로 오빠가 옛날방에 들어가는 부분이었어요.

태수도 예지 영상을 보기 때문에 설아가 하는 말이 무슨 소린지 잘 알고 있었다. 명확하지 않거나 변동 가능성이 많은 미래의 영상은 흐릿해서 잘 보이지 않는 때가 있기 때문이다.

—지금 그 흐릿하던 부분의 예지 영상이 또렷하게 떠올랐어요. 오빠가 사이코메트리라고 말을 하니까 오빠의 유체가 육신을 이탈해서 거울 속 다른 차원으로 들어가는 예지 영상이에요. 참고하세요. 오빠.

'그래, 고마워.'

설아가 무슨 말을 하는지 알 것 같았다.

지금 이곳은 또 다른 귀사리나 마찬가지다. 귀사리에서도 같은 방법으로 과거의 시간으로 들어갔는데 여기서도 그 방법을 써야만 하는 모양이었다.

'귀사리에선 잔류사념을 통해 들어갔다면 여기선 경대로 들어간단 말이지?'

—맞아요. 경대예요.

'설아 네가 내 생각을 바로바로 읽고 대답하니까 기분이

좀 이상해, 흐흐.'

지금은 괜찮지만 앞으로 밖에서도 이러면 많이 불편할 것 같은 생각이 들었던 것이다.

설아도 그런 부분을 알고 있는지 얼른 말했다.

ㅡ걱정하지 마세요. 평소엔 독심술을 거의 사용하지 않고 또 다른 때는 지금처럼 생각을 바로 읽지도 못해요. 지금 여긴 워낙 귀기의 밀도가 높아서 조금만 집중하면 독심술도 쉽게 되고 투시도 어렵지가 않아서 그래요.

야명주가 천천히 방 안의 풍경을 보여 줬다.

경대 왼쪽으로는 세연의 동생인 정연으로 보이는 여학생이 넋이 나간 사람처럼 어둠을 보며 앉아 있었다. 너무 큰 충격을 받은 데다 귀기에 오염이 되어 영혼이 악귀에게 사로잡혀 있는 듯했다.

경대의 앞쪽으로는 정연의 아빠로 보이는 남자가 피를 흘리며 쓰러져 있었다.

목에 손을 대 보니 다행히 아직은 숨이 붙어 있었다. 빠르게 조치를 취한다면 살릴 수 있을 것 같다는 생각이 들었다.

마음 같아서는 당장 생기탐랑의 능을 발동시켜서 응급처치라도 하고 싶었지만 그랬다간 곧바로 악귀에게 정체가 들통나기에 그럴 수가 없었다.

그리고 경대의 앞에는 정연의 엄마가 있었다.

정연의 엄마가 경대를 보며 머리를 빗고 있었다. 등을 보이고 돌아앉아 있기에 슬쩍 거울을 들여다보자 짙은 화장과 행복한 미소를 머금은 젊은 여자의 모습이 안에 있었다.

나이는 20대라고 해도 믿을 정도로 젊어서 도저히 고등학교 3학년 딸을 둔 엄마의 모습으로는 보이지 않았다.

여자의 온몸에서 검은 귀기가 뿜어져서 천장으로 빨려 올라가고 있었고 그녀의 긴 머리카락이 사방으로 뻗쳐서 벽을 뚫고 나간 모습이 보였다.

태수는 거울 속에 있던 악귀가 정연 엄마의 몸을 빌어 밖으로 나왔다는 걸 알았다. 거울에서 흘러나온 다른 세상의 귀기가 여자의 몸을 매개로 이곳으로 흘러들고 있었으니까.

그 말은 곧 진짜 정연 엄마는 거울 속에 갇혀 있다는 소리였다. 거울의 세계는 늘 하나가 나가면 다른 하나가 들어와서 균형을 맞춰야만 하는 세계니까.

설아의 말처럼 눈앞에서 등을 보인 채 머리를 빗는 악귀를 힘으로 퇴마한다는 건 무리다. 악귀를 퇴마하려면 거울 속으로 들어가서 약점을 찾아야만 한다.

태수는 거울을 향해 손을 뻗어서 진짜 정연 엄마의 잔류사념을 읽었다.

'사이코메트리.'

화르르르륵.

허공이 흔들리며 잔류사념이 떠올랐다.

잔류사념의 영상 속에서 거울을 보며 머리를 빗고 있는 정
연 엄마가 떠올랐다. 악귀가 깃들은 젊은 엄마가 아니라 나
이가 40대 후반으로 보이는 진짜 정연 엄마였다.

정연 엄마는 경대의 거울을 보며 머리를 빗고 있다.

경대를 보면서 머리를 빗으면 자신의 모습이 점점 예뻐지
고 어려 보여서, 틈만 나면 경대 앞에 앉아 머리를 빗고 화장
을 하는 것이다.

하지만 거울에 비치는 여자는 진짜 정연 엄마가 아니었다.

정연 엄마가 잠시 다른 일을 하려고 고개를 돌렸을 때 거
울 속에 있는 젊은 정연 엄마는 여전히 정면을 보면서 웃고
있었으니까.

어느 순간 정연 엄마의 영체가 분리되어 거울 속으로 빨려
들어가고, 거울 속에서 검은 귀기로 변한 악귀가 밖으로 나
와서 정연 엄마의 육신에 깃들었다.

'지금이다.'

태수는 거울 속으로 빨려 들어간 진짜 정연 엄마를 쫓아가
야만 했다. 태수가 잔류사념에 집중하자 경대의 거울 표면이
잔물결처럼 출렁였고 태수의 유체가 육신에서 분리되어 거
울 속으로 빨려 들어갔다.

남겨진 태수의 육신은 여전히 은형법의 보호를 받기 때문
에 악귀에게 들킬 염려는 없었다.

태수는 거울 속으로 들어간 정연 엄마의 흔적을 따라갔다.

그 흔적이라는 것은 정연 엄마의 혼줄이었다.

거울 밖에 있는 육신에서 거울 속으로 이어지는 정연 엄마의 혼줄, 시간이 지나면 그 혼줄이 사라져서 다시 육신으로 돌아올 수가 없게 된다.

태수는 그 전에 약점을 알아내서 악귀를 퇴마한 후 정연 엄마를 거울 밖으로 데리고 나올 작정이었다.

거울 속으로 들어가서 혼줄을 따라가던 태수의 눈앞에 텔레비전에서나 보던 광경이 펼쳐졌다.

갓을 쓰고 흰색의 무명옷을 입은 사람들과 촌스러운 옛날 양복을 입은 사람들이 한데 뒤섞여 눈앞으로 휙휙 지나갔다.

심지어 소가 마차를 끌고 가는 우마차와 구식 자동차가 거리에서 서로 뒤섞여 교차하는 흥미로운 풍경도 눈에 들어왔다.

'대체 여기가 어디지?'

다만 태수에게 보이는 장면들은 한눈에 온전히 보이는 것이 아니라 극히 좁은 시야로만 볼 수가 있었다. 좌우로는 마치 초점이 맞지 않는 렌즈를 들여다보는 것처럼 사물이 흐릿하게 보이는 반면 혼줄이 이어진 좁은 길만 선명하게 시야에 들어오는 식이었다.

마찬가지로 그곳의 사람들도 태수에게 제대로 초점을 맞추지 못했다.

어쩌다 태수와 눈이 마주친 사람들은 마치 유령이라도 본 것처럼 순간적으로 놀란 표정을 짓기도 했다.

그런 사람들 속에서 한 여자가 태수와 정확하게 초점을 맞추며 눈을 똑바로 바라봤다.

여자는 무수히 지나치는 사람들 사이에 우두커니 서서 신기한 듯 태수를 가만히 바라보고 서 있었다. 여자가 입고 있는 옷이 온통 피로 물들어 있었다.

여자는 사람이 아닌 영혼이었다.

그래서 태수와 눈을 맞출 수가 있었던 것이다.

태수가 영혼에게 다가가서 물었다.

"올해가 몇 년도예요?"

영혼이 괴로운 듯 몸을 뒤틀었고 얼굴도 일그러지기 시작했다. 그 모습은 마치 텔레비전 모니터에 이상이 생겨서 치직거리는 노이즈가 생길 때 왜곡되는 화면과 비슷했다.

태수가 한 번 더 물었다.

"올해가 몇 년도고 여기가 어딘지 좀 알려 줄래요?"

영혼이 뒤틀리는 입으로 힘겹게 소리를 냈다.

"일천……구백……삼십……이 년……."

태수가 놀란 얼굴로 반문했다.

"1932년이라고?"

영혼의 입이 다시 뒤틀리며 돌아가며 바람 빠지는 것 같은 소리가 흘러나왔다.

"여기는…… 겨……경성."

태수는 그제야 거리의 풍경이 왜 이렇게 낯설면서도 친숙한지 알 것 같았다. 지금 자신이 혼줄을 따라가고 있는 거리는 놀랍게도 일제강점기인 1932년의 경성 거리였던 것이다.

따라서 정연 엄마의 육신에 깃든 악귀도 1932년의 경성에서 죽음을 맞이한 악귀일 가능성이 높았다. 왜냐하면 지금 정연 엄마는 자신의 육신을 빼앗기고 원래 악귀가 가지고 있던 육신을 찾아가는 중일 테니까.

혼줄을 따라 정신없이 달린 태수의 눈앞에 마침내 고풍스러운 느낌이 물씬 풍기는 기와집이 나타났다. 혼줄은 기와집 안으로 이어져 있었다.

⁂

그사이 정연의 집 밖에는 수많은 취재진과 방송사들이 몰려들어 북새통을 이루고 있었다.

요즘 심령 사건에 대한 국민들의 불안이 커진 데다 서울 주택가에서 사건이 발생해서 더욱 큰 관심을 불러일으켰다.

EMP 수사대장 강일훈은 그런 언론사들의 접근을 철저하게 막았다. 거의 모든 언론사들이 경찰을 찾기보다는 장태수만 찾는 게 여간 심기가 불편한 게 아니었다.

강일훈이 오인하를 돌아보고 물었다.

"장태수 어딨어?"

"아까 집 안으로 들어갔다고 말씀드렸습니다."

강일훈이 인상을 찡그리며 말했다.

"앞으로 별도의 지시가 없으면 사건 현장에 함부로 장태수 들이지 마."

"대장님, 장태수는……."

강일훈이 오인하를 돌아보며 말했다.

"진짜 답답하네. 생각을 해 봐, 우리가 할 일을 장태수가 다해 버리면 우린 뭐 하나?"

"지금 저희가 모든 고스트들을 상대하기엔 장비나 역량이 턱없이 부족해서 장태수 같은 영능력자들의 도움이 절실히 필요합니다. 외국의 경우에는 영능력자들이 심령 수사대를 지휘하는 경우까지 있다고 들었습니다."

강일훈이 오인하에게 얼굴을 바싹 들이대고 으르렁거렸다.

"나보고 지금 장태수 명령을 들으라는 소리야?"

"그게 아니라……."

"내 말 잘 들어. 내 밥그릇은 내가 지키는 거야."

강일훈이 오인하를 노려보다가 고스트 스크린으로 정연의 집 지붕에서 하늘로 솟구쳐 올라가는 귀기의 회오리를 살펴봤다.

"여기 고스트 스크린에 나타난 고스트 펄스 그래프가 여기까지 올라간 건 지금 고스트들의 전기에너지가 엄청나게 활

발하게 움직인다는 소리지?"

오인하가 대답했다.

"그렇습니다."

"그럼 저 회오리 안에 엄청난 수의 고스트들이 있겠네?"

"장태수는 저걸 귀기라고 부르는데, 귀기와 고스트가 같은 개념은 아닌 걸로 알고 있습니다."

강일훈이 짜증스럽게 중얼거렸다.

"그놈의 장태수, 장태수…… 아예 장태수 밑으로 들어가지 그래? 장태수한테 월급 받고."

강일훈이 빈정거리자 오인하가 얼굴을 붉히며 입을 다물었다.

그때 강일훈의 휴대폰이 울렸다. 휴대폰 액정을 보던 강일훈이 비굴할 정도의 느글거리는 목소리와 표정을 짓고 대답했다.

"아, 예, 장관님…… 예 예, 걱정 마십시오. 그럼요, 지금 당장 해결할 수 있습니다…… 장태수요? 아…… 저는 솔직히 그 친구가 하는 말은 그리 믿지 않습니다…… 예…… 그 친구 대중적인 인기 때문에 본인이 가진 능력보다 과대평가된 부분이 있고요…… 제가 현장에서 판단했을 때는 뭔가 다른 꿍꿍이가 있는 것 같습니다…… 예, 그렇죠. 이런 문제는 어차피 공권력이 나서서 해결을 해야만 국민들이 안심을 할 수 있다고 봅니다…… 그럼요, 저희가 가진 장비 정도면 충분히 해결할 수 있습니다. 예, 알겠습니다. 심려를 끼쳐 드려서 죄송합니다."

통화를 마친 강일훈이 양손을 비비며 말했다.

"EMP탄 준비하고 반경 1킬로미터 안에 있는 주민들한테 잠시 동안 전기와 통신이 두절될 수 있으니까 가능한 한 모든 장치의 전원 코드를 뽑아 놓으라고 해."

오인하는 절대로 EMP탄을 쏘지 못하도록 막아 달라는 태수의 당부가 떠올라서 선뜻 대답을 하지 못했다.

강일훈이 그런 오인하를 노려보며 말했다.

"뭐 해? 어서 움직이지 않고."

"대장님, 당장은 다른 피해가 발생하지 않고 있으니까 집 안에 들어갔던 장태수가 밖으로 나오면 그때 얘기를 들어 보고……."

마침내 강일훈이 폭발한 듯 소리를 버럭 질렀다.

"야! 너 상관이 누구야? 장태수야? 엉?"

오인하도 입술을 깨물고 버티며 말했다.

"대장님, 이런 문제는 전문가의 의견을 먼저 들어 보고 대응하는 게 맞다고 생각합니다. 장태수가 EMP탄은 절대로 쏘면 안 된다고 당부를 했거든요."

강일훈이 어이가 없다는 표정으로 으르렁거렸다.

"수사대에서 빠지고 싶지 않으면 당장 준비시켜. 그리고 언론 인터뷰도 준비시키고. 내가 직접 이번 작전에 대해 브리핑을 할 테니까. 저게 뭐든 EMP탄 한 방이면 다 사라지게 되어 있어. 귀신이 뭐 대단한 건 줄 알아? 그저 전기현상일 뿐이야, 전기현상!"

"……알겠습니다."

오인하가 어쩔 수 없이 대답을 하고 돌아서는데 언제 왔는 지 이설아가 앞에 와서 서 있었다.

"안 돼요, EMP탄은. 그걸 터뜨리면 당장 눈앞의 귀기들은 사라지겠지만 귀기의 밀도에 불균형이 생겨서 다른 지역에 서 몇 배는 많은 귀기들이 이곳으로 밀려들 거예요. 그리고 진짜 문제는 지금 저 안에 거울과 연결된 다른 차원의 통로 가 열려 있어요. EMP탄을 쏴서 이곳의 귀기가 사라지는 순 간 밀도가 높은 거울 속의 또 다른 세상에서 귀기들이 걷잡 을 수 없이 쏟아질 거예요. 그땐 어떤 재앙이 닥칠지 상상조 차 할 수가 없어요."

오인하가 안타까운 얼굴로 말했다.

"네가 무슨 얘기하는지 대충은 알겠지만 이 문제는 이제 내 손을 떠난 것 같아."

오인하가 설아의 곁을 지나서 경찰들에게 지시 사항을 알 린 후에 언론사 기자들에게 작전에 대한 브리핑이 있을 예정 이라고 알렸다.

방송사와 언론사 기자들이 한자리에 모이자 강일훈이 경 찰들을 비집고 앞으로 나섰다.

강일훈은 현재 상황을 설명하면서 심령 현상이 실은 전기 현상에 불과하다는 사실이 증명됐다면서 막연한 두려움이 오히려 상황을 악화시킨다는 점을 여러 차례 강조했다.

"저희는 곧 EMP탄을 사용할 예정입니다. 다들 아시겠지만 저희 EMP탄은 반경 1킬로미터 안에 있는 모든 전기현상들을 무력화시키는 첨단 장비입니다. 이 장비의 가장 좋은 점은 사람한테는 일체의 피해도 입히지 않으면서 고스트 현상만 제거한다는 사실입니다. 저희 경찰의 통제선 안에 있는 주민들께서는 집 안에 있는 전기 장치의 코드를 빼 놓고 잠시 불편하겠지만 휴대전화의 전원을 꺼 주시기 바랍니다. 저희가 그동안 최대한 신속하게 고스트들을 소멸시키도록 하겠습니다."

강일훈이 기자들의 질문을 받으며 의기양양하게 인터뷰를 하는 모습을 지켜보던 설아가 몸을 떨었다. 눈빛이 파르르 떨렸고 이마에는 식은땀이 송글송글 맺히고 있었다.

설아는 지금 자신이 봤던 미래의 끔찍한 예지 영상을 강일훈에게도 보여 주기 위해 모든 영력을 집중하는 중이었다. 지금 강일훈이 벌이고 있는 무모한 작전이 어떤 끔찍한 결과를 초래하는지 똑똑히 보고 경험하게 해 줄 작정이었다.

다만 그런 영상을 강일훈에게 보여 주려면 잠시 동안 설아와 강일훈의 영혼이 동기화를 이뤄야만 하는데, 그건 설아가 가진 모든 영력과 엄청난 집중력을 쏟아부어도 힘이 들 정도로 난이도가 높은 술법이었다.

'으으으으.'

설아의 몸이 점점 심하게 떨렸고 마침내 그녀의 몸에서 혼줄이 빠져나왔다. 설아한테서 빠져나온 혼줄이 아지랑이처럼 강일훈을 향해 나아가더니 그의 눈 속으로 스며들어갔다.

기자들을 상대로 일장연설을 하던 강일훈이 순간 흠칫하며 몸을 떨었다.

강일훈은 자신의 몸으로 들어온 서늘한 기운에 오싹한 기분을 느꼈다.

'헉, 이게 뭐지?'

시야가 흐릿해지고 현기증이 일더니 갑자기 눈앞의 장면들이 2배속, 4배속으로 속도를 높여서 돌리는 비디오 화면처럼 빠르게 움직이기 시작했다.

자신이 기자들 앞에서 일장연설을 하는 장면이 빠르게 지나갔고, 오인하가 걱정스러운 표정으로 다가와 물었다.

"EMP탄 준비됐습니다."

"지금 바로 발사해."

마치 자신의 몸 안에 자신이 갇혀서 세상을 바라보는 것 같은 느낌. EMP탄은 수사대가 창설된 이후 이번이 처음으로 사용하는 것이다.

오인하가 신호를 했고, 장갑차처럼 생긴 차량에서 웅~ 하고 발전기 돌아가는 소리가 나더니, 주변 공기가 흔들리는 느낌이 들면서 정연의 집을 향해 EMP탄이 쏘아졌다.

화르르르륵.

투명한 공기의 물결이 출렁하고 흔들리더니 파문이 주변으로 번지는 것 같았다. 인근의 모든 건물과 집 들의 불빛이 순식간에 사라졌다. 눈앞에 있던 언론사와 방송국의 카메라는 물론 휴대전화도 모두 작동이 멈췄다.

주변이 완벽한 어둠에 잠겼고 어디선가 아득하게 괴성이 들려왔다.

고오오오오~!

왠지 모르게 오싹한 기분이 들게 만드는 소리였다.

모든 사람들이 약속이나 한 듯 숨을 죽인 채 주위를 두리번거렸다. 다들 말은 하지 않았지만 뭔지 모르게 불길한 기운을 느낀 것 같았다.

EMP탄이 모든 전기에너지를 파괴하면서 정연의 집에서 하늘로 솟구쳐 올라가던 검은 귀기도 사방으로 흩어지며 허공으로 사라지고 있었다.

기이할 정도로 적막한 주변의 분위기가 마음에 들지 않은 듯 강일훈이 애써 큰 소리로 말했다.

"오 팀장, 고스트 스크린 줘 봐!"

테이저건과 고스트 스크린은 유일하게 작동하는 전자 장비였다.

오인하한테 고스트 스크린을 받아 든 강일훈이 정연의 집 위쪽과 어두운 밤하늘을 비춰 보고는 만족스러운 듯 취재진을 향해 말했다.

"자, 여러분 고스트 펄스가 완벽하게 사라졌습니다. 이제 이 상황은 종료가 됐다고 할 수 있습니다. 조금만 시간이 지나면 여러분의 휴대전화에서도 다시 요란한 벨 소리가 울리기 시작할 겁니다."

기자 중 한 명이 말했다.

"그럼 집 안에 들어간 대원들과 인질들은 어떻게 되는 겁니까?"

"당연히 구출해야죠. 오 팀장, 병력 데리고 지금 즉시 집 안으로 진입하도록 해."

"알겠습니다."

오인하가 병력을 데리고 집 안으로 진입하려는 순간, 공기 중에 EMP탄을 쐈을 때보다 훨씬 강력한 진동 같은 게 느껴졌다.

정연의 집 안에서 시작된 충격파가 공기를 흔들며 주변으로 흩어지는 걸 모든 사람들이 느낄 수가 있었다.

누군가 소리쳤다.

"저기…… 하늘에 뭡니까?"

밤하늘에 마치 블랙홀 같은 구멍이 생겼고 그 구멍에서 검은 귀기가 쏟아져 들어왔다. 귀기는 굳이 고스트 스크린으로 보지 않고 일반인의 시력으로도 볼 수 있을 정도로 밀도가 높았다.

그리고 정연의 집에서는 검붉은색을 가진 귀기가 솟구쳐 올랐다.

귀기가 먹구름처럼 강일훈과 취재진 머리 위로 퍼지더니 이윽고 비처럼 아래로 천천히 쏟아져 내리기 시작했다.

지상으로 내려온 귀기가 회오리처럼 변하며 취재진을 휘감았고 취재진 사이에서 비명이 들려오기 시작했다. 비명과 함께 취재진 몇 명이 마치 토네이도에 휩쓸리듯 허공으로 떠올랐다가 멀리 던져졌다.

꺄아아악!

날카로운 비명을 시작으로 또 다른 취재진은 회오리에 휩쓸려 팔다리, 심지어는 머리까지 잘려서 몸통이 내동댕이쳐졌다. 붉은 핏방울이 여기저기서 스프레이처럼 뿜어졌고 허공이 저점 검붉은 빛으로 변해 갔다.

"살려 줘! 으아아악!"

"내 팔…… 내 다리…… 안 돼에에에!"

"미친, 이게 뭐야? 경찰은 뭘 하는 거야? 어떻게 좀 해 보라고!"

강일훈은 그 모든 광경을 바라보며 자신이 꿈을 꾸고 있다고 생각했다.

너무나 충격적이고 무서운 광경에 손끝 하나 까딱할 수가 없었다. 온몸이 사시나무처럼 덜덜 떨렸고 말로 형언할 수 없는 공포가 전신을 휘감았다.

온몸에 피를 뒤집어 쓴 오인하가 달려와서 소리쳤다.

"대장님, 명령을 내려 주세요. 이제 어떡하면 돼요?"

하지만 강일훈은 입이 떨어지지 않았다. 머릿속이 하얗게 변했고 몸은 점점 더 떨려 왔다.

오인하가 강일훈의 멱살을 잡고 흔들며 소리를 질렀다.

"제발 정신 차리세요. 대장님이…… 대장님이 저지른 일이니까 책임을 져야죠!"

오인하가 검붉은 귀기로 물들어 가는 밤하늘을 가리키며 소리쳤다.

"저길 보라고요. 서울의 하늘이 전부 고스트 펄스로 물들어 가고 있어요. 지금 이 소리 들리세요?"

강일훈도 조금 전부터 들려오는 그 무시무시한 소리를 듣고 있었다. 사방에서 들려오는 비명 소리였다, 마치 세상 모든 사람들이 한꺼번에 내지르는 것 같은 끔찍한 비명이 밤하늘을 흔들었다.

그사이에도 눈앞에서 사람들이 귀기의 회오리에 의해 신체가 절단되고 찢어졌다.

온몸이 피로 물든 오인하가 울부짖었다.

"으아아아아!"

강일훈이 부들부들 떨리는 목소리로 물었다.

"자, 장…… 태수는…… 어디에 있나?"

"집에서 빠져나오지 못했어요. 대장님이 EMP탄을 쏘는 바람에."

귀기의 회오리가 다른 지역으로 천천히 이동을 했다. 귀기의 회오리가 지나간 자리엔 차마 눈 뜨고 볼 수 없는 끔찍한 광경이 펼쳐졌다.

그 어떤 참혹한 전쟁도 이렇게 끔찍하진 않을 것 같았다.

뒤늦게 사방에 전기가 들어왔고 휴대전화가 터지며 여기저기서 요란한 벨 소리가 울렸다. 몇몇 취재진이 강일훈에게 몰려와서 욕을 하며 울부짖었다.

"당신이 책임져, 책임지라고!"

수사대원 한 명이 휴대전화를 내밀며 말했다.

"대장님, 장관님이십니다."

강일훈이 떨리는 손으로 휴대전화를 받아 들었다.

"네…… 장관…….."

─이 미친 새끼야! 너 지금 무슨 짓을 한 거야? 대체 무슨 짓을 저지른 거냐고! 지금 그 이상한 회오리가 지나가는 곳마다 무슨 일이 벌어지고 있는지 알아? 장태수 어딨어? 이제 희망은 장태수밖에 없어. 장태수 어딨냐고!

장관이 체면도 무시한 채 원색적인 욕설을 퍼부었지만 강일훈에겐 더 이상 아무런 소리도 들리지 않았다.

강일훈이 휴대폰을 대원에게 넘기고 넋이 나간 사람처럼

시체들 사이를 터덜터덜 걷고 있는데 자신의 휴대폰 벨 소리가 울렸다.

외동딸 현아가 가장 좋아하는 밴드라고 하면서 직접 녹음을 해 준 콜드 플레이라는 밴드의 'A head full of dreams'라는 노래가 참혹한 참사의 현장에서 울려 퍼지고 있었다.

액정에는 '아내'라는 이름이 떠 있었다.

왠지 모르게 전화를 받으면 안 될 것 같은 불길함.

"여, 여보세요?"

휴대폰 너머에서 들려오는 아내의 울부짖음과 비명 사이로 이 한마디가 들려왔다.

—현아가…… 우리 현아가 죽었어. 그것도 온몸이 갈기갈기 찢겨서 죽었다고!

강일훈의 입에서 흐느낌이 흘러나왔다.

"<u>으흐흐흑</u>…… <u>으으으으</u>…… <u>으흐흐흑</u>……."

강일훈은 앞에 있던 강력반 형사에게 다가가서 다짜고짜 그의 가슴에 꽂혀 있는 권총을 뽑았다. 형사가 어리둥절한 표정으로 그런 강일훈을 바라봤다.

강일훈은 울면서 권총의 차가운 총구를 입안에 쑤셔 넣고 방아쇠를 당겼다.

철컥…… 철컥…… 철컥…….

방아쇠를 당기는 소리가 귓전을 울렸지만 이상하게 총알이 발사되지 않았다.

대신 어디선가 환청처럼 소리가 들려왔다.

"대……대장…… 장님…… 대장님…… 대장님!"

순간 시야가 흐려지며 현기증이 일었다.

비틀거리는 강일훈을 누군가 부축하며 팔을 붙잡았다.

"대장님, 정신 차리세요. 무슨 일이에요?"

오인하의 목소리가 또렷하게 귓전을 울렸고 뿌옇던 시야
가 천천히 돌아왔다. 눈앞에 영문을 몰라서 어리둥절한 표정
을 짓고 있는 수많은 취재진의 얼굴이 보였다.

강일훈이 얼떨떨한 기분으로 천천히 주위를 돌아봤다. 참
혹한 시체들도, 하늘을 뒤덮었던 귀기도 더 이상 보이지 않
았다.

그런 강일훈의 시야에 멀리서 자신을 빤히 바라보고 있는
이설아가 보였다.

이유는 모르겠지만 이설아와 눈이 마주치는 순간 방금 자
신이 겪은 일들이 EMP탄을 쏘고 난 이후에 벌어지게 될 미
래의 영상이라는 생각이 들었다.

강일훈은 생전 처음으로 신에게 감사했다.

강일훈이 오인하를 돌아보고 말했다.

"중지시켜."

"네?"

"EMP탄 발사 중지시키라고. 어서!"

퇴마하는
톱스타

오인하가 얼떨떨한 표정으로 대답했다.

"네, 알겠습니다."

～

태수가 정연 엄마, 김희연의 혼줄을 따라서 기와집의 대문을 열고 안으로 들어섰다.

음산한 분위기의 집 안에는 사람의 모습이라고는 찾아볼 수 없었으며 마당에는 화톳불만 탁탁 소리를 내며 타오르고 있었다.

집 안으로 들어오자 혼줄의 흔적이 사라졌고 강한 귀기가 느껴졌다. 본능적으로 이곳에서 모든 비극이 시작됐다는 걸 알 수가 있었다.

'근데 어디로 간 거지?'

태수가 사라진 김희연의 흔적을 찾을 때 적막을 깨트리며 집 안 어딘가에서 날카로운 비명 소리가 들려왔다.

까아악!

비명 소리를 따라서 고개를 돌리는 태수의 시야에 복면을 한 시커먼 그림자 하나가 방에서 나와 대청마루를 가로지르더니 담을 넘어가는 모습이 보였다.

담을 넘어간 그림자의 손에는 아직도 피가 뚝뚝 떨어지는 비수가 들려 있었다.

'무슨 사연인지는 몰라도 살인 자체를 막을 수는 없는 모양이네.'

태수가 서둘러 대청마루로 올라서서 방문을 열었다.

문을 열자마자 역한 피비린내와 함께 참혹한 광경이 눈앞에 펼쳐져 있었다.

칼로 난자당해 온몸이 피투성이가 된 한 여인과 그녀의 딸인 듯한 어린 여자아이의 시신이 눈을 부릅뜬 채 바닥에 쓰러져 있었던 것이다.

죽은 여인의 시신 앞에는 정연의 집에서 봤던 경대가 놓여 있었고 그 옆으로 김희연의 영혼이 부들부들 떨면서 태수를 빤히 바라봤다.

김희연의 영혼이 죽은 여자와 딸의 시신을 보며 괴롭게 울부짖었다. 죽은 여자의 혼줄이 김희연의 영혼과 연결이 되어 있는 게 보였다.

김희연의 영혼이 죽은 여자와 동기화되고 있는 것이다. 김희연은 지금 죽은 여자의 혼줄을 통해 여자의 모든 기억과 감정들을 받아들이며 죽은 여자가 되어 가는 중이었다.

대신 진짜 자신의 육신과 연결이 되어 있는 미래에서 혼줄은 점점 형태가 흐릿해지고 있었다. 그 혼줄이 완전히 사라지면 김희연은 현재로 돌아올 수가 없다.

따라서 혼줄이 남아 있을 때 퇴마든 뭐든 해야만 한다.

태수는 김희연의 영혼에게 조심스럽게 말을 걸었다.

퇴마하는
톱스타

"전 당신의 한을 풀어 주기 위해 온 사람입니다."

그러자 흐느끼던 김희연의 영혼이 흠칫 놀라서 태수를 바라봤다.

태수가 물었다.

"방금 당신과 딸을 죽이고 나간 그 사람은 누굽니까?"

김희연의 영혼은 죽은 여자의 고통까지 함께 느끼는 듯했다. 김희연은 아직도 칼에 찔린 고통을 느끼는 듯 가슴을 움켜쥐고 신음하다가 쥐어짜는 듯한 음성으로 말했다.

─우리 모녀를 죽인 사람은…… 남편이에요.

태수가 저도 모르게 탄식을 뱉어 냈다.

"남편요?"

여자의 말이 사실이라면 남편이 아내는 물론이고 자신의 딸까지 죽인 셈이다.

"남편이 당신을 왜 죽였나요?"

김희연의 영혼이 설명을 시작했다. 물론 김희연의 얘기가 아닌 죽은 여자의 기억과 감정에 빠져서 하는 얘기였다.

─제 이름은 임세정이고 여기 불쌍한 제 딸의 이름은 박지숙이에요. 제 남편은 집안은 돌보지 않고 노름과 술에 빠져서 사는 사람이었습니다. 하지만 전 친정이 부유했기에 그런 남편을 탓하지 않고 모든 걸 참으며 살았습니다.

임세정의 기억을 받은 김희연의 영혼이 남편의 삐뚤어진 행실에 대해 구구절절이 태수에게 털어놓았다.

요즘 같으면 진즉 이혼을 했겠지만, 당시엔 이혼 같은 건 꿈도 꾸지 못한 채 무조건 참고 살아야 하는 게 여자의 숙명인 모양이었다.

－그런 어느 날 남편에게 여자가 생겼다는 걸 알았습니다. 남편은 집안의 돈을 몰래 빼내서 여자에게 갖다 주기 시작했고 그 사실을 알게 된 제 오빠가 남편을 가만두지 않겠다면서 찾아다녔어요. 남편은 오빠가 무서워서 집에 들어오지 못했죠. 하지만 돈이 필요했던 거예요. 그래서 남편은 저와 딸을 살해한 후에 집안의 모든 재산을 가지고 도망을 간 거예요. 근데 남편이 절 죽이고 도망가면서 이상한 행동을 했어요.

"이상한 행동요?"

－제 손을 한번 펴 보세요.

"네?"

김희연의 영혼이 죽은 임세정의 손을 가리키며 말했다.

－죽은 제 손 말이에요.

보니 임세정이 오른손을 꽉 움켜쥐고 있었다.

태수가 죽은 임세정의 손가락을 하나씩 풀어내자 뜻밖에도 그 안에 종잇조각 같은 게 들어 있었다. 김희연이 말했다.

－제 오빠의 국민증이에요.

"국민증?"

태수가 국민증이라는 종이 조각을 꺼내서 펼쳤다.

퇴마하는 톱스타

흐릿한 사진과 지문, 이름 등이 적혀 있는 종이였다. 국민증은 오늘날의 주민등록증 같은 신분증명서였다. 죽은 여자의 오빠라는 남자의 사진이 붙어 있었고 이름은 임일훈으로 되어 있었다.

김희연의 영혼이 말했다.

—임일훈은 제 오빠의 이름이에요. 남편이 절 죽이고 왜 제 손에 오빠의 국민증을 쥐여 놓고 갔을까요?

태수도 의아한 생각이 들긴 했다.

왜 남편이 죽은 임세정의 손에 오빠 신분증을 쥐여 놓고 사라졌는지.

그때 밖에서 소리가 들려왔다.

"세정아…… 세정아! 오빠다, 세정아, 어딨냐?"

태수가 고개를 돌리자 건장한 남자가 방으로 들어섰다. 바로 국민증 안에 있던 사진 속 남자, 죽은 임세정의 오빠 임일훈이었다.

임일훈이 죽은 동생과 조카의 시신을 발견했다.

김희연의 영혼이 남자를 보고는 울먹이며 중얼거렸다.

—오빠…….

"세정아! 지숙아!"

임일훈이 죽은 모녀를 보며 어쩔 줄을 몰라 하는데 밖에서 여자의 비명이 들려왔다. 놀란 임일훈이 밖으로 달려 나가자 여자 둘이 소리를 질렀다.

"살인이다! 살인이야!"

임일훈이 손을 내저으며 소리쳤다.

"내가 아닙니다. 내가 아니에요!"

남자가 소리쳤지만 비명을 듣고 달려온 사람들이 방 안에 죽은 여인과 딸의 시신을 보고는 남자를 붙잡았다.

김희연의 영혼이 밖으로 달려 나가서 소리쳤다.

－그 사람은 제 오빠예요. 범인은 그 사람이 아니라 제 남편이에요!

하지만 아무리 소리를 쳐도 영혼의 목소리를 들을 수 있는 사람은 없었다.

그런 임세정의 눈에 남편의 모습이 들어왔다. 남편은 사람들 사이에 숨어서 이쪽을 살피다가 갑자기 튀어나와서 자신과 딸의 시신을 붙들고 오열하기 시작했다.

남자는 연기대상을 줘도 될 정도로 뻔뻔하게 연기를 했다. 임세정은 뻔뻔한 남편의 연기를 보면서 남편이 왜 오빠의 국민증을 자신의 손에 쥐여 줬는지 알 것 같았다.

남자가 오빠인 임일훈의 멱살을 잡고 흔들었다.

"이 쳐 죽일 놈아. 아무리 사업 자금이 급해도 그렇지. 어떻게 여동생과 조카를 죽일 수가 있어!"

남편은 임세정의 재산을 가로채고 죽인 것도 모자라서 오빠에게까지 누명을 씌웠다.

임세정은 죽어서도 눈을 감을 수가 없었다. 오빠는 동생과 조카를 죽인 살인자가 되어 감옥에 갇혔고 유복하던 임세정의 집안은 풍비박산이 났다.

남편에게 복수하고 싶었지만 공교롭게도 남편이 길에서 강도를 만나 객사하는 바람에 복수조차 하지 못했다.

이후 임세정은 한을 품고 원통하게 구천을 떠돌다가 생전에 자신의 부모에게 큰 도움을 받았던 절의 스님을 찾아가 애원했다. 후생이라도 남편에게 복수하게 해 달라고.

스님은 임세정의 원혼을 그녀가 아끼던 경대에 봉인했다.

스님은 임세정의 영혼이 후생의 남편과 다시 만나게 될 때 봉인이 해제될 것이라고 예언을 했다.

스님은 임세정의 영이 봉인된 경대를 절에 보관했는데 절에 들어온 도둑이 경대를 훔쳐 갔다. 경대는 사람과 시간을 돌고 돌아서 정연의 집으로 들어갔다.

정연의 엄마, 김희연이 경대에 애착을 가지면서 경대에 서려 있던 귀기에 오염됐다. 임세정의 원혼은 봉인에서 깨어나 김희연의 몸을 빌어 세상 밖으로 나왔다.

임세정의 원혼은 정연의 아빠를 공격했다. 정연의 아빠가 바로 남편의 후생이었던 것이다.

태수는 여자의 애기를 모두 듣고 비로소 어떻게 된 사연인지 알 것 같았다.

정연의 아빠, 이윤택은 반복적으로 돌아가는 윤회의 수레바퀴 때문에 억울하게 임세정의 공격을 받은 것이다. 비록 전생에는 개망나니이자 살인자인 임세정의 남편이었지만 지금은 전혀 다른 사람이니까.

경대 안 세상에는 수십 년 동안 복수를 꿈꾸며 쌓아 온 임세정의 귀기가 가득했다.

태수는 정연 엄마인 김희연을 본래 자신의 육신으로 돌려놓고 경대 속 귀기가 세상 밖으로 나오지 않도록 막아야만 했다.

태수는 자신을 임세정이라고 생각하는 정연의 엄마 김희연에게 이름과 생년월일을 물었다.

김희연이 대답했다.

"이름은 임세정…… 생년월일은 1908년 4월……."

임세정의 생년월일을 확인한 태수는 서둘러 기와집을 빠져나왔다.

거울 밖 육신과 연결된 김희연의 혼줄이 흐릿해지고 있었다. 혼줄이 사라지면 태수도 밖으로 나가는 길을 잃게 된다.

눈앞으로 빠르게 시간과 무수한 영상들이 스쳐 지나갔다. 이윽고 흰 빛이 시야를 덮치며 주변의 공기가 흔들렸다.

화르르르륵.

유체가 다시 육신으로 돌아오며 태수가 눈을 번쩍 떴다. 태수의 육신은 은형법에 의해 모습이 가려진 채 2층 옛날 방에 그대로 앉아 있었다.

태수의 눈앞에는 돌아앉은 채 경대를 바라보는 정연 엄마 김희연의 뒷모습이 보였다. 하지만 김희연의 육신을 지배하는 건 임세정의 원혼이었다.

경대 옆으로는 정연이 있었고 앞쪽으로는 아직 숨이 붙어 있는 정연의 아빠 이윤택이 가는 숨을 몰아쉬고 있었다.

이윤택은 1932년 일제강점기에 자신의 아내와 딸을 살해한 개망나니 남편의 후생이었다. 하지만 이윤택은 전생의 살인자와 전혀 관계없는 사람이었다.

태수가 조용히 주문을 읊조렸다.

'오대존명왕 퇴마부.'

화르르르륵.

공기가 흔들리며 허공에 다섯 장의 노란 부적이 둥실 떠올랐다.

순간 은형법이 깨지며 실내에 항마의 기운이 솟구쳐 올랐다.

갑자기 솟구친 항마의 기운에 돌아앉아 있던 임세정의 원혼이 스르르 고개를 돌렸다. 몸통은 그대로 있고 고개만 스윽 뒤로 돌아왔다.

더불어 벽과 벽을 뚫고 뻗어 나간 그녀의 수많은 머리카락도 함께 출렁이며 태수와 부적들을 에워쌌다. 머리카락들이 사방에 떠 있는 부적을 에워싸고 귀기로 압박하자 태수도 영력을 끌어 올리며 버텼다.

부적과 부적을 연결한 항마의 기운이 버텨 줘야만 퇴마를 할 수 있는데, 지금은 원혼의 귀기가 너무 강해서 다른 주술을 쓰려고 다른 쪽으로 주의를 돌리면 퇴마진이 깨질 것 같았다.

지금 태수는 가부좌를 틀고 앉은 자세로 임세정의 원혼과 얼굴을 마주한 채 앉아 있었다.

조금 전까지 정연 엄마인 김희연의 얼굴을 하고 있던 원혼은 이제 임세정의 모습을 하고 있었다.

태수의 가슴 부위에는 퇴마진의 중심인 부동명왕부가 허공에 떠 있었다.

보통의 원혼이라면 부동명왕부가 뿜어내는 항마의 기운만으로도 영체가 녹아내렸을 것이다.

하지만 임세정의 원혼은 불과 1미터도 되지 않는 거리에 부동명왕부가 떠 있음에도 자신의 귀기로 항마의 기운을 중화시키며 별다른 영향을 받지 않았다.

빨갛게 물든 임세정의 동공에서 쉼 없이 검붉은 귀기가 흘러나오고 있었고, 힘의 근원이라고 할 수 있는 그녀의 긴 머리카락에서도 귀기가 뿜어져 나오고 있었다.

주위를 돌아보니 퇴마진에 의해 보호받는 태수가 앉아 있는 시공간을 제외하면 모든 방 안의 공간을 임세정의 머리카락이 몇 겹으로 에워싸고 있었다.

태수가 퇴마진을 유지하기 위해 모든 영력을 쏟으며 말을 걸었다.

"임세정 씨……."

자신의 이름을 부르자 임세정의 표정이 뒤틀렸고 방 안을
뒤덮은 머리카락이 파르르 떨었다.

<u>스스스스스</u>.

"당신 이름은 임세정이죠? 남편에게 억울한 죽임을 당
한……."

임세정의 원혼이 자신의 이름이 밝혀졌다는 사실에 예민
해져서 태수를 노려봤다.

－너는…… 누구야?

"당신의 영혼을 구원해 주려는 사람입니다. 당신이 복수
를 했다고 생각한 이 사람은 당신의 남편이 아닙니다. 당신
을 만난 적도, 당신에 대한 기억도 없는 사람입니다."

－이자는 그놈의 후생이야.

"후생이라도 당신의 남편은 아니에요."

－후생이든 뭐든 상관없어. 난…… 다음 생에도…… 그다
음 생에도 그 인간에게 복수할 거야. 너 따위가 뭔데 내 일에
끼어들어?

원래 오랫동안 구천을 떠돌아다닌 원혼들은 인간의 감성
을 잃어버리게 된다. 임세정처럼 오랫동안 구천을 떠돌아다
닌 원혼이라면 아무리 말해 봐야 얘기가 통할 리가 없다.

"더 이상 죄를 짓지 마세요. 이런다고 달라지는 건 아무것

도 없어요. 지금 당신이 하는 복수는 남편이 한 행동과 다를
바가 없습니다."

자신의 복수가 남편의 행동과 같다는 태수의 말에 임세정
의 원혼이 흥분했다.

머리카락들이 파르르 떨렸고 농도가 짙은 귀기가 쉭쉭거
리며 뿜어져 나왔다. 입도 양옆으로 찢어지며 그 안에서도
귀기가 흘러나왔다.

태수가 의도하는 건 임세정의 원혼을 흥분하게 만들어서
집중을 못 하게 하는 것이다.

인간도 그렇지만 원혼도 이성을 잃고 흥분하면 오롯이 힘
을 집중할 수가 없고 낭비되는 에너지가 많을 수밖에 없다.

조금 전까지 퇴마진을 압박하던 귀기의 힘이 확실히 줄어
들었다.

물론 흥분이 가라앉으면 그땐 이전보다 더 엄청난 힘으로
압박을 가할 것이기에 그 이전에 퇴마를 해야만 한다.

문제는 퇴마진을 유지하면서 다른 주술을 사용하려니까
영력이 부족하다는 것.

'이런 때에 신부님이나 현준이 있었다면 큰 도움을 받을
수 있었을 텐데.'

태수가 이런저런 고민을 하는데 머릿속에서 텔레파시가
들려왔다.

–오빠, 제가 퇴마진을 유지할 수 있긴 한데 영력이 얼마 남

지 않아서 아주 잠깐만 버틸 수가 있을 것 같아요. 그래도 도움이 된다면 한번 해 볼게요.

태수로선 천군만마를 얻은 기분이었다.

'설아, 네가 있다는 걸 깜빡했네. 잠깐이면 돼, 잠깐만 버텨 주면 다른 주술로 원혼을 제령할 수가 있어.'

설아가 걱정스럽게 말했다.

─혹시 오빠가 원혼의 힘을 너무 쉽게 판단하는 건 아니에요? 어떤 술법인지 모르지만 그렇게 금방 제령을 할 수 있을 것 같지가 않아요. 원혼이 가만히 당하고 있을 것 같지도 않고.

설아는 태수와 원혼이 대단한 전쟁을 벌일 것 같아서 걱정하는 것이다.

'원혼이 저항하지 못할 히든카드를 가지고 있어. 원혼의 이름과 생년월일을 알아냈거든.'

설아의 놀란 기색이 텔레파시에도 그대로 전해졌다.

─그게 정말이에요? 그걸 어떻게? 아, 아니에요.

지금은 그런 쓸데없는 소리로 시간을 낭비할 때가 아니라는 걸 깨달은 것이다.

악령이든 원혼이든 자신의 이름과 생년월일을 듣게 되면 잠시 모든 방어력이 해제된다.

악령의 경우엔 부끄러움과 함께 형벌을 받게 될지도 모르는 두려움 때문에 그렇다는 말도 있다.

원혼도 별반 다르지가 않았다. 자신의 정체를 숨기고 해코

지를 할 때와 자신의 정체를 드러내고 할 때는 분명 마음가
짐이 다를 테니까.

하지만 가장 큰 이유는 원혼의 이름과 생년월일을 알게 되
면 저승의 힘을 빌어 올 수가 있다는 것이다. 원혼의 이름과
생년월일이 특정되면 영혼을 심판하는 저승의 명부에 이름
이 적혀 있기 때문에 그 힘이 작용하게 되는 것이다.

설아가 퇴마진의 부적들에 자신의 영력을 투영시키며 텔
레파시를 보냈다.

-너무 힘이 들어서 1분도 버티기가 어려울 것 같아요.

'그 정도면 될 것 같아.'

태수는 퇴마진을 유지하는 데 사용하던 영력을 거둬들인
후 주문을 읊었다.

'화멸부.'

화르르르륵.

노란 화멸부가 허공에 떠올랐고 태수는 영력으로 부적에
임세정의 이름과 생년월일을 새겨 넣었다.

"가라."

태수의 소리에 화멸부가 날아가서 임세정의 이마에 달라
붙었다.

임세정의 원혼이 가소롭다는 듯 말했다.

-이런 부적 따위로 내 원한을 막을 수 있다고 여기다니.

임세정의 원혼이 머리카락을 움직여서 퇴마진에 강한 압

퇴마하는 톱스타

박을 가했지만 설아가 잘 버텨 주었다.

태수가 수인을 맺은 후 임세정의 이름과 생년월일을 또박
또박 얘기했다.

"임세정…… 1908년…… 4월 12일생."

순간 임세정의 원혼이 얼어붙은 것처럼 굳어졌다. 임세정
의 원혼이 두려움에 사로잡혀 중얼거렸다.

─그…… 그걸 어떻게?

순간 부적에 있던 이름과 생년월일이 임세정의 이마에 새
겨졌다.

"불태워라!"

태수의 일갈에 부적에서 노란 항마의 불길이 확 일어나더
니 원혼의 얼굴을 휘감았다.

화아아아악~~

키아아아악!

임세정의 원혼이 비명을 질렀고 불길은 그녀의 머리카락
으로 무섭게 옮겨붙었다.

명부의 힘이 원혼이 귀기로 방어를 못하도록 막았기에 임
세정의 영체와 엄청난 머리카락은 순식간에 불길에 휩싸였
다. 물론 일반인에게는 그러한 불길이 보이지 않지만 노란
빛 같은 게 번쩍이는 정도는 알아볼 수가 있다.

마침내 임세정의 원혼이 제령되면서 정연 엄마 김희연의
육신이 바닥으로 폭 꼬꾸라졌다.

돌아보니 경대의 거울 속으로 이어진 김희연의 혼줄이 거의 사라지는 중이었다.

혼줄이 사라지면 김희연의 영혼은 다시 이 세상으로 돌아오지 못하고 육신은 식물인간처럼 영혼이 없는 육신으로 남겨질 것이다.

태수는 얼른 혼줄에 손을 대고 생기탐랑의 능을 발동시켰다.

흐릿하게 사라지던 혼줄에 푸르스름한 생기탐랑의 기운이 서렸고 잠시 후 바닥에 엎드려 있던 김희연의 몸이 꿈틀했다.

천천히 몸을 일으키는 김희연의 얼굴은 다시 예전의 엄마 얼굴로 돌아와 있었다.

김희연이 어리둥절하게 주변을 두리번거리다가 구석에 웅크린 채 숨을 죽이고 있던 정연과 눈이 마주쳤다.

"저, 정연아……."

정연이 여전히 두려운 목소리로 반문했다.

"어, 엄마……? 정말 엄마야?"

김희연이 흐느끼느라 말을 제대로 잇지도 못한 채 손짓을 했다.

"그래…… 엄마야…… 엄마라고……."

정연이 그제야 달려와서 엄마의 품에 안겼다.

태수가 설아에게 텔레파시를 보냈다.

'설아야, 이쪽은 상황이 종료됐어. 우선 의료진하고 경찰들 안으로 좀 들여보내 줘.'

－알았어요, 오빠.

태수는 정연 아빠에게도 생기탐랑의 능으로 응급조치를 해 줬고 정연과 정연 엄마에게도 생기탐랑의 기운을 불어 넣어주었다.

1층에서 벽에 머리를 박고 있던 대원들도 뒤늦게 환술에서 깨어나 서로의 모습을 보며 놀라워했다.

태수가 밖으로 걸어 나오자 대기하고 있던 취재진이 한꺼번에 몰려들었다.

"대체 어떻게 된 겁니까? 한 말씀만 해 주세요!"

"이번 심령 사건은 꽤 심각했던 것 같은데 안에서 무슨 일이 있었나요?"

오인하가 경찰들을 향해 소리쳤다.

"취재진 통제해, 뒤로 물러나요, 뒤로!"

오인하가 사람들을 헤치고 태수에게 다가왔다.

"괜찮아요?"

태수가 고개를 끄덕이고 물었다.

"설아는요?"

"이쪽으로 와요."

태수는 오인하가 이끄는 대로 따라갔다. 원혼을 제령하고 나서 제일 먼저 보고 싶은 사람이 설아였던 것이다.

"저기요."

오인하가 가리킨 곳은 구급차 안이었다. 구급차 문을 열자 링거를 꽂은 채 누워있는 설아의 모습이 보였다.

오인하가 다가와서 말했다.

"설아가 탈진해서 쓰러지는 바람에……."

설아가 핏기 하나 없는 얼굴로 태수를 바라보며 웃었다.

태수가 하얀 설아의 손을 잡고는 말했다.

"고마워."

설아가 텔레파시가 아닌 자신의 목소리로 말했다.

"지금 영력이 하나도 없어서, 잘생긴 오빠 얼굴이 하나도 안 보여서 너무 속상해요."

그제야 태수는 설아는 영력이 없으면 앞을 볼 수 없는 시각장애인에 가깝다고 한 말을 떠올렸다.

태수가 말했다.

"내가 생기탐랑의 기운을 좀 보내 줄게."

"아니에요, 그러지 마요. 오빠도 지금 영력이 하나도 남지 않았잖아요. 안에서 사람들도 치료해 줬을 테고."

태수가 히죽 웃으면서 말했다.

"얼마 전까지는 그랬지. 하지만 지금은 영력이 넘쳐 나고 있어."

"그게 무슨 말이에요?"

주위에 다른 사람들이 많아 말로 얘기하기가 곤란해서 텔

퇴마하는 톱스타

레파시로 말했다.

'난 퇴마를 한 악귀들의 귀기를 흡수해서 항마의 기운으로 바꾸는 능력이 있거든. 지금은 몸 안에 영력이 차고 넘칠 정도로 많다고.'

말을 마친 태수가 칠성의 능을 발동시키자 허공에 메시지가 나타났다.

제1성인 탐랑성 생기탐랑의 능이 발동합니다.

화르르르륵.

설아의 손을 잡고 있던 태수의 손에 푸르스름한 기운이 맺혔고 그 기운이 이내 설아의 손으로 옮겨 갔다. 파리하던 설아의 혈색이 빠르게 돌아왔다.

설아가 링거 바늘을 떼어 내며 자리에서 일어나 앉았다.

설아가 신기한 듯 눈을 반짝이며 비로소 여고생다운 생기발랄한 목소리로 말했다.

"와, 대박. 방금 그 능력 뭐예요? 그것도 영능력이에요?"

"아마 그럴걸."

설아가 꿈을 꾸는 표정으로 중얼거렸다.

"태수 오빠도 만났으니까 어서 강 신부님이랑 현준이도 만나 보고 싶다. 현준이 정말 잘생겼죠? 텔레비전으로 보니까 완전 아이돌처럼 생겼던데."

태수가 피식 웃고는 말했다.

"그럼 오늘 당장 만나러 가 볼까?"

"와, 정말요?"

설아가 물개박수까지 쳤고 보고 있으면 누구든 힐링이 될 것 같은 해맑은 표정으로 웃었다.

그때 등 뒤에서 태수를 부르는 소리가 들려왔다.

태수의 얼굴에서 웃음기가 싹 사라졌다. 굳이 돌아보지 않아도 누군지 알 수 있는 익숙한 목소리였던 것이다.

"저기, 태수 군……."

태수가 돌아서자 EMP 수사대장 강일훈이 멋쩍은 표정으로 서 있었다.

"무슨 일이시죠?"

강일훈이 망설이다가 손을 내밀며 말했다.

"정말 고마워요. 태수 군 덕분에 대참사를 막을 수가 있었습니다."

태수가 얼떨떨한 표정으로 강일훈을 바라봤다. 원래는 태수에게 거리낌 없이 반말을 하던 사람이었는데 존댓말까지 쓰고, 이게 무슨 일이지 싶었다.

옆에 있던 오인하가 말했다.

"원래 EMP탄을 쏘려고 했는데 대장님이 마지막에 막으셔서……."

태수가 정말로 궁금하다는 표정으로 물었다.

"왜 갑자기 마음이 변하셨어요?"

강일훈이 아직도 당시의 끔찍한 기억이 떠오르는지 몸서리를 치며 말했다.

"나도 잘 모르겠는데, 갑자기 EMP탄을 쐈을 때 벌어질 것 같은 미래의 예지 영상 같은 것들이 막 머릿속에 떠올라서……."

태수가 저도 모르게 설아를 돌아봤다.

설아의 텔레파시가 머릿속에서 울렸다.

-그래서 제가 이렇게 탈진한 거예요. 제가 봤던 미래의 예지 영상을 저분한테 그대로 보여 주고 체험시키느라고.

그제야 태수도 무슨 영문인지 깨닫고 텔레파시를 보냈다.

'아주 잘했어.'

강일훈이 말했다.

"이번에 확실하게 제가 깨달은 교훈이 있습니다. 영적인 영역의 사건은 절대 함부로 판단하고 행동해서는 안 된다는 것. 내 경솔한 행동 하나가 상상도 할 수 없는 끔찍한 재앙을 불러올 수도 있다는 사실을 말이죠."

강일훈의 말을 들으니 태수의 마음속에 드리웠던 불안감이 한 가지 사라졌다. 악귀들보다 더 걱정스러웠던 사람이 강일훈 대장이었기 때문이다.

"앞으로는 모든 중요한 결정을 내릴 때 장태수 군의 의견을 가장 우선적으로 참고하도록 하겠습니다. 아무래도 전문

가니까. 앞으로 우리 수사대에 많은 조언과 도움을 주시길 부탁드리겠습니다."

태수도 기분 좋게 강일훈의 손을 마주 잡으며 말했다.

"마음을 바꿔 주셔서 감사합니다."

다음 권으로 이어집니다

빌런
경찰 이진우

이해날 현대 판타지 장편소설

『어게인 마이 라이프』 작가 이해날의
뒷목 잡는 특제 막장 복수극이 펼쳐진다!
『빌런 경찰 이진우』

인수합병을 통해 굴지의 대기업 진백을 세운 백동하
임종의 순간, 믿었던 가족과 친구에게 배신당하고
과거와 미래를 보는 능력을 가진 경찰 이진우로 깨어나다!

배신자들에게 지옥을 보여 주기로 결심한 진우는
특별한 능력과 기업사냥꾼으로서의 지식을 활용해
경찰로서 진백을 공략하기 시작하는데……!

전직 회장이 보여 주는 기업사냥의 진수!
상상을 뛰어넘는 대기업 흔들기가 시작된다!

꿈의 도약, 로크에서 하십시오
(주)로크미디어에서 신인 작가를 모십니다

즐거운 세상, 로크미디어는 꿈을 사랑하고 도전을 두려워하지 않는 작가 분들의 참신한 작품을 기다리고 있습니다. 21세기 장르 문학계를 이끌어 갈 차세대 선두 주자 (주)로크미디어에서 여러분의 나래를 활짝 펴 보시길 바랍니다.

모집 분야 판타지와 무협을 포함한 장르 문학
모집 대상 아마추어 작가, 인터넷 작가
모집 기한 수시 모집

작품 접수 시 유의 사항

1. 파일명은 작가명_작품명.hwp형식을 갖춰 주십시오.
1. 파일에 들어갈 내용은 다음과 같습니다.
   - 성명(필명인 경우 실명을 밝혀 주세요), 연락처, 이메일 주소
   - 제목, 기획 의도
   - A4용지 1장 분량의 등장인물 소개
   - A4용지 2장 분량의 전체 줄거리
   - 본문
1. 작품이 인터넷에 연재되고 있다면, 게시판명과 사이트의 구체적이고 정확한 주소를 기재해 주십시오.

선택된 작품은 정식 계약 후 출판물로 간행되어 전국 서점에 유통됩니다.
작가 분은 (주)로크미디어의 전폭적인 지원하에 전속 작가로 활동하시게 됩니다.
※ 자세한 내용은 로크미디어 홈페이지(rokmedia.com)를 참조하세요.

(04167)서울시 마포구 마포대로 45 일진빌딩 6층
(주)로크미디어 편집부 신간 기획 담당자 앞
전화 : 02) 3273-5135
www.rokmedia.com   이메일 : rokmedia@empas.com